DROEMER ✱

Über die Autorin:
Karen Winter ist eine erfolgreiche Spannungsautorin, die seit vielen Jahren mit ihren Thrillern auch die Leser in Frankreich und den Niederlanden begeistert. Sie lebt in Hamburg. Zusammen mit ihrem Mann bereist sie, beruflich wie privat, die Welt. Ihre abenteuerlichen Reisen sind die perfekte Inspirationsquelle für ihre abgründigen psychologischen Romane und äußerst brisanten Thriller.

KAREN WINTER

WENN DU MICH TÖTEST

PSYCHOTHRILLER

Besuchen Sie uns im Internet:
www.droemer.de

Originalausgabe April 2016
Droemer Taschenbuch

© 2016 Droemer Verlag
Ein Imprint der Verlagsgruppe
Droemer Knaur GmbH & Co. KG, München.
Alle Rechte vorbehalten. Das Werk darf – auch teilweise – nur mit
Genehmigung des Verlags wiedergegeben werden.
Dieses Werk wurde vermittelt durch die
Literarische Agentur Thomas Schlück GmbH, 30827 Garbsen.
Redaktion: Alexandra Löhr
Covergestaltung: Franzi Bucher, München
Coverabbildung: depositphotos/OtnaYdur
Karte: Computerkartographie Carrle
Satz: Adobe InDesign im Verlag
Druck und Bindung: CPI Books GmbH, Leck
ISBN 978-3-426-30512-6

3 5 6 4 2

PETER DUNN SAH von seinem Bier auf, als die Tür des Kinlochbervie Hotels aufschwang und ein Schwall kühler, feuchter Luft hereinwehte. Er fragte sich, wer wohl kommen mochte, denn ihre Runde war vollzählig bis auf seinen Freund Henry, den Busfahrer, der mit seiner Frau nach Glasgow gefahren war, um seinen Sohn zu besuchen. Peter reckte sich auf seinem Platz im Pub des in die Jahre gekommenen Hotels, und betrachtete aufmerksam den Fremden, der durchnässt und verdreckt in der Tür stand, seinen Trekkingrucksack noch auf dem Rücken. Als er ihn erkannte, ließ er überrascht sein Bierglas sinken.

Emma schob ihre füllige Gestalt hinter dem Tresen hervor, als sie den neuen Gast bemerkte. »Guten Abend, Sir, kann ich Ihnen helfen?«, fragte sie und trocknete sich die Hände an dem Tuch an ihrem Gürtel ab.

»Ich ... ich brauche ein Zimmer«, entgegnete der deutsche Tourist zögerlich und wischte sich das vom Regen feuchte, dunkle Haar aus der Stirn. Seine Stimme klang heiser. »Haben Sie noch eins frei?«

»Einzel oder Doppel?«

»Einzel.«

Peter runzelte die Stirn.

»Was ist los, Peter?« Angus, der neben ihm saß, stieß ihn an, und Peter stieg penetranter Fischgeruch in die Nase. Angus entlud seit fünfundvierzig Jahren die Fangschiffe, die im Hafen anlandeten, und der Geruch haftete an ihm wie eine zweite

Haut, obwohl er vor seinem Besuch im Hotel stets duschte und seine Kleidung wechselte. Darauf bestand Emma. Niemand betrat mit Gummistiefeln ihr Hotel. Auch nicht der Minister, der vor Jahren einmal zu Gast gewesen war, nachdem er die neuen Hafenanlagen eingeweiht hatte. Auch jetzt konnte Peter beobachten, wie Emmas Augenbraue langsam nach oben wanderte, als ihr Blick über die Spuren glitt, die die schmutzigen Schuhe des Neuankömmlings auf dem dunklen Steinboden hinterließen.

Peter wandte sich zu Angus. »Ich hab den Mann vor vier Tagen auf meinem Boot mitgenommen, raus vor die Küste.«

»Und?«

»Ihn und seine Frau.«

»Und?«

»Hast du nicht gehört, dass er nach einem Einzelzimmer gefragt hat?«

Angus zuckte gleichgültig mit den Schultern. »Vielleicht hatte sie die Schnauze voll.«

Peter trank einen großen Schluck von seinem Bier. Es war nicht sein erstes an diesem Abend. »Sie hatten Streit auf meinem Boot.«

»Sag ich doch. Sie hatte die Schnauze voll.« Angus lachte heiser.

Aber so leicht konnte Peter das nicht abtun. »Ich hab gedacht, die beiden bringen sich um.« Er räusperte sich. »Und mich gleich dazu.«

»Du hast zu viel getrunken, Peter«, mischte sich Mac ein, der zwei Plätze weiter saß und bislang schweigend zugehört hatte. »Siehst du schon wieder Gespenster?«

Peter presste die Lippen aufeinander und stellte sein Glas hart auf dem abgewetzten Holz ab. Mac war schon immer ein Großmaul gewesen, bereits in der Schule. Nur weil sein Vater

Bürgermeister war. Und heute meinte er, dass die kleine Klempnerfirma, die er unterhielt, ihm das Recht gab, sich aufzuführen, als gehöre ihm das ganze Dorf.

»Kümmere dich um deine eigenen Angelegenheiten«, raunzte er ihn an, aber Mac lachte nur.

Natürlich hatte Peter zu viel getrunken. Aber das tat er jeden Abend, solange sein Geld reichte. Deshalb hatte Fionna ihn auch vor zwei Monaten endgültig vor die Tür gesetzt. Seither campierte er in dem kleinen Anbau seines Bootsschuppens unten im Hafen. In den nächsten Wochen musste er sich mit Fionna vertragen, damit er zurückkonnte, oder eine Heizung in den Anbau einbauen, aber dafür fehlte ihm das Geld.

Der Deutsche, über den sie gesprochen hatten, stand noch immer in Hörweite und wartete, dass Emma ihm einen Zimmerschlüssel aushändigte, aber Peter nahm nicht an, dass er auch nur ein Wort von dem, was sie gerade gesagt hatten, verstanden hatte. Wenn die Männer von der Küste unter sich waren, verfielen sie intuitiv in ihren Dialekt, und Peter war noch keinem Fremden begegnet, der sie mühelos verstand. Selbst die Engländer hatten ihre Probleme.

Angus betrachtete den Deutschen nun neugierig. »Worüber haben sie denn gestritten?«, wollte er mit einem schnellen Seitenblick auf Peter wissen.

Peter zuckte mit den Schultern. »Keine Ahnung. Spreche ich Deutsch?« Für einen Moment war er wieder an Bord des Fischerbootes seines Schwiegervaters, das er vor Jahren schon umgebaut hatte, nachdem der alte Mann gestorben war und es im Hafen zu verrotten drohte. Seitdem fuhr Peter damit hin und wieder mit Touristen hinaus, zeigte ihnen die flache Felsgruppe, die die Seehunde bewohnten, und die Höhlen der Papageientaucher an der Küste. Manchmal hatten sie Glück und bekamen ein paar von den kleineren Walen zu Gesicht.

Als er mit dem Ehepaar draußen gewesen war, hatten sie gutes Wetter gehabt. Es war warm gewesen, kaum Wind, und die Sonne hatte die Wellen zum Glitzern gebracht. Die Fahrt hatte ihm Freude bereitet. Er hatte den beiden die Kolonie der Papageientaucher gezeigt, und sie hatten viele Fotos gemacht. Doch dann war ein heftiger Streit zwischen ihnen entbrannt. »Sie haben sich angeschrien«, ergänzte er auf Angus' Frage hin. »Und sie hat ihn …« Seine Stimme versagte angesichts der Erinnerung, die plötzlich so lebendig war, dass er meinte, die vor Wut blitzenden Augen der Frau vor sich zu sehen.

»Sie hat ihn … was?«, hakte Angus nach und maß abschätzend die hochgewachsene, sportliche Gestalt des Fremden. Dann wandte er sich wieder Peter zu.

Peter wich seinem Blick aus. »Ach, nichts«, entgegnete er lediglich und griff nach seinem Glas, während er versuchte, die Bilder zu verdrängen, die noch immer vor seinem inneren Auge tobten. Zum Teufel, er hatte Angst um sein Leben gehabt mit diesen beiden Irren auf seinem Boot.

»Deine Geschichten waren auch schon mal besser«, mischte sich Mac erneut polternd ein.

»Mag sein«, gab Peter einsilbig zu und registrierte, wie der Mann, über den sie sprachen, nun die Eingangshalle durchquerte und den langen Flur betrat, von dem die Gästezimmer abgingen, während Emma zurück in den Schankraum kam und wieder ihren Platz hinter dem Tresen einnahm. Peter leerte sein Bier und bestellte mit einem Wink ein neues. Doch die Erinnerung an den beunruhigenden Streit ließ ihn nicht los, und das Bier schmeckte schal. Er wurde nicht gern Zeuge solcher Ausbrüche. Sie machten ihn nervös. Fionna meinte, das hätte mit den Erlebnissen in seiner Kindheit zu tun. Deswegen würde er auch zu viel trinken und sollte einen Therapeuten besuchen. Seit sie am Computer ihrer Schwester so oft ins Internet ging, hatte sie viele solcher Ideen. Er mochte das nicht.

Der Deutsche kehrte nach kurzer Zeit in den Schankraum zurück. Die Gespräche verstummten, als er in der Tür auftauchte, in die Runde nickte und dann an den Tresen trat und ein Bier bestellte, das er in einem Zug leerte. Emma füllte es kommentarlos auf. Mit dem Glas in der Hand trat er an eines der großen Panoramafenster und blickte hinaus über die im Dunst liegenden Felsen der Steilküste und die Brandung. Peter betrachtete den Rücken des Mannes, das dunkle, lockige Haar seines Hinterkopfes, und mit einem Mal erinnerte er sich an seinen Namen: Julian.

JULIAN TAHN SPÜRTE, wie ihm der Alkohol zu Kopf stieg und sein Hirn benebelte. Er hatte den ganzen Tag nichts gegessen, daher würden zwei weitere Gläser des dünnen Biers genügen, ihn in eine warme, weiche Welt des Vergessens gleiten zu lassen.

Es war nicht seine Art, sich zu betrinken, tatsächlich vertrug er nichts, weshalb er auf Partys immer einer der Ersten war, der nach dem Begrüßungsgetränk nach einer Cola fragte. Deswegen war meistens auch er derjenige, der fuhr. Laura kannte diese Zurückhaltung nicht. Sie trank gern und oft auch zu viel, war dann überdreht und albern, bis sie schließlich im Auto saß und durch das Absacken des Adrenalinspiegels sofort einschlief.

Während er auf die schäumenden Wogen des Atlantischen Ozeans blickte, der weit unter ihm gegen die Felsen der schottischen Küste anbrandete, dachte er an ihre erste Begegnung, die sich genauso abgespielt hatte. Auf einer Premierenveranstaltung waren sie buchstäblich ineinandergelaufen, und sie hatte ihm ihren Sekt über den Anzug gekippt. Anstatt sich zu entschuldigen, hatte sie lediglich gekichert und war dann in seinen Arm gesunken. Er war zu überrascht gewesen, um wütend zu reagieren, denn sie hatte, obwohl sie ziemlich betrunken gewesen war, unbeschreiblich gut ausgesehen. Ihre unerwartete Hilflosigkeit hatte ihn herausgefordert. Er erinnerte sich, dass er sie entgegen dem Rat seines besten Freundes nicht in ein Taxi gesetzt, sondern nach Hause gefahren hatte, nachdem er in ihrer Handtasche ihren Personalausweis mit ihrer Adresse gefunden hatte. Er schluckte unwillkürlich. Dreieinhalb Jahre waren seither vergangen, dennoch stand ihm ausgerechnet jetzt jedes Detail jenes Abends so lebhaft vor Augen, als wäre es gestern gewesen.

Seine Finger schlossen sich fester um das Bierglas in seiner Hand, und er bemühte sich, das unangenehme Gefühl, beobachtet zu werden, zu ignorieren. Natürlich zog er als Fremder in diesem gottverlassenen Ort die Blicke aller Anwesenden auf sich, denn nach Kinlochbervie verirrte sich nur selten jemand zufällig. Wer die A383 nach Durness im äußersten Nordwesten Schottlands bei Rhiconich verließ und der kurvigen Straße entlang des Loch Inchard bis zur Küste folgte, lebte entweder hier oder arbeitete in der Fischindustrie, das hatte Julian während seines kurzen Aufenthalts bereits erfahren. Und dass die Männer am Tresen über ihn gesprochen hatten in ihrem völlig unverständlichen Dialekt, war ihm sofort klargeworden, als er den Raum betreten und mitten unter ihnen den Mann bemerkt hatte, der ihn und Laura vor ein paar Tagen mit dem Boot hinausgefahren hatte. Sicher hatte er von dem Streit erzählt. Julian schloss die Augen. Hatte er ihnen auch von dem Messer erzählt? Er widerstand dem Drang, sich nach ihnen umzudrehen und in ihren Gesichtern danach zu forschen, als er sich an das bestürzte Gesicht des Skippers erinnerte, an seine fahrigen Bewegungen und seinen ausweichenden Blick. Was hatte sich Laura bloß dabei gedacht? Ohne den Blick vom Meer und den hohen Klippen abzuwenden, setzte Julian das Glas an und leerte auch das zweite Bier in einem Zug.

Laura.

Was wäre es für ein Geschenk, sie einfach vergessen zu können. Die Erinnerung auszuschütten wie Wasser aus einem Krug. Für einen Moment gab er sich diesem Gedanken hin, beruhigte sich, doch unter der Oberfläche brodelte weiter das Entsetzen, das ihn letztlich zurück an diesen Ort getrieben hatte. Und die Wut über seine Hilflosigkeit.

Das Gelächter hinter ihm erinnerte ihn, warum er hier in diesem Hotel war. Er musste handeln. Jetzt. Er hätte es längst tun müssen.

Die lauten Stimmen der Männer füllten den Raum, das Klirren der Gläser. Er sehnte sich so sehr nach der Normalität und Sicherheit, die diese Geräusche vermittelten, nach ihrer Einfachheit, von der er sich Lichtjahre entfernt fühlte, so dass sein Körper sich schmerzhaft verkrampfte.

Er durfte sich nicht von seinen Emotionen leiten lassen, nicht dem Gefühl der Hilflosigkeit hingeben, das seine Gedanken zu lähmen drohte. Es gab eine plausible Erklärung für alles, was geschehen war, und er hielt die Fäden in der Hand. Er war der Situation nicht ohnmächtig ausgeliefert.

Er fuhr sich mit der Hand über das Gesicht, als er spürte, dass es unmöglich war, sich die Ereignisse der vergangenen Tage konkret ins Gedächtnis zu rufen, denn der Alkohol zeigte bereits seine Wirkung. Bilder und Wortfetzen, Gedanken und vor allem Emotionen flossen ineinander. Was war Realität, was Einbildung? Konnte er unter diesen Bedingungen sein Vorhaben überhaupt ausführen? Seine Füße waren schwer wie Blei, als er durch den spärlich beleuchteten Raum zurück zum Tresen ging. Er durfte jetzt nicht die Nerven verlieren.

»Noch ein Pint?«, fragte die matronenhafte Wirtin, die sicher so manchen ihrer männlichen Gäste zum Träumen brachte, mit ihrem ausladenden Busen und den wiegenden Hüften.

»Danke, Ma'm«, lehnte er höflich ab. »Können Sie mir sagen, wo die nächste Polizeidienststelle ist?«

Schweigen breitete sich im Pub aus, und aus dem Blick der Wirtin wich die herbe Freundlichkeit, und Unbehagen machte sich breit. »In Rhiconich«, antwortete sie dann jedoch in die Stille.

»Können Sie mir die Telefonnummer geben?«

Sie nickte und ging hinaus an die Rezeption in der kleinen Eingangshalle. Julian folgte ihr.

Sie blätterte in einem abgegriffenen Telefonbuch, reichte es ihm schließlich aufgeschlagen hinüber und wies auf das Telefon, das neben ihm auf dem schlichten weißen Tisch stand. »Ist schon spät, aber mit ein bisschen Glück ist der diensthabende Officer noch da.« Sie räusperte sich. »Wenn nicht, müssen Sie es bei ihm privat versuchen.« Sie kritzelte ihm eine weitere Nummer auf die Seite.

Julian erwartete, dass sie wieder in den Pub zurückkehren würde, aber sie blieb mit verschränkten Armen stehen und betrachtete ihn mit jener Neugier, wie sie Menschen in solch entlegenen Gegenden der Welt zu eigen ist. Zögerlich tippte er die Nummer ein.

Nach zweimaligem Klingeln sprang ein Anrufbeantworter an. Julian wollte gerade auflegen, als er hörte, wie die Ansage unterbrochen wurde.

»Rhiconich, Polizeistation«, meldete sich eine rauhe männliche Stimme.

Julians Mund wurde plötzlich trocken. »Ich möchte eine Vermisstenmeldung aufgeben«, erwiderte er gepresst. »Mein Name ist Julian Tahn. Ich bin ...«

»Ich kann das telefonisch nicht aufnehmen. Können Sie auf die Polizeistation kommen?«, unterbrach ihn der Officer am anderen Ende der Leitung.

Nein, das konnte er nicht. Nach Rhiconich waren es vier Meilen. Mit wenigen Worten setzte er dem Polizeibeamten seine Situation auseinander. Einen Moment war es still am anderen Ende der Leitung. »Ich bin in einer halben Stunde bei Ihnen«, sagte der Mann dann.

Julian legte langsam den Hörer zurück. Die Uhr über dem

Schlüsselbord hinter der Rezeption zeigte achtzehn Uhr. In einer Stunde würde alles, was bislang nur in seinem Kopf tobte, schwarz auf weiß niedergeschrieben und damit offiziell sein. Realität. Er zwang sich, die Beklemmung darüber zu verdrängen und dem Blick der Wirtin zu begegnen. »Kann ich bei Ihnen auch etwas zu essen bekommen?« Er musste essen, selbst wenn ihm bei dem Gedanken übel wurde.

»Wir haben unter der Woche abends keine warme Küche, aber ich kann für Sie eine Ausnahme machen, wenn Sie nehmen, was da ist«, entgegnete sie nach einem Moment des Überlegens, während sie ihn gleichzeitig abschätzend musterte.

»Das ist äußerst entgegenkommend«, bedankte er sich.

Sie antwortete ihm mit einem zurückhaltenden Lächeln.

Er stocherte noch in den Spiegeleiern mit Speck herum, als die Tür aufschwang und ein kantig wirkender Mann in Polizeiuniform den Raum betrat. Er wurde mit viel Hallo begrüßt. Als Julian bemerkte, dass sich der Polizist suchend umschaute, schob er seinen Teller beiseite und stand von seinem Platz an einem der Fenster auf.

Der Polizeibeamte nickte und kam durch den Raum auf ihn zu. »Detective Ian Mackay«, stellte er sich vor. »Sie haben angerufen?«

Julian bestätigte das und schüttelte die ihm entgegengestreckte Hand.

Mackay nahm seine Mütze ab, legte sie auf den Tisch und nahm ihm gegenüber Platz.

»Danke, dass Sie gekommen sind, Detective«, sagte Julian und hoffte, dass sein Gegenüber nicht bemerkte, wie nervös er war. »Keine Ursache«, erwiderte Mackay und zog aus seiner mitgebrachten Aktentasche eine Mappe heraus. »Auf dem Heimweg komme ich sowieso durch Kinlochbervie. Ich wohne nur zwei Meilen weiter die Küste hoch. Die Meldung kann ich auch von dort an die Zentrale weitergeben.« Er öffnete die Mappe und zog ein Formular heraus, zückte einen Stift aus seiner Brusttasche und sah Julian auffordernd an. »Wenn ich es am Telefon richtig verstanden habe, wollen Sie Ihre Frau als vermisst melden?«

Julian nickte.

»Wollen Sie mir erst einmal erzählen, was geschehen ist? Wo waren Sie zuletzt gemeinsam?«

Julian schluckte, als die Erinnerungen ihn erneut überfluteten. »In der Sandwood Bay«, stieß er mühsam hervor.

Ian Mackay blickte überrascht auf.

DIE NACHRICHT DER als vermisst gemeldeten deutschen Touristin Laura Tahn flatterte Detective Sergeant John Gills noch am selben Abend auf den Schreibtisch. Sein Büro befand sich im modernen Gebäude des Northern Constabulary in Inverness, einem von neun regionalen Hauptquartieren der schottischen Polizei. Mit der Bemerkung: »Das ist doch Ihre Ecke, oder?«, schickte ihm der Chief Inspector die von den Kollegen in Rhiconich aufgenommene Meldung und die ausgefüllten Formulare per Mail.

»Besuchen Sie Ihre Heimat, und finden Sie heraus, was los ist«, fügte er hinzu, als Gills ihn gleich darauf anrief.

Der zögerte. »Kann das nicht die Polizei vor Ort erledigen? Ich meine ...«

»Gills, es geht hier nicht um verlorengegangene Schafe, sondern um eine verschwundene Touristin«, fiel ihm sein Vorgesetzter ungehalten ins Wort. »Da müssen wir schnell und kompetent agieren, bevor die Medien Wind davon bekommen.«

Gills verfluchte seine Entscheidung, ausgerechnet an diesem Tag länger im Büro geblieben zu sein. Sicher hätte irgendein Kollege den Fall übernommen, wenn er seinem Chef nicht vor einer Viertelstunde auf dem Flur begegnet wäre. Der Chief Inspector neigte zu spontaner Aufgabenverteilung, vor allem wenn er bis spätabends im Büro saß, um Anfragen des Ministeriums zu bearbeiten.

Er legte auf und ging über den Flur zum Druckerraum, um

sich die Formulare zu holen. »Wie kann man jemanden in der Sandwood Bay verlieren?«, murmelte er vor sich hin, während er sie gleich darauf überflog. Dann rief er seinen Freund Liam an, mit dem er in der Altstadt von Inverness in einer Stunde zum Billardspielen in seiner Stammkneipe am Ufer des River Ness verabredet gewesen wäre, und sagte ihr Treffen ab.

»Nicht dein Ernst?«, erwiderte Liam enttäuscht. »Das heißt, dass ich mich heute Abend zu Hause um die Kinder kümmern muss. Das kannst du mir nicht antun!«

Gills lachte. »Grüße an Amy. Der Chief Inspector hat vermutlich nur an sie gedacht, als er mir den Fall aufgehalst hat.«

»Du wirst definitiv heute Abend noch fahren?« Liam wollte die Hoffnung immer noch nicht aufgeben.

»Es bleibt mir nichts anderes übrig«, gestand Gills. »Es sind fast hundert Meilen, und in der Region sind das gut zweieinhalb Stunden Fahrt.«

»Na, wenigstens deine Eltern werden sich freuen.«

Da war Gills sich nicht so sicher. Nach seinem letzten Besuch waren sie im Streit auseinandergegangen, und er war nicht wirklich darauf erpicht, sich bei seinen Eltern einzuquartieren, aber um diese Uhrzeit blieb ihm kaum eine andere Wahl. Halbherzig wählte er im Anschluss an das Gespräch mit Liam ihre Nummer, während er gleichzeitig auf seinem Bildschirm die Verkehrslage für den Nordwesten des Landes abrief.

Sein Vater nahm den Anruf an. »Hab schon gehört, da ist eine Frau verschwunden«, sagte er, als Gills sein Kommen ankündigte.

Der unterdrückte ein Seufzen. »Sprich bitte nicht darüber, Vater«, bat er ihn, die Worte seines Chefs noch im Ohr. Wenn bekannt wurde, dass er als Ermittler aus Inverness anreiste, war das nicht unbedingt förderlich für die Geheimhaltung der Untersuchung.

»Meinst du, die Leute hier können nicht eins und eins zusammenzählen, wenn sie morgen früh dein Auto vor dem Haus sehen?«

»Mag sein«, entgegnete Gills, »dennoch wäre es mir lieber, wenn ihr Stillschweigen bewahrt ...«

Sein Vater räusperte sich, und Gills ahnte, was kam.

»Wenn du schon herkommst, solltest du dir auch die Zeit nehmen, Susan zu besuchen«, sagte sein Vater erwartungsgemäß. »Deine Mutter und ich ...«

»Das sollten wir nicht am Telefon besprechen«, unterbrach er den alten Mann. »Richte Mutter bitte Grüße aus und leg mir einen Schlüssel raus, falls ihr ins Bett gehen solltet, bevor ich ankomme.«

Er legte auf, ohne eine Antwort abzuwarten, und blickte gedankenverloren auf das Telefon, bevor er schließlich aufstand, die Unterlagen zusammensuchte und aus seinem Schrank seine Reisetasche nahm, die er immer gepackt hatte, falls er unerwartet einen Außentermin erhielt, der eine Übernachtung einschloss. Auf dem Weg zum Parkplatz rief er über sein Mobiltelefon die Privatnummer des Detectives an, der die Vermisstenmeldung vor Ort aufgenommen hatte. Ian Mackay war kein Unbekannter für ihn. Im äußersten Nordwesten Schottlands kannte jeder jeden, und entsprechend herzlich war die Begrüßung.

»Na, John, wenn ich gewusst hätte, dass es nur einer verschwundenen Frau bedarf, um dich mal wieder nach Hause zu locken, hätten wir schon viel früher etwas in dieser Hinsicht arrangiert«, begrüßte ihn Mackay erfreut.

Gills lachte. Obwohl Mackay fünfzehn Jahre älter war als er, verband sie eine enge Freundschaft. Nicht zuletzt war es auch Ians Einfluss gewesen, der dazu geführt hatte, dass Gills sich dem Polizeidienst verschrieben hatte.

»Ich würde morgen gern als Erstes mit dem Ehemann der Frau sprechen und dann zur Bay fahren, um mir vor Ort ein Bild zu machen«, teilte er ihm seine Pläne mit. »Wäre gut, wenn ich ein oder zwei Officer zur Unterstützung bekommen könnte.«

»Ich werde dich begleiten«, erklärte Mackay. »Und vielleicht nehmen wir noch den jungen Brian mit. Soll ich den Ehemann über deinen Besuch informieren?«

»Das wäre gut. Ich werde morgen früh gegen acht Uhr im Hotel sein.«

»Alles klar, ich kümmere mich darum«, versprach Mackay. »Ich rufe gleich mal Emma an und werde sie bitten, die Nachricht weiterzuleiten.«

»Bis morgen«, verabschiedete sich Gills und ließ das Telefon in die Tasche seiner Jacke gleiten.

Inzwischen war er bei seinem Wagen angelangt, einem fast noch fabrikneuen dunkelgrauen Audi A3, den er sich gekauft hatte, nachdem er vor zwei Monaten zum Detective Sergeant befördert worden war. Ursprünglich hatte er mit einem größeren Modell geliebäugelt, aber dann doch lieber in Leistung und Ausstattung anstatt in eine größere Karosserie investiert. Liebevoll fuhr er mit dem Finger über den glänzenden Lack und polierte mit dem Ärmel eine matte Stelle weg, bevor er einstieg.

Er fuhr die A9 Richtung Norden. Das Wasser des Cromarty Firth wirkte grau und abweisend, die Wolken hingen tief, und in dem Dunst zeichneten sich schemenhaft die Skelette der Ölplattformen, die hier gewartet wurden, wie hochbeinige Fabelwesen ab. Es war erst August, doch die Tage wurden schon wieder spürbar kürzer, und an diesem trüben Abend erinnerte Gills lediglich das Goldgelb des gepressten Strohs auf den abgemähten Feldern daran, dass der Sommer noch nicht vorüber war.

Sobald er ins Landesinnere abbog, wurden die Ortschaften und der Verkehr merklich weniger, nur noch vereinzelt tauchten die Umrisse eines Gehöfts in der kargen Landschaft auf. Außer kahlen, halb im Nebel verborgenen Bergen, einsamen, weitläufigen Tälern und mit Flechten überwucherten Felsblöcken gab es hier nichts, woran sich das Auge festhalten konnte: Doch Gills atmete bei diesem Anblick befreit auf. Das war seine Heimat. Lange Zeit hatte er sich dagegen gewehrt, hatte nicht wahrhaben wollen, wo er herkam und was ihn geprägt hatte, obwohl ihm die ersten Jahre in Inverness nach seiner Ausbildung am Scottish Police College ziemlich zugesetzt hatten. Von Glasgow ganz zu schweigen, wohin er von seiner Behörde für ein Dreivierteljahr ausgeliehen worden war. Das Leben in der schottischen Metropole hatte Beklemmungen in ihm ausgelöst. Er hatte sich gezwungen, es auszuhalten, obwohl ihm das Häusermeer und die vielen, zu hastig hin und her eilenden Menschen den Atem genommen hatten. Das Gefühl, nirgendwo allein sein zu können, und die ständig präsente Geräuschkulisse der Stadt hatten ihm körperliche Qualen bereitet. Fasziniert hatte ihn hingegen die Weltoffenheit, die er bei den Städtern erlebt hatte, insbesondere bei den vielen Studenten. Je weiter das Land, desto engstirniger seine Bevölkerung, hatte ein guter Bekannter damals spöttisch bemerkt, als Gills das Thema angeschnitten hatte. Dieser Aussage zustimmen zu müssen, hatte ihn damals geschmerzt. Inzwischen gelang ihm der Spagat zwischen Heimatliebe und kritischer Distanz besser, wenn er auch nach wie vor emotional belastet war. Aber davon würde er sich wohl nie lösen können. Ein echter Gills gehört an die Westküste. Unser Blut besteht nun einmal zu einem Teil aus Meerwasser, da brauchen wir den Blick auf den Minch, hatte sein Großvater gerne betont.

Als er endlich das nur wenige Meilen nördlich von Kinlochbervie gelegene Blairmore erreichte, war es längst dunkel. Er bog von der schmalen Straße ab in die Sackgasse, in der das Haus seiner Eltern zwischen zwei anderen lag. Die Mauern der alten weißen Cottages blitzten im Scheinwerferlicht auf, und das Erste, was er wahrnahm, als er aus dem Wagen ausstieg, war der salzige Geruch des Meeres und das entfernte Dröhnen der Brandung, das besonders in einer so ruhigen Nacht deutlich zu hören war. Ansonsten lag tiefe Stille über dem Land.

Gills musste sich eingestehen, dass seit seinem letzten Besuch fast ein halbes Jahr vergangen war. Aus Bitterkeit über den Streit mit seinen Eltern hatte er nahezu einen ganzen Sommer verstreichen lassen, ohne auch nur einmal herzukommen, hatte auf die Strände und das Fischen ebenso verzichtet wie auf den Blick über den Minch, der Meeresenge zwischen dem schottischen Festland und der Inselgruppe der Äußeren Hebriden, und jetzt stand er mitten in der Nacht vor seinem Geburtshaus und ärgerte sich darüber. Starrsinn war in seiner Familie eine ausgeprägte Charaktereigenschaft.

Feuchte Erde blieb an seinen Fingern kleben, als er unter dem dritten Stein im Beet neben der Eingangstür nach dem Schlüssel tastete. Seit seiner Kindheit lag der Schlüssel dort, und dorthin legte Gills ihn auch zurück, nachdem er aufgeschlossen hatte. Im Haus war es dunkel, aber sobald er eintrat, konnte er hören, wie am anderen Ende des Flurs in der Küche ein Stuhl gerückt wurde. Gleich darauf ging die Tür auf, und die schlanke Silhouette seiner Mutter zeichnete sich im Licht ab, das in den dunklen Gang fiel.

»John«, begrüßte sie ihn zurückhaltend, doch die Freude in ihrer Stimme entging ihm nicht. Sie war immer eine schöne Frau gewesen, und sogar jetzt im Alter besaßen ihre Bewegungen noch eine Grazie, um die sie so manch jüngere Frau beneiden dürfte.

»Hallo Mum«, erwiderte Gills. Unschlüssig blieb er in der Tür stehen.

»Dein Vater schläft schon«, fügte sie hinzu, und im Halbdunkel konnte er das Lächeln, das bei diesen Worten um ihre Mundwinkel zuckte, mehr erahnen als sehen. Behutsam schloss er die Tür hinter sich, machte einen Schritt auf sie zu und zog sie in seine Arme. »Schön, dich zu sehen«, flüsterte er ihr ins Ohr.

AM NÄCHSTEN MORGEN stand er mit einem Kaffee in der Hand am Fenster des Wohnzimmers. Der Geruch von altem Leder und Büchern umgab ihn, und ganz schwach konnte er auch das Aroma des Pfeifentabaks wahrnehmen, den sich sein Vater in einer eigens für ihn zusammengestellten Mischung noch immer aus London schicken ließ. Obwohl er längst dem Druck seiner Ehefrau nachgegeben und das Rauchen aufgegeben hatte, weshalb oft nur eine kalte Pfeife in seinem Mundwinkel hing, auf deren Mundstück er selbstvergessen herumkaute.

Draußen brach die Sonne durch die letzten verbliebenen Wolken. Gills hörte einen Vogel singen und dann den Hund seines Vaters anschlagen, als Ian Mackay mit dem blau-gelben Landrover der örtlichen Polizei vorfuhr. Er beobachtete, wie sich Ian an die Mütze tippte, als er Gills' Vater Frank bemerkte, der neben dem Haus auf der kleinen Weide für seine letzten verbliebenen Schafe Wasser in den alten Blechtrog einfüllte. »Schöner Morgen, nicht wahr, Frank«, hörte Gills ihn rufen.

Die Antwort seines Vaters konnte er nicht verstehen, aber Ians spontanem Lachen nach zu urteilen, schien es eine der berühmten launigen Entgegnungen seines alten Herrn zu sein. Gills öffnete die schwere Holztür, bevor Ian klingeln konnte.

»Morgen, John«, begrüßte dieser ihn mit einem Augenzwinkern. Er musste den Kopf einziehen, als er eintrat. »Ich dachte mir, ich stelle sicher, dass du nicht zu spät zu deinem Termin kommst. Wie ich gehört habe, nehmt ihr es in Inverness mit der Pünktlichkeit nicht so genau.«

Gills grinste. »Schön, dich zu sehen, Ian. Willst du noch einen Kaffee?«

»Lieber nicht.« Ian fuhr sich mit der Hand über den Bauch und verzog das Gesicht. »Der letzte von heute Morgen liegt mir noch quer. Anscheinend komme ich allmählich in das Alter, wo ich darauf verzichten sollte.«

Gills leerte seinen Becher, stellte ihn auf dem Garderobenschrank ab und griff nach seiner Jacke. »Na, dann.«

Die kurze Fahrt nach Kinlochbervie führte sie durch die weitläufigen, baumlosen Hügel des Küstengebirges, an deren Hänge sich vereinzelt weiße Cottages schmiegten. Aus ihren Schornsteinen quoll auch jetzt im August Rauch und hinterließ den vagen Geruch von verbranntem Torf in der Luft. Immer wieder öffnete sich der Blick auf die tiefblaue Weite des Atlantiks, der, so empfand es zumindest Gills, eine andere Qualität besaß als die Nordsee im Osten des Landes.

Sie erreichten das Hotel zehn Minuten vor ihrer verabredeten Zeit und trafen Julian Tahn beim Frühstück an. Er wollte aufstehen, um sie zu begrüßen, doch Gills winkte ab. »Keine Umstände, frühstücken Sie in Ruhe zu Ende. Wir sind sowieso zu früh.«

Julian schob seinen Teller mit Toast beiseite. »Wir können gleich anfangen. Ich habe keinen Hunger.«

»Wie Sie meinen.« Gills nahm ihm gegenüber Platz, und sein Blick blieb an den feingliedrigen, braungebrannten Händen des Deutschen hängen, die dieser vor sich auf dem weißen Tischtuch nervös ineinander verschränkte. Wer mit Ende dreißig solche Hände besaß, hatte nie in seinem Leben körperlich hart arbeiten müssen, so viel war klar.

»Detective Sergeant John Gills, Scottish Police«, stellte sich

Gills vor. »Wir haben die Ermittlungen im Fall Ihrer vermissten Frau übernommen.«

»Julian Tahn«, entgegnete dieser. »Ich hätte nie gedacht, dass ich einmal mit Ihrer Behörde zu tun haben würde.« Er hatte eine angenehme Stimme und sprach fließend Englisch mit wenig Akzent.

»Damit rechnen die wenigsten«, entgegnete Gills und betrachtete den schlanken, dunkelhaarigen Mann, der nur wenige Jahre älter war als er selbst, nachdenklich. Seine teure, aber äußerst effiziente Funktionskleidung ließ darauf schließen, dass Outdoor-Urlaube für ihn die Regel und nicht die Ausnahme waren. »Ich nehme an, dass Sie seit gestern Abend nichts von Ihrer Frau gehört haben«, bemerkte Gills.

Julian Tahn schüttelte resigniert den Kopf.

»Ist so etwas schon einmal vorgekommen?«

»Was? Sie meinen, dass meine Frau plötzlich verschwindet?«, erwiderte Julian angespannt. »Nein, natürlich nicht. Hätte ich mich sonst an die Polizei gewandt?«

Gills ließ sich nicht aus der Ruhe bringen. Natürlich war Julian Tahn nervös. Er dürfte kaum geschlafen haben, wenn Gills die Schatten unter seinen Augen richtig deutete. Er überflog noch einmal das Protokoll, das Ian Mackay zur Aufnahme der Vermisstenmeldung geschrieben hatte. »Es ist richtig, dass Sie zusammen mit Ihrer Frau drei Nächte in der Bay verbracht haben?«

Julian nickte. »Wir wollten sogar noch länger bleiben.«

Gills zog erstaunt eine Augenbraue hoch. »Das ist ungewöhnlich. Die meisten verbringen höchstens eine, maximal zwei Nächte dort. Allein schon wegen des Proviants, den man für die Zeit tragen muss.«

»Es war der Höhepunkt unseres Urlaubs, und wir wollten das schöne Wetter ausnutzen.«

»Das dann doch umgeschlagen ist«, warf Mackay ein.

»Darauf waren wir vorbereitet«, erwiderte Julian. »Das Wetter war auch nicht das Wesentliche für uns.«

Vermutlich nicht. Wer eine Wanderung zur Sandwood Bay auf sich nahm und ein Zelt, Schlafsäcke und Proviant für mehrere Tage an diesen verlassenen Küstenstreifen mitschleppte, der ließ sich vom wechselhaften Wetter Schottlands nicht abschrecken.

»Können Sie mir noch einmal genau schildern, was vorgestern Morgen, zu dem Zeitpunkt, als Ihre Frau verschwunden ist, geschehen ist?«

Julian sah irritiert von Gills zu Mackay und wieder zurück. »Ich habe das bereits Ihrem Kollegen erzählt, und soweit ich weiß, hat er das auch alles im Protokoll festgehalten«, entgegnete er für Gills' Empfinden eine Spur zu ungehalten.

»Das ist richtig«, versicherte dieser ihm, »aber ich möchte es noch einmal von Ihnen hören.«

Julian zog sich die Teekanne heran, schenkte sich nach und nippte an dem heißen Getränk. »Laura und ich sind, nachdem es hell war, recht früh aufgestanden, so gegen sechs Uhr dreißig. Wir hatten eine Wanderung nach Cape Wrath geplant«, begann er dann. »Laura zog sich an, um am nördlichen Ende der Bucht am Loch Sandwood Wasser zu holen. Von unserem Zelt aus brauchte sie dafür etwa eine Dreiviertelstunde hin und zurück.« Während er sprach, vermied er es, die beiden Polizisten anzusehen. Stattdessen blickte er an ihnen vorbei durch die Fenster auf den Atlantik, auf dem sich die Morgensonne brach. »Als sie nicht gleich wieder kam, habe ich mir zunächst keine Gedanken gemacht. Sie lässt sich gern ein wenig Zeit, um sich etwas anzusehen oder einen Ausblick zu genießen, aber als sie nach anderthalb Stunden immer noch nicht zurück war, bin ich nervös geworden.«

»Sie wusste, dass sie diese Wanderung machen wollten«, warf Gills ein.

Julian nickte mit zusammengepressten Lippen. Gills registrierte ein verärgertes Aufblitzen in den Augen seines Gegenübers und fragte sich, ob sich Julian Tahns versteckte Aggression wirklich nur auf die erneute Befragung bezog. »Was haben Sie dann unternommen?«

»Ich bin ihr nachgegangen, um zu sehen, ob ihr etwas passiert ist.«

»Wussten Sie, welchen Weg sie genommen hatte?«

»Sie war durch die Dünen gegangen. Ich konnte ihre Fußspuren verfolgen.«

»Waren Sie an diesem Morgen allein in der Bay?«

»Soweit ich das sehen konnte, ja.«

»Und als Sie dann am Loch Sandwood ankamen, war Ihre Frau nirgendwo zu entdecken.«

»Richtig. Ich habe nur unsere Wasserflaschen am Rand des Sees zwischen den Steinen gefunden, aber von ihr keine Spur.«

»Sie haben Sergeant Mackay erzählt, sie hätten daraufhin den ganzen Tag vergeblich nach ihr gesucht und wären auch die folgende Nacht noch in der Bay geblieben, in der Hoffnung, dass Ihre Frau zum Zelt zurückkommen würde.«

»Das stimmt.«

»Warum haben Sie geglaubt, dass sie zurückkehren könnte? Sie ist doch während des gesamten Tages nicht wieder aufgetaucht.«

Julian Tahn antwortete nicht sofort. »Ich weiß es nicht«, sagte er schließlich. »Im Nachhinein betrachtet, wäre es vermutlich besser gewesen, gleich die Polizei zu informieren.«

Gills betrachtete ihn nachdenklich. »Es sei denn, Sie hatten einen guten Grund, damit zu rechnen, dass Ihre Frau zurückkommt.«

Julian fuhr auf. »Wie meinen Sie das?«

»Nun, vielleicht hatten Sie Streit miteinander?«

»Hatten wir nicht.«

Die Antwort kam zu schnell, aber Gills ging nicht weiter darauf ein. Dafür war jetzt nicht der richtige Zeitpunkt. »Neigt Ihre Frau zu Depressionen, ich meine, besteht die Gefahr, dass sie sich etwas antut oder angetan hat?«, fragte er stattdessen.

»Laura?« Julian schüttelte energisch den Kopf. »Nicht Laura. Sie würde sich nicht umbringen, nein!«

Gills machte sich eine Notiz. »Sie haben einen Teil Ihrer Ausrüstung in der Bay zurückgelassen?«, fuhr er fort.

»Das Zelt, Lauras Schlafsack und ein wenig Proviant«, bestätigte Julian, während seine Finger auf den Rand seiner Tasse klopften, die er noch immer in der Hand hielt.

John schob seine Unterlagen zusammen. »Wir werden uns jetzt vor Ort ein Bild machen«, sagte er abschließend. »Erreichen wir Sie später noch hier im Hotel?«

»Ich werde Sie begleiten.«

»Tut mir leid, Sir, das ist nicht möglich.«

Das war eine glatte Lüge, und Gills spürte, dass seine Worte Ian Mackay noch mehr überraschten als Julian, aber er wollte in der Bay ungestört seine Eindrücke sammeln, unbeeinflusst von der Darstellung des Deutschen.

Julians Unmut über Gills' Zurückweisung war nicht zu übersehen. »Ich weiß noch nicht, wo ich sein werde«, entgegnete er knapp. »Aber ich habe Ihrem Kollegen bereits meine Mobilnummer gegeben, so dass Sie mich erreichen können.« Er wandte sich an Mackay. »Ist das Foto meiner Frau, das ich Ihnen per Mail geschickt habe, angekommen?«

Mackay antwortete: »Es ist zusammen mit der Vermisstenmeldung landesweit an alle Polizeidienststellen gegangen.«

»Warum wolltest du nicht, dass er uns begleitet?«, fragte Ian Mackay, als sie wenig später in seinen Dienstwagen stiegen. Sein Tonfall verriet, dass ihn Gills' vorschnelle Ablehnung ärgerte.

»Wenn du mich fragst, muss etwas vorgefallen sein, das er uns verschweigt. Vielleicht finden wir in der Bay Hinweise darauf«, entgegnete Gills und fasste sich an den Hemdkragen, um seine Krawatte geradezuziehen. Doch seine Finger griffen ins Leere, denn hier draußen trug er weder Anzug noch Krawatte.

In diesem Moment kam ein rotgesichtiger junger Mann in Uniform auf einem Fahrrad auf den Parkplatz gefahren. Er schwitzte vor Anstrengung.

»Ah, Brian«, begrüßte Mackay ihn. »Gerade noch rechtzeitig.«

»Mein Auto ist nicht angesprungen«, keuchte Brian, lehnte das Fahrrad an die mit Moos und Flechten bedeckte Hauswand, nahm seine Dienstmütze ab und fuhr sich durch das kurzgeschorene rote Haar. »Und außerdem habe ich Peter unten im Hafen getroffen. Habt ihr schon mit ihm gesprochen?«

Mackay seufzte allein bei der bloßen Erwähnung von Peters Namen.

Gills blickte an den beiden vorbei den Hügel hinunter zum Hafen. Vom Parkplatz des Hotels aus hatte man über eine steil abfallende Schafsweide eine hervorragende Sicht auf den Pier und die Kühlhäuser. Das Schreien der Möwen, die das Entladen jedes Schiffes begleiteten, war bis hier oben zu hören. Er kniff die Augen zusammen und fragte sich, ob der Mann mit den gelben Gummistiefeln, der am Hafenbecken stand und zu ihnen schaute, Peter war.

»Was hatte Peter denn zu erzählen?«, fragte er Brian, ohne den Mann im Hafen aus den Augen zu lassen.

»Er hat mir von einem Streit erzählt, den der Deutsche und

seine verschwundene Frau vor ein paar Tagen auf seinem Boot hatten. Es muss hoch hergegangen sein.«

Mackay zog ein zweifelndes Gesicht. »Du kennst Peters Hang zu Übertreibungen«, wiegelte er ab, doch Gills sah bei Brians Bemerkung unwillkürlich zu den Fenstern des Hotels, hinter denen der Schankraum lag. Schemenhaft konnte er die Gestalt von Julian Tahn erkennen. Der Deutsche beobachtete sie.

Gills zögerte, als Mackay Anstalten machte, aufzubrechen. »Wir dürfen das nicht ignorieren«, widersprach er. »Zu diesem Streit sollten wir Peter genauer befragen und danach gegebenenfalls auch noch mal Julian Tahn.«

»Jetzt sofort?« Mackay war alles andere als begeistert. Er und Peter Dunn waren keine Freunde, und dem alten Trinker ein Forum zu bieten, widerstrebte Ian zutiefst, das war Gills klar.

»Ich denke, wenn wir zurückkommen, werde ich Peter allein aufsuchen«, entschied er deshalb und öffnete die Beifahrertür, um einzusteigen. »Es ist nicht nötig, dass wir zu dritt hinfahren.«

JULIAN BEOBACHTETE NERVÖS, wie die drei Beamten in den Polizeiwagen stiegen und davonfuhren. Was konnte er jetzt tun, außer warten? Die nächstgelegene Autovermietung war einhundert Meilen entfernt in Inverness, und ohne eigenes Fahrzeug hatte er keine Möglichkeit, selbst etwas zu unternehmen. Der nächste Bus in diese Richtung fuhr erst wieder am kommenden Tag. Ihm waren buchstäblich die Hände gebunden.

Er sollte beruhigt darüber sein, dass sich die Polizei Lauras Verschwinden mit dieser geradezu unheimlichen Ernsthaftigkeit annahm, doch das Gegenteil war der Fall. Nun gab es kein Zurück mehr. Lauras Name stand auf einem Formular zusammen mit seiner Aussage über die Ereignisse der letzten Tage. Zusammen mit einem Foto von ihr, das er am Strand der Sandwood Bay mit seinem Handy gemacht hatte. Ein Schnappschuss. Seiner Meinung nach sah sie darauf am besten aus, weil sie sich nicht in Pose stellte und nicht ihr Fotolächeln aufgesetzt hatte. Sie hatte dieses Lächeln vor dem Spiegel einstudiert, und er hatte sie oft damit aufgezogen.

Die Erinnerung schmerzte. Aber das war nicht das einzige Gefühl, das ihn bewegte. Wie so oft war der Gedanke an sie eine Gratwanderung zwischen Kummer und Wut.

Während seiner Nacht allein in der Bay hatte er sich immer wieder aufs Neue ausgemalt, wie es wäre, wenn sie plötzlich zurückkehrte. Sie war nie gern allein gewesen draußen in der Dunkelheit. Bis weit nach Mitternacht hatte er vor dem Zelt gesessen und sich seinen Phantasien hingegeben, in denen sie unverhofft auftauchte mit ihren typischen langen, schwingenden Schritten, sich herausfordernd vor ihm aufbaute und fragte, wie es sich denn so anfühle ohne sie. Ob es das wirklich sei, was er wollte?

Aber sie würde nicht zurückkommen. Diesmal nicht. Und vermutlich war es gut so. Die Ambivalenz seiner Gefühle erschreckte ihn, dieses ewige Hin und Her zwischen Niedergeschlagenheit und Erleichterung. Das Ende ihrer Ehe war letztlich unvermeidlich gewesen, auch wenn er sich wie ein Ertrinkender an die Versprechen geklammert hatte, die sie sich gegenseitig gegeben hatten. An die Hoffnung, die sie beinhaltet hatten.

Ruhe- und schlaflos hatte er im Zelt gelegen, hatte auf das Rauschen der Wellen gelauscht, das mit steigender Flut immer näher zu kommen schien, und auf das Flattern der Plane im auflebenden Wind. Er hatte sein Gesicht vergraben in einem von Lauras zuletzt getragenen T-Shirts, ihr Geruch hatte ihn eingehüllt, ihn beruhigt, und gleichzeitig die Leere ins Grenzenlose gesteigert, die ihr Verlust in ihm ausgelöst hatte.

Er hatte dem Detective aus Inverness nichts von ihrem Streit erzählt.

Die Polizei würde auch so herausfinden, was in den letzten Tagen geschehen war, und entsprechende Schlüsse ziehen.

Und dann würde alles wieder von vorne beginnen.

Er ließ den Kopf gegen das kalte Glas des Fensters sinken und versuchte, der aufkommenden Panik Herr zu werden. Laura hätte gelacht, wenn sie wüsste, dass er sie bei der Polizei als vermisst gemeldet hatte. *Sie* hätte es für einen wunderbaren Spaß gehalten.

Dieses unberechenbare und exzentrische Verhalten hatte ihn zu Beginn ihrer Beziehung fasziniert, es hatte ihn provoziert und eine Anziehung auf ihn ausgeübt, wie Licht auf einen taumelnden Falter. Laura war nicht beherrschbar gewesen, ihr Verhalten nicht vorhersehbar. Dennoch hatte er gemeint, dieser Herausforderung gewachsen zu sein. Wenn er jetzt daran zurückdachte, fühlte er sich wie ein Narr. Er musste sich fragen, ob er in all der Zeit nicht nur ihr Leben gelebt, ihre Wünsche erfüllt und ihre Launen ertragen hatte. Die Erinnerung verdrängte für den Moment die Trauer, und er klammerte sich daran fest. Es war gut, dass es vorbei war, auch wenn es nur so weit gekommen war, weil er von neuem die Beherrschung verloren hatte.

Jener Tag, an dem es zum ersten Mal geschehen war, hatte ihre Beziehung unwiderruflich verändert. Hatte alles verändert. Er hatte es damals nicht wahrhaben wollen, hatte gehofft, sie hätte seine Entschuldigung akzeptiert, seine Erklärungsversuche ernst genommen. Erst jetzt, vier Monate später, hatte er das Entsetzen in ihren weit aufgerissenen Augen und ihr tagelanges Schweigen verstanden. Wie hatte er nur so naiv sein können. So vertrauensselig.

Ihr Streit auf dem Boot wäre beinahe ebenso eskaliert. Er fragte sich, ob die Polizisten davon wussten. Der alte Skipper hatte sicher kein Wort ihres Disputs verstanden und vielleicht gerade deshalb falsche Schlüsse gezogen. Julian erinnerte sich an den entgeisterten Blick des Mannes, als er das Messer in Lauras Hand gesehen hatte.

Nach den aufreibenden Erlebnissen von Ullapool nur wenige Tage zuvor war es bereits der nächste Zwischenfall gewesen. Dabei hatte der Tag so harmonisch begonnen. Die Sonne hatte sie früh geweckt und das Innere des Zeltes erwärmt, und sie hatten richtig guten Sex gehabt. Laura war weich und anschmiegsam gewesen und hinterher dicht neben ihm wieder eingeschlafen, während er sich ganz dem Moment hingegeben und durch die Zeltöffnung das Meer beobachtet und auf ihren ruhigen Atem gelauscht hatte. Später war er zum Strand hinuntergeklettert, um zu schwimmen, obwohl das Wasser viel zu kalt gewesen war. Laura hatte Fotos gemacht und die Erlebnisse des Vortags aufgeschrieben, wie sie es jeden Morgen machte – sie dokumentierte die gesamte Reise und teilte die Highlights mit ihrer Fangemeinde im Netz, sobald sie irgendwo einen Internetzugang erwischte. Zu Beginn ihrer Freundschaft war er eifersüchtig gewesen auf diese Aktivitäten und konnte nur schwer begreifen, wie sie ihr Privatleben so in der Öffentlichkeit ausbreiten konnte. Er weigerte sich, daran teilzunehmen. Gemeinsame Fotos gab es nur von öffentlichen Veranstaltungen, an denen sie teilgenommen hatten. Inzwischen hatte er sich daran gewöhnt, dass sie ständig ihr Mobiltelefon benutzte, sich dauernd austauschte oder in seinen Augen unbedeutende Statusmeldungen twitterte, wo auch immer sie war. Er verstand, dass ihr Job in der PR-Abteilung eines großen Social-Media-Unternehmens das mit sich brachte, und letztlich hatte ihr privates Engagement sie zu einer durchaus bekannten Bloggerin gemacht, was ihn zunächst auch mit Stolz erfüllt hatte. Ihre kritischen Stellungnahmen zum aktuellen politischen Geschehen im Land hatten ihr auch die eine oder andere Einladung zu einer Talkshow beschert, die sie jedoch ausgeschlagen hatte. »Ich werde mich nicht wie ein Gladiator in den Ring begeben«, hatte sie getwittert und auf ihrer Facebook-Seite gepostet und war stolz auf die unzähligen *Likes* gewesen, die sie dafür erhalten hatte. Julian, der im Grunde ein sehr unpolitischer Mensch war, konnte ihre Einstellung nur schwer nachvollziehen. »Aus dem Off kritisieren, sich aber selbst nicht aktiv der Kritik stellen«, hatte er dagegengehalten und damit einen nicht unerheblichen Streit provoziert. Laura warf ihm schon länger eine durch seinen Vater negativ geprägte Haltung vor, die sich gegen alles richtete, was sich frei verfügbar journalistisch im Netz tummle. Und vielleicht hatte sie recht. Matthias Tahn war einer der bekanntesten politischen Journalisten des Landes, der nach langen Jahren als Auslandskorrespondent und Berichterstatter aus Krisen- und Kriegsgebieten inzwischen für eine überregionale Tageszeitung schrieb. Seine Meinung zu Lauras Aktivitäten war nicht die beste und der Begriff »unseriös« noch der harmloseste, den er verwendete, wenn er sich dazu äußerte.

Julian wollte mit alldem nichts zu tun haben. Und bislang war es ihm gelungen, nicht zwischen die Fronten seines streitbaren Vaters und seiner exaltierten Frau zu geraten.

Sein Vater.

Zu Hause.

Der Schweiß brach ihm aus, als ihm plötzlich klarwurde, dass er niemanden außer der schottischen Polizei über seine prekäre Situation informiert hatte. Er dachte an Lauras Eltern. Ihre Geschwister. Waren sie nicht die Ersten, die ein Recht besaßen, davon zu erfahren? Ihre Bindungen zu ihrer Familie in Leipzig waren eng, obwohl sie schon seit vielen Jahren in München lebte. Er tastete nach seinem Mobiltelefon in seiner Hosentasche, zog es heraus und wog es dann aber doch nur in seiner Hand. Was konnte er erzählen?

Er konnte nicht einfach sagen: »Laura ist verschwunden, und ich habe sie bei der Polizei als vermisst gemeldet.« Ihre Familie würde Fragen stellen – unangenehme Fragen. Aber sie würden nicht glauben, was er ihnen erzählte. Ebenso wenig wie die schottische Polizei. Niemand würde ihm glauben, was tatsächlich geschehen war. Er schloss die Augen und drückte die Stirn fester gegen das kalte Glas. Und mit einem Mal war es, als erlebte er ein Déjà-vu, alles war wieder präsent, er beobachtete erneut, wie sich Unglaube in einem vertrauten Gesicht ausbreitete, Finger sich kraftlos lösten. Der Schweiß brach ihm aus. Er war in einem Alptraum gefangen, aus dem es kein Erwachen gab. Was sollte er nur tun? Was *konnte* er noch tun?

»Sir, ist Ihnen nicht gut?«

Julian schluckte. Der Duft von frischgebackenem Kuchen streifte ihn. Langsam drehte er sich um.

Die Wirtin stand hinter ihm, die Hände in ihre ausladenden Hüften gestemmt. Er hatte sie nicht kommen hören.

»Madam?«

Sie wies auf seinen fast unberührten Frühstücksteller. »Hat es nicht geschmeckt?«

»Doch, doch«, beeilte sich Julian zu versichern. »Alles in Ordnung, ich hatte keinen Hunger.«

Ihr Blick blieb an ihm hängen, und er fürchtete schon, sie würde einen weiteren Kommentar abgeben, denn natürlich war ihr nicht verborgen geblieben, was geschehen war, obwohl sie diesmal taktvoll den Raum verlassen hatte, während er mit den beiden Polizeibeamten gesprochen hatte. Aber sie räumte sein Essen schweigend ab. Erst in der Küchentür wandte sie sich noch einmal um. »Mein Mann fährt heute in Richtung Durness. Er hat östlich der Straße ein paar Schafe laufen, die er einfangen muss, um sie zu markieren. Er könnte ein bisschen Hilfe brauchen. Der Arbeiter, der ihm normalerweise hilft, hat gerade abgesagt, weil er einen Unfall hatte.«

Julian sah sie überrascht an, nickte dann aber. Alles war besser, als tatenlos im Hotel zu sitzen. Alles war besser, als in einem fort um die Erlebnisse der vergangenen Tage zu kreisen. Zu viele hässliche Bilder tauchten ständig ungefragt auf.

JOHN GILLS STRICH mit den Fingern über das alte Holz des Gatters, bevor er es für Mackays Dienstwagen öffnete. Er konnte nicht beziffern, wie oft er seit seiner Kindheit schon durch dieses Tor gegangen war. Der Weg zur Sandwood Bay trug viele Erinnerungen in sich, vor allem an die gemeinsamen Wanderungen mit seinem Großvater, der auf dem weitläufigen Gebiet zwischen Blairmore und der Bay seine Tiere hatte weiden lassen. Vorwiegend Schafe waren es gewesen, aber auch eine Herde scheuer Highland-Rinder, von denen man meistens nicht mehr zu sehen bekam als die Ausscheidungen, die sie hinterließen, wenn sie einen der Wege kreuzten. Wenn sie zusammengetrieben, gezählt und selektiert wurden, war Gills jedes Mal aufs Neue erstaunt gewesen, wie viele der braunen, zotteligen Tiere sich in den eigens dafür aufgestellten Gattern versammelten. Und wie unbemerkt sie wieder mit der Landschaft verschmolzen, sobald sie wieder freigelassen wurden. Nicht so die Schafe. Wie große weiße Steine lagen oder standen sie weithin sichtbar herum, und ihr Blöken war in der Stille des Hochlands weithin zu hören, vor allem im Frühsommer, wenn sie nach ihren Lämmern riefen, die mit ihrem ungebärdigen Spiel jeden bezauberten, der sich die Zeit nahm, sie zu beobachten. Und diese Zeit nahm sich nahezu jeder, der sich auf den viereinhalb Meilen langen Weg zu Fuß zum Strand aufmachte, denn Fahrzeuge waren in dem Naturschutzgebiet nur mit Ausnahmegenehmigung gestattet.

Während Ian Mackay den Dienstwagen langsam durch das

Tor rollen ließ, warf Gills einen letzten Blick auf den Parkplatz von Blairmore, der nicht mehr war als eine Straßenbucht zwischen den wenigen alten Cottages. Obwohl es noch früh am Tag war, standen bereits einige Wohnmobile und Geländewagen dort und gaben preis, welchen Touristen sie auf dem Weg begegnen würden: Menschen, die einen Regen nicht scheuten und gelernt hatten, festes Schuhwerk zu schätzen, Menschen wie ... Susan. Graugrüne Augen und ein herbes Gesicht tauchten vor seinem inneren Auge auf, gepaart mit dem unguten Gefühl eines gärenden, ungelösten Problems. Mit einem entschlossenen Ruck schob Gills das Tor zurück in seine Verankerung. Darüber würde er jetzt nicht nachdenken.

Ian schaukelte sie behutsam über den holprigen Weg, auf dem noch die Pfützen des letzten Regens standen. Zu jeder Seite erstreckte sich das mit Heidekraut und Farnen bedeckte wellige Land, das sich erst zum Landesinneren hin zu höheren Bergrücken erhob. Die Sonne zog die Feuchtigkeit dampfend aus dem Boden, die Luft war dunstig, und durch das geschlossene Fenster konnte Gills die Mückenschwärme sehen, die sich schutzsuchend in die Nebelschwaden flüchteten. Die kleinen, nicht mehr als zwei Millimeter großen Insekten verabscheuten die Sonne ebenso wie den Wind, weshalb sie hier in unmittelbarer Nähe der Küste bei weitem nicht solch eine Plage waren wie weiter im Inland. Schließlich tauchte vor ihnen *Loch na Gainimh* auf, das an diesem Morgen unbeweglich wie ein schimmernder, tiefgrauer Spiegel im Heidekraut lag. Ein paar Wasservögel flogen auf, und eine Gruppe Wanderer am Rand des Sees verfolgte ihren Flug. Sie waren so vertieft, dass sie den Wagen, der hinter ihnen heranrollte, erst bemerkten, als Ian den Motor kurz aufheulen ließ. Hastig traten sie an den Wegrand. Ian bedankte sich winkend.

Als sie die kleine Anhöhe erreichten, die gleichzeitig das Ende des Fahrwegs markierte, stellte Ian den Wagen in einer Abzweigung ab, auf der ein älterer Mann auf sie zukam. Missmutig betrachtete er sie. Anscheinend war er stark kurzsichtig, denn erst als er bei ihnen angekommen war, schien er das Polizeifahrzeug zu erkennen, und seine Miene hellte sich auf. »Ich dachte, da kommt wieder so fußlahmes Volk, das sich an keine Bestimmungen hält«, rief er ihnen knarzend entgegen. »Bin in den vergangenen Tage öfter hier draußen gewesen, und immer stand hier ein fremder Wagen.«

Gills horchte auf. Julian Tahn hatte weder mit ihm noch mit Ian darüber gesprochen, dass er ein Fahrzeug bemerkt hatte, obwohl sie ihn nach Auffälligkeiten befragt hatten.

»Guten Morgen, Mr. Bristol«, begrüßte Ian den drahtigen Alten, und als der Name fiel, klickte es bei Gills. Georg Bristol aus Oldshoremore. Seit seiner Pensionierung hatte er sich völlig der Ornithologie verschrieben, und zu bestimmten Jahreszeiten war er ständig hier draußen anzutreffen. Es war noch nie gut Kirschen essen mit ihm, Gills erinnerte sich, dass er als Jugendlicher hin und wieder mit dem ehemaligen Lehrer der Schule in Durness zusammengerasselt war. Georg Bristol maß den jungen Brian von oben bis unten mit zusammengekniffenen Augen und nickte ihm kurz zu, dann wanderte sein Blick zu Gills und blieb prüfend an ihm hängen. »John Gills?«

»Ja, Sir«, erwiderte Gills. »Freut mich, Sie zu sehen.«

Bristol stützte sich auf seinen Wanderstock. »Sind Sie nicht inzwischen Detective bei der Scottish Police in Inverness?«

»Ja, Sir. Detective Sergeant.«

Bristol schenkte ihm einen weiteren Blick über seine lange, dünne Nase hinweg. »Hätte nicht gedacht, dass aus Ihnen mal was wird.« Übergangslos wandte sich der Alte darauf wieder Ian zu. »Was macht ihr hier draußen?«

»Nur eine Routinesache.« Ian deutete auf die Bay und räusperte sich. »Mr. Bristol, erinnern Sie sich, was das für ein Wagen war, den Sie gesehen haben?«

»Roter Geländewagen, Marke Ford«, kam es wie aus der Pistole geschossen.

»Sie haben sich nicht zufällig das Kennzeichen gemerkt?«

Ein listiges Lächeln huschte über Bristols faltiges Gesicht. »Zufällig nicht, nein. Ich habe es notiert.« Er zog ein kleines Notizbuch aus der Innentasche seiner dunkelgrünen Wachsjacke und blätterte darin. Dann diktierte er Ian mit gerunzelten Brauen die Zahlen- und Buchstabenkombination eines britischen Autokennzeichens. »Im Grunde ist es ein Glück, dass wir uns getroffen haben«, fügte er hinzu, während er das Büchlein umständlich wieder verstaute. »Ich hätte das Ganze sonst vergessen, obwohl ich mir fest vorgenommen hatte, den Fall anzuzeigen.«

Gills spürte, wie ein Lachen in ihm aufstieg, und da er aus dem Augenwinkel bemerkte, dass es Brian ähnlich erging, biss er sich auf die Lippen und konzentrierte sich auf seine Schuhe, bis Ian sich von Georg Bristol verabschiedet hatte und der Mann seines Weges zog.

Ian warf den beiden jüngeren Männern einen strafenden Blick zu. »Es ist noch lang hin und derzeit wollt ihr es euch kaum vorstellen, aber irgendwann werdet ihr auch so alt sein.«

»Aber nicht so schrullig«, platzte es aus Brian heraus.

»Darauf würde ich keine Wette abschließen, mein Lieber.«

»Georg Bristol war schon immer so«, verteidigte Gills seinen rothaarigen Kollegen. »Du hast ihn nicht in der Schule erlebt.«

Ian hob einen warnenden Finger.

»Schon gut«, lenkte Gills ein. »Seine Information ist wertvoll und vermutlich absolut korrekt.«

»Das will ich meinen«, beendete Ian das Thema und wandte

sich dem Fußpfad zur Bay zu, der sie von der Anhöhe hinab durch sumpfiges Gelände entlang weiterer Seen führte, bis er vor der Steilküste wieder anstieg. Gills stellte fest, wie sich ehemals eingeschliffene Mechanismen von selbst wieder etablierten. Obwohl er bereits denselben Dienstgrad besaß wie Ian und als Detective eine andere Ausbildung durchlaufen hatte als dieser bei der uniformierten Polizei, war die Hierarchie vor Ort die alte. Ian bestimmte die Richtung, den Ton, die Ermittlung. Gills wusste, dass er sich davon nicht zu sehr beeinflussen lassen durfte, er musste sein eigenes Denken wahren, seine eigene Arbeitsweise, die er im Laufe der Jahre in Inverness entwickelt hatte, und für einen Moment verfluchte er erneut den Chief Inspector, der ihn aus einer Laune heraus mit diesem Fall betraut hatte. Es würde nicht leicht werden.

Eine gute halbe Stunde brauchten sie, bis sie einen Blick auf ihr Ziel werfen konnten, und Gills sog das Panorama mit plötzlich klopfendem Herzen in sich auf. Die sandige Bucht zwischen den verwitterten Sandsteinklippen im Süden und den bizarren Felsformationen aus erdgeschichtlicher Frühzeit im Norden war für ihn schon immer ein besonderer Ort gewesen. Auch Ian und Brian verharrten einen Moment in schweigendem Einvernehmen. Unter den Stränden der schottischen Atlantikküste war die Sandwood Bay einzigartig, schon allein wegen ihrer Länge von mehr als zwei Kilometern und den bis zu einhundert Metern aufragenden Dünen, die auf einem Fundament aus Kies und Stein zugleich einen natürlichen Staudamm für das Süßwasserreservoir des Loch Sandwood bildeten. Und obwohl jeder von ihnen seit seiner Kindheit vertraut war mit dem Anblick des weiten Strands und seinen kleinen vorgelagerten Inseln und Klippen, berührte er sie doch immer wieder aufs Neue und brachte ihnen die Sagen und Geschichten in Erinnerung, die mit der Bay verknüpft waren. Geschichten von Meerjungfrauen, Piraten und im Sand der Dünen versunkenen Schiffen. Gills seufzte, und Ian, der anscheinend genau wusste, was in seinem Kopf vorging, verpasste ihm einen freundschaftlichen Hieb. »Nicht träumen. Wir haben noch einiges zu tun und einen langen Heimweg.«

Es war interessanterweise Brian, der auf diese Ansprache hin rot anlief und eilig den schmalen, vom Regen ausgewaschenen Pfad hinunterhastete. Gills folgte ihm etwas langsamer, nicht ohne einen flüchtigen Blick auf das zerfallene Cottage rechts unterhalb von ihnen zu werfen, wo ein paar Schafe wiederkäuend im Schutz der halbhohen grauen Steinmauern lagen.

Als sie endlich die Dünen erreichten, zeigten ihnen frische Fußspuren im Sand, dass sie nicht die Ersten waren, die der Bucht an diesem Morgen einen Besuch abstatteten. Sie folgten ihnen vorbei an Zeichen ehemaliger Fluten, die Algen, Muschelreste und Treibholz bis weit hinter die Gezeitenlinie getragen hatten. Ian schnaufte wie ein Walross, sichtlich bemüht im tiefen Sand nicht zurückzubleiben.

»Lass uns auf den alten Mann warten, sonst kriegt er noch einen Herzinfarkt vor Anstrengung«, bemerkte Brian augenzwinkernd und blieb stehen.

Ian wischte sich den Schweiß von der Stirn. »Spotte du nur, wir werden schon sehen, wer beim nächsten Sportfest des Countys die Medaillen holt.«

Gills schmunzelte während dieser unbeschwerten Wortgefechte. Manchmal vermisste er diese Nähe, der auch die unterschiedlichen Dienstränge nichts anhaben konnten, nicht hier draußen weit weg von Querelen um Beförderungen und Dienstposten. Gleichzeitig wusste er auch, wie einengend sie sein konnte.

Sie fanden das rostrote Zweipersonenzelt am südlichen Ende der Bucht, so wie Julian Tahn es ihnen beschrieben hatte. Gut geschützt vor Blicken und dem Wind vom Meer, duckte es sich am Ausgang der Dünen in eine kleine natürliche Senke.

»Hübsches Plätzchen«, bemerkte Ian und zog ein Paar dünner Gummihandschuhe aus seiner Jackentasche.

Gills hatte seine Handschuhe bereits übergestreift und kniete sich vor den Zelteingang, um den Reißverschluss zu öffnen. Der Sand gab weich und leise knirschend unter seinen Knien nach, und die morgendliche Kühle, die noch in ihm lag, drang durch Gills' Hose bis auf seine Haut, während sein Blick auf einen blaugrauen Schlafsack fiel, der zusammengerollt auf einer sich selbst aufblasenden dünnen Luftmatratze lag. Dahinter an der Zeltwand ein ungeordneter Kleiderhaufen, ein Fleecepullover, soweit Gills sehen konnte, T-Shirts und eine Hose. Er zögerte, in das Zelt hineinzukriechen und unabsichtlich oder mit Vorsatz etwas zu verändern, und teilte seine Bedenken Ian mit.

»Meine Güte, Gills, wir haben es hier mit einer vermissten Person zu tun und nicht mit einem Mordfall«, erwiderte dieser, und Gills meinte, eine leichte Gereiztheit in seiner Stimme zu hören. Deshalb zog er entgegen seiner eigentlichen Überzeugung sein Smartphone aus der Tasche und machte Fotos vom Inneren des Zeltes, bevor er seine Schuhe abstreifte und hineinkroch. Sofort umfingen ihn Wärme und eine gewisse Stille, allein schon hervorgerufen durch das Fehlen des Windes, der an seinen Haaren und seiner Kleidung zerrte.

Er fotografierte jedes Detail an seinem Platz, bevor er es herausnahm. In den Taschen an den Wänden fand er zwei Bücher, eine Packung mit drei Müsliriegeln und eine Taschenlampe. Eine Flasche mit einer Antimückenlotion, Sonnencreme und einen knappen Bikini. Er rief sich das Foto von Laura Tahn ins Gedächtnis, das ihr Mann ihnen gegeben hatte: eine attraktive

Frau mit dunkeln Augen, breitem Mund und eigenwilligen Gesichtszügen, das glatte blonde Haar in einem Pferdeschwanz zusammengefasst. Warum war sie nach dem Auffüllen der Wasserflaschen nicht mehr zurückgekehrt? Was war in der Bucht passiert?

Zigarettenqualm zog ins Zelt und erinnerte ihn, dass Ian und Brian mit der Untersuchung der Umgebung vermutlich längst fertig waren und auf ihn warteten. Er sah sich ein letztes Mal suchend um. Und fand etwas, womit er nicht gerechnet hatte.

JULIAN BLICKTE AUF die Herde Schafe, die, getrieben von zwei schwarz-weißen Border Collies, wie ein Schwarm Vögel hin- und herwogte und allmählich näher kam. Seit sie im Westen der Highlands angekommen waren, hatte er die langhaarigen agilen Hunde schon des Öfteren auf den Ladeflächen der Pick-ups bemerkt, mit denen die Farmer hier unterwegs waren, aber er hatte sie noch nie in Aktion erlebt. Der Mann neben ihm beobachtete schweigend und mit zusammengekniffenen Augen die Arbeit seiner Hunde, während Julian spürte, wie seine Füße langsam in den moorigen Untergrund zwischen Farnen und Heidekraut einsanken, und dankbar war für die Gummistiefel, die ihm sein Begleiter aufgedrängt hatte. Sie waren zu groß und behinderten ihn beim Gehen, aber mit seinem eigenen Schuhwerk würde er mittlerweile knöcheltief im Wasser stehen.

Er wusste nicht, was seine Aufgabe sein würde, wenn die Hunde ihren Auftrag erledigt und die Schafe zu ihnen in den Pferch getrieben hatten, aber der Mann der Hotelwirtin würde ihm schon mitteilen, wie er seine Hilfe benötigte. Das hatte er ihm knapp, aber deutlich zu verstehen gegeben. Julian hatte schnell begriffen, dass Gordon McCullen ungern ein Wort zu viel verschwendete. Was er sagte, war präzise, klar und auf den Punkt. Eine Ansprache, die er sich augenscheinlich auch von den Menschen um sich herum wünschte, sofern man dem Gesichtsausdruck etwas beimaß, mit dem er den Ausführungen anderer lauschte.

Ihre gemeinsame Fahrt war entsprechend einsilbig verlaufen, was Julian die Gelegenheit gegeben hatte, seinen eigenen Gedanken nachzuhängen, während sie am Loch Inchard entlanggefahren waren und schließlich die Straße nach Durness genommen hatten. Die Gegend hier war verlassen. Die inzwischen nur noch einspurige Straße folgte einem langgezogenen, breiten Tal und war so schnurgerade, dass man den spärlichen Gegenverkehr schon von weitem sehen und rechtzeitig eine der Ausweichbuchten ansteuern konnte. In regelmäßigen Abständen lagen alte Reifen am Straßenrand, auf denen in weißer Blockschrift um Rücksicht für die Lämmer gebeten wurde. Zu beiden Seiten erhoben sich sanft ansteigende Berghänge bis auf eine Höhe von etwa 900 Metern. Es gab keine Bäume, kaum Strauchwerk und nur zwei Farben: das schmutzige Graubraun der Landschaft und das helle Blau des Himmels.

Nach ein paar Meilen bogen sie in östlicher Richtung auf einen schmalen Pfad ab, wo McCullen bereits nach wenigen hundert Yards angehalten, ein kleines Fernglas aus dem Handschuhfach genommen und die vor ihnen liegenden Berghänge abgesucht hatte.

»Wie finden Sie Ihre Schafe in dieser Wildnis wieder?«, hatte Julian wissen wollen.

»Wir brennen das Heidekraut ab.«

»Sie brennen das Heidekraut ab? Ich verstehe nicht ...«

»Wenn das junge, neue Grün sprießt, lockt das die Schafe an.«

Laura wäre begeistert gewesen. Von dem Mann. Den Hunden. Den Schafen sowieso, die von den völlig selbständig arbeitenden Collies immer näher getrieben wurden. Er stellte sich vor, wie sie die Szenerie mit leicht schräggelegtem Kopf beobachtete, ihre typische Haltung, wenn sie sich auf etwas konzentrierte. Ist das nicht wunderbar ursprünglich? Himmel, ich möchte das lernen!, würde sie dann bestimmt sagen. Diese Vorstellung ernüchterte ihn, und seine Faszination verlor sich schlagartig. Was machte er hier draußen? Wie konnte er tun, als sei nichts geschehen, während Laura ...

»Machen Sie sich bereit«, riss McCullen ihn aus seinen Grübeleien. »Schließen Sie das Gatter nach dem letzten Tier.«

Ein Schwall ihrer Ausdünstungen schlug Julian entgegen, als die Schafe sie schließlich erreichten. Ihre Augen mit der schrägstehenden Iris verliehen ihnen trotz ihrer Agilität einen seltsam verschlafenen Ausdruck.

Die letzten Tiere drängten an ihm vorbei, schubsend und blökend. Dort, wo sie Farn und Heidekraut zertrampelt hatten, sammelte sich braunes Wasser in kleinen Pfützen. Mücken stoben auf und waren im nächsten Augenblick wieder verschwunden, ein Stück weiter stieg eine Lerche tirilierend in den Himmel auf. Julian sicherte das Gatter mit einem Stift und trat zur Seite. McCullen war bereits auf dem Weg zu seinem Wagen und kehrte gleich darauf mit einem Sack voller Spraydosen zurück. Eine davon warf er Julian zu. »Wir müssen die Tiere markieren«, wies er ihn an. »Einen Punkt auf den hinteren Rücken.«

Julian stieg über den Zaun. Er besaß keine Scheu vor den Schafen und quetschte sich unbeeindruckt durch die wogende Masse der wolligen Leiber. Das Fell der Tiere war noch kurz, die letzte Schur hatte Ende Juni stattgefunden, das hatte er irgendwo gelesen. Warum McCullen seine Tiere dabei nicht gleich markiert hatte, war eine Frage, die Laura, wenn sie hier gewesen wäre, sofort gestellt hätte. Julian war nicht so offensiv. Er schüttelte seine Spraydose nach McCullens Vorbild, und Augenblicke später schon überdeckte der Geruch des synthetischen blauen Lacks den der Schafe, die ihr speckiges Fell an seinen Hosenbeinen rieben. Er konzentrierte sich auf seine Arbeit und ließ die Tiere dann einzeln wieder aus dem Pferch heraus, damit der Schäfer bei jedem einzelnen die Hufe untersuchen konnte. Die Muttertiere kannten die Prozedur und hielten geduldig still, doch die Jungtiere wanden sich in dem Griff, mit dem Julian sie nach der kurzen Einweisung, die er erhalten hatte, fixierte, und er war überrascht von der Kraft, die er aufwenden musste, um sie zu bändigen. Schweiß trat ihm auf die Stirn, insbesondere da die Sonne heiß auf sie herunterschien. Auch McCullen schnaufte angesichts der Anstrengung. Als das letzte Tier den Pferch verließ und mit lautem Blöken den anderen hinterhersprang, richtete er sich mühevoll aus seiner gebückten Haltung auf und stemmte die Hände ins Kreuz.

»Verfluchte Knochen«, murmelte er.

Julian blickte den entfliehenden Schafen nach, bis sie kurz in einer Senke verschwanden und wieder auftauchten. Dann suchte er das am Boden liegende Werkzeug zusammen und reichte es dem Schäfer, dessen wettergegerbtes Gesicht sich daraufhin das erste Mal an diesem Vormittag zu einem Lächeln verzog. »Im Wagen habe ich eine Kühltasche mit Bier.«

Die Hunde lagen neben ihnen im Heidekraut, als die Männer an den Wagen gelehnt ihre zweite Dose leerten. Die Schafe waren nur noch ein Nebelfetzen, der sich am Hang des nächsten Berges langsam hinaufarbeitete. Julian spürte, wie ihm durch die Anstrengung und das fehlende Frühstück der Alkohol sofort zu Kopf stieg.

»Wann werden Sie die Tiere das nächste Mal zusammentreiben?«, fragte er mit schwerer Stimme.

McCullen schien es nicht zu bemerken. »Im Herbst«, entgegnete er und zerdrückte die Dose in seiner Hand. »Dann verkaufen wir einige der Jungtiere.«

Julian nickte wissend. »Wie lange machen Sie das schon?«

»Seit meiner Kindheit.«

»Kann man davon noch leben?«

McCullen schenkte ihm einen langen schweigenden Blick. »Meinen Sie, Emma würde das Hotel betreiben, wenn wir genug mit den Schafen verdienen würden?«, fragte er dann.

Julian zuckte mit den Schultern. »Vielleicht macht sie es aus Leidenschaft.«

»Hier im Norden arbeiten wir nicht aus Leidenschaft, sondern um zu überleben, und das schon seit mehr als zweihundert Jahren.«

Sie packten zusammen, und eine halbe Stunde später erreichten sie wieder den Parkplatz des Hotels. Dort wurden sie bereits erwartet. Der Kriminalbeamte aus Inverness saß draußen auf einer Bank in der Nachmittagssonne. Als Julian aus dem Wagen stieg, stand er auf und kam ihnen entgegen.

Er war ein gutaussehender Mann mit markanten Zügen und von sportlicher Statur, ein paar Jahre jünger als Julian, vermutlich in Lauras Alter. Er begegnete seinen Mitmenschen mit offenem Blick und einem schnellen Lachen, wie Julian festgestellt hatte, und er hätte ihn vermutlich sofort sympathisch gefunden, wenn sie sich in einer Kneipe bei einem Bier kennengelernt hätten. Aufgrund der Umstände lag jedoch eine spürbare Distanz zwischen ihnen.

»Mr. Tahn«, begrüßte ihn der Mann, »ich habe hier auf Sie gewartet. Wir waren heute Morgen wie angekündigt in der Sandwood Bay.«

Aus dem Augenwinkel bemerkte Julian, wie Gordon McCullen beim Abladen seines Pick-ups innehielt und lauschte.

Julian schluckte. »Und? Haben Sie etwas gefunden?«

»Ja, das haben wir«, entgegnete der Beamte.

»Etwa eine Spur von Laura …?«

Der Mann schüttelte bedauernd den Kopf. »Nein, leider keine Spur von Ihrer Frau.«

Jetzt erst fiel Julian das Bündel auf, das neben dem Beamten auf der Bank lag. Sein Zelt!

Er räusperte sich. »Sie haben das Zelt mitgebracht.«

John Gills – plötzlich war Julian der Name wieder präsent – nickte. »Und auch alles andere, was Sie am Strand zurückgelassen haben.«

Julian lachte nervös auf. »Ich konnte nicht alles tragen, aber das hatte ich Ihnen ja bereits gesagt. Kann ich meine Sachen mitnehmen?«

»Tut mir leid, Sir, wir müssen sie erst kriminaltechnisch untersuchen lassen.«

Julian hatte schon einen Widerspruch auf der Zunge, überlegte es sich dann aber anders, als er bemerkte, wie Gills ihn ansah.

»Ich würde mich gern noch einmal mit Ihnen unterhalten. Vielleicht gehen wir hinein, da haben wir mehr Ruhe«, fuhr Gills mit einem unauffälligen Seitenblick auf Gordon McCullen fort.

Julian wies auf seine verschmutzte Hose. Seine Füße steckten noch immer in den Gummistiefeln, und er konnte sich des Gefühls nicht erwehren, intensiv nach Schaf zu riechen. »Ich würde mich gern umziehen und waschen, wenn es Sie nicht stört, kurz zu warten.«

»Kein Problem«, versicherte ihm Gills. »Sie finden mich im Pub.«

Sie betraten gemeinsam das Hotel, trennten sich aber an der Rezeption, wo Julian die Gummistiefel stehenließ und auf Strümpfen zu seinem Zimmer ging. Er hörte die Tür des Pubs zufallen, und alles, was er in den vergangenen Stunden verdrängt hatte, war plötzlich wieder präsent. Der Beamte wollte das Zelt auf Spuren untersuchen lassen. Angespannt drehte Julian den Zimmerschlüssel in seiner Hand und musste feststellen, dass seine Finger zitterten, als er ihn in das zerkratzte Schloss steckte. Irritiert von der eigenen Schwäche, die sich nicht allein vom Alkohol herleitete, hielt er inne. Er besaß keine Kontrolle mehr, weder über sich selbst noch über die Situation. Langsam zog er sich aus, schob seine schmutzige Kleidung auf einen Haufen neben der Tür und stieg in die altmodische Dusche. Mit den Händen gegen die hellgelben Kacheln gestützt, ließ er sich das heiße Wasser über den Kopf laufen, bis er spürte, dass er ruhiger wurde. Dabei sah er die ganze Zeit über das freundliche, offene Gesicht von John Gills vor sich.

HALLO JOHN, du siehst aus, als könntest du einen Kaffee vertragen«, begrüßte Emma, die frische Blumen in der Schankstube verteilte, den Detective Sergeant.

»Seit wann stellst du Blumen auf die Tische?«, entfuhr es Gills überrascht, ohne auf ihre Frage einzugehen.

»Wir haben heute Nachmittag eine Bingo-Veranstaltung«, erklärte sie beinahe entschuldigend. »Kaffee?«

»Gern. Am besten, du bringst gleich eine Kanne. Ich bin mit deinem deutschen Gast verabredet.«

Emma plazierte die letzte Vase. »Scheint ein netter Kerl zu sein«, bemerkte sie, während sie den Lappen aus ihrem Gürtel zog und Krümel von der weißen Tischdecke wedelte.

»Findest du?«

Sie wandte sich zu ihm um. »Als Gordon sein Werkzeug hereingebracht hat, hab ich ihn gefragt, was er von ihm hält.« Die bewusste Beiläufigkeit seiner Frage schien ihr nicht aufgefallen zu sein. »Er meint, der Mann kann zupacken und scheut sich nicht davor, sich schmutzig zu machen.«

Das war in der Tat etwas, das vermutlich nicht nur in den Highlands einem Lob gleichkam, aber Gills wollte nichts davon hören. »War es deine Idee, ihn mit Gordon zu den Schafen zu schicken?«

Emma verschränkte die Arme unter ihrem üppigen Busen und schaute ihn herausfordernd an. »Was sollte ich tun? Du weißt selbst, dass Arbeit das beste Heilmittel ist.«

Gills konnte sich ein Lächeln nicht verkneifen. Emmas Hang, alles und jeden zu bemuttern, der in ihren Radius geriet, war weit über die Grenzen von Kinlochbervie hinaus bekannt. Bevor sie und Gordon vor rund zehn Jahren ein Paar wurden, hatte so manche verirrte Seele an eben diesem Busen, den sie jetzt mit ihren Armen gefährlich anhob, Zuflucht gefunden. Seit ihrer Heirat beschränkte sie sich darauf, verwaiste Lämmer aus der Herde ihres Mannes großzuziehen, aber nun war Julian Tahn auf dem besten Weg, zu einem ihrer Schutzbefohlenen zu werden, was Gills nicht ohne Sorge registrierte. Ihm war nicht entgangen, dass der Deutsche ein deutliches Unbehagen ausgestrahlt hatte, nachdem er gesehen hatte, dass Gills sein Zelt mitgebracht hatte und plante, es kriminaltechnisch untersuchen zu lassen. Und dann war da der Streit, von dem Peter Dunn berichtet hatte. Gills hatte sich nach ihrer Rückkehr von der Sandwood Bay noch einmal zu Peter aufgemacht, um von dessen Eindrücken zu erfahren. Er hatte ihn im Hafen vor seinem Bootsschuppen gefunden, wo er wohl zurzeit hauste, und Peter hatte ihn mit auf das alte, umgebaute Fischerboot genommen und ihm genau gezeigt, wo die Streitenden gestanden und was sich dabei zwischen ihnen abgespielt hatte. Selbst wenn er Peters Erzählung und seinen Hang zur Dramatik entsprechend wertete, war der Vorfall doch schwerwiegend genug, dass Gills sich fragte, warum Julian Tahn weder ihm heute Morgen noch Ian Mackay am Vorabend von dem Streit berichtet hatte.

»Der Mann verschweigt uns etwas«, hatte er auf dem Rückweg gegenüber Ian geäußert. »Hinter der Geschichte steckt mehr, als er uns glauben macht.«

Ian hatte bedächtig den Kopf gewiegt. »Lass uns abwarten, was die Untersuchung des Zelts ergibt – und die Auswertung des Telefons.«

Das Telefon. Gills hatte Laura Tahns Mobiltelefon versteckt zwischen der schmutzigen Kleidung gefunden. Er tastete danach in seiner Jackentasche, wo es in einem der Klarsichtbeutel der Spurensicherung steckte, die er für solche Fälle immer bei sich trug. Dass Laura Tahn ihr Telefon im Zelt gelassen hatte, war ein weiterer Punkt, der Gills zutiefst irritierte. Er ging davon aus, dass ihr Mann den Zugangscode des Geräts kannte, das würde seine weiteren Nachforschungen deutlich erleichtern.

Emma kam mit einem Tablett aus der Küche zurück. Sie brachte eine Thermoskanne, zwei Tassen und außerdem einen Teller mit Scones, Clotted Cream und Erdbeermarmelade. »Die habe ich für heute Nachmittag gebacken, aber nach euren Ausflügen habt ihr vielleicht auch Appetit darauf«, sagte sie, nachdem sie alles auf dem Tisch abgestellt hatte.

Sie war gerade fertig, als Julian Tahn in der Tür erschien. Sein Haar lockte sich feucht um sein Gesicht, und unter dem Arm trug er die Kleidung, die er bei seiner Rückkehr noch getragen hatte.

Emma begrüßte ihn mit mütterlicher Geste. »Geben Sie die Wäsche ruhig her, ich kümmere mich darum.«

Der Deutsche lächelte zurückhaltend. »Das ist ganz liebenswürdig, Madam. Vielen Dank.« Dann ging er zu Gills hinüber, der aufstand und den Neuankömmling an seinen Tisch bat. »Ich habe uns Kaffee bestellt, ich hoffe, das ist in Ihrem Sinn, und Emma hat uns ein paar frische Scones spendiert.«

Julian Tahn setzte sich zu ihm. »Ich weiß nicht, ob ich etwas essen kann«, bekannte er. »Mein Magen fühlt sich an wie zugeschnürt.«

Das macht die Nervosität, lag es Gills auf der Zunge, aber er hielt sich zurück. Stattdessen zog er das Telefon aus seiner Tasche und legte es wortlos auf den Tisch.

Julian starrte auf das Telefon. »Lauras iPhone!«, entfuhr es ihm. »Wo haben Sie es gefunden? Ich hätte nie gedacht, dass sie auch nur einen Schritt ohne dieses Telefon macht. Und nun ...« Er hielt inne und fragte sichtlich aufgewühlt: »Haben Sie wirklich nichts entdeckt, das auf ihren Verbleib schließen lässt?«

»Leider nein«, erwiderte Gills. »Das Telefon lag verborgen zwischen der Kleidung in der Ecke des Zeltes. Es überrascht mich, dass Sie es nicht gefunden haben. Haben Sie überhaupt danach gesucht?«

Julian blieb ihm die Antwort schuldig, und Gills bemühte sich, seine Irritation zu verbergen. »Kennen Sie ihren Code?«

»Sicher«, entgegnete Julian und griff nach dem Gerät. »Darf ich?«

»Bitte!«, ermunterte Gills ihn und notierte die Zahlenfolge, die Julian eintippte. Der Sperrbildschirm wurde ersetzt durch ein Foto, das Laura Tahn zusammen mit ihrem Mann vor einem gigantischen Gebirgspanorama zeigte.

Gills nahm das Telefon, tippte das Telefonsymbol und darauf die Telefonprotokolle an. »Ich sehe hier keinen Anruf von Ihnen. Ich verstehe nicht, warum Sie nicht versucht haben, Ihre Frau nach ihrem Verschwinden zu kontaktieren.«

»Es gibt kein Netz in der Sandwood Bay«, entgegnete Julian knapp.

»Aber hier in Kinlochbervie gibt es ein Netz«, bemerkte Gills und legte das Telefon auf den Tisch zurück. »Haben Sie bereits Kontakt mit Ihren Familien in Deutschland aufgenommen?«, wollte er stattdessen wissen.

»Nein, ich wollte keinen beunruhigen.«

»Vielleicht hat Ihre Frau sich dort gemeldet«, mutmaßte Gills und fügte mit einem Blick auf das Mobiltelefon auf dem Tisch hinzu: »Oder bei einer engen Freundin.« Er räusperte sich. »Ich an Ihrer Stelle hätte längst alle angerufen.«

»Wie sollte sie sich melden?«, entgegnete Julian leicht gereizt. »Sie hat ihr Telefon ja zurückgelassen.«

Gills strich seinen Hemdkragen glatt. »Soweit ich informiert bin, gibt es in Schottland auch die Möglichkeit, ein öffentliches Telefon zu benutzen.« Er lehnte sich auf seinem Stuhl leicht nach vorn. »Wollen Sie Ihre Frau überhaupt wiederfinden?«

Julian starrte ihn ungläubig an. »Was soll diese Anspielung?«, fuhr er auf und hieb so unvermittelt und heftig mit der Faust auf den Tisch, dass das Geschirr klirrte. »Mir sind hier die Hände gebunden! Das wissen Sie besser als ich! Ich verfüge weder über ein Auto noch über die Möglichkeit, mir vor Ort eines zu beschaffen. Ich kann hier nur sitzen und warten. Und es kann mir wohl niemand verübeln, wenn ich unsere Familien nicht vorschnell beunruhigen möchte. Lauras Eltern sind nicht mehr die Jüngsten und gesundheitlich ...«

Gills hob abwehrend eine Hand. »Sir, bitte, beruhigen Sie sich! Ich wollte Ihnen nicht zu nahe treten.« Aus dem Augenwinkel sah er Emma in der Küchentür auftauchen. »Vielleicht kommen wir der Sache näher, wenn Sie mir von sich und Ihrer Frau erzählen.« Er wies auf Laura Tahns Telefon auf dem Tisch. »Dieses Foto zum Beispiel, wo ist das entstanden?«

»Nepal«, entgegnete Julian einsilbig. »Da waren wir letztes Jahr.«

»Auch eine Rucksacktour?«

Julian nickte.

»Sie unternehmen öfter solche Reisen?«

»Wie man es nimmt.«

»Wie darf ich das verstehen?«, fragte Gills. Er griff nach der Kanne und schenkte Kaffee ein. Das Aroma des frisch aufgebrühten Kaffees breitete sich anregend zwischen ihnen aus, und er spürte, wie Julian Tahn sich langsam wieder entspannte.

»Ich habe bereits während meiner Studienzeit begonnen, mich auf extreme Gebirgstouren zu spezialisieren, aber das ist nichts für Laura«, entgegnete er und nahm sich nun auch entgegen seiner vorherigen Ankündigung einen der Scones. »Unseren gemeinsamen Urlaub verbringen wir am liebsten in freier Natur, aber in eher gemäßigter Form.« Er zog eine der Kaffeetassen zu sich heran, gab einen Schuss Milch dazu und stippte das Gebäck hinein.

»Sie machen also nicht nur gemeinsam Urlaub«, stellte Gills fest.

»Laura braucht einmal im Jahr ihren Strandurlaub mit Freundinnen.«

»Und in der Zeit gehen Sie dann Bergsteigen.«

»Nicht unbedingt zeitgleich, das passt nicht immer beruflich.«

Gills zog seinen Block aus der Innentasche seiner Jacke und schlug ihn auf. »Was machen Sie beruflich, wenn ich fragen darf?«

»Filmmusik. Ich bin selbständig.«

»Filmmusik«, wiederholte Gills überrascht. »Heißt dass...«

»Ich komponiere, richtig«, fiel ihm Julian ins Wort.

Gills zog anerkennend eine Augenbraue hoch, doch Julian wiegelte sogleich ab. »Das klingt aufregender, als es ist. Natürlich arbeite ich immer wieder an großen Produktionen mit, aber zum Leben braucht es auch die vielen kleinen Aufträge unter anderem aus der Werbung.«

»Ich stamme aus einer völlig unkreativen Familie«, erwiderte Gills, »mich fasziniert allein schon der Gedanke, dass jemand eine solche Begabung besitzt. Haben Sie Musik studiert?«

»Muss man nicht, aber ich habe es.«

»Und welches Instrument spielen Sie?«

»Klavier.«

Vor Gills' innerem Auge tauchte ein Bild von Julian Tahn auf, am Klavier sitzend, einen Bleistift zwischen den Zähnen und ein aufgeschlagenes Notenblatt vor sich, und im Kopf eine Melodie, die er auf diese Weise umsetzte.

»Machen Sie sich keine zu romantischen Vorstellungen«, warnte Julian, der scheinbar ahnte, woran Gills dachte. »Tatsächlich sitze ich die meiste Zeit am Computer und im Studio.«

Gills lächelte. »Ihre Frau ist auch in diesem Bereich tätig?«

Julian schüttelte den Kopf. »Nein, sie arbeitet in der Presseabteilung eines Ablegers einer großen amerikanischen Social-Network-Firma. Wir haben beruflich nichts miteinander zu tun.«

»Erfahrungsgemäß ist das ja auch besser so«, erwiderte Gills trocken.

Julian wirkte überrascht, vielleicht aber auch nur von der Freimütigkeit seines Gegenübers. »In den meisten Fällen trifft das zu«, pflichtete er ihm zurückhaltend bei. Er schien sich nicht sicher zu sein, wohin dieses Gespräch führen sollte.

»Ich habe heute mit Peter Dunn gesprochen«, wechselte Gills deshalb das Thema. »Sie hatten ihn vor ein paar Tagen für eine Bootsfahrt angeheuert.«

Julian, der gerade nach einem weiteren Scone greifen wollte, verharrte in seiner Bewegung.

»Er sagte mir, sie hätten während der Fahrt auf seinem Boot einen heftigen Streit mit Ihrer Frau gehabt. Laut Mr. Dunn war sogar ein Messer im Spiel. Warum haben Sie uns nichts davon erzählt?«

Der Deutsche lehnte sich auf seinem Stuhl zurück und blickte Gills mit gerunzelter Stirn an. »Es war nicht wichtig.«

»Sie haben einen Streit mit Ihrer Frau, während dessen sie Sie mit einem Messer bedroht, vier Tage später verschwindet Ihre Frau spurlos, und Sie sagen mir, es wäre nicht wichtig, diesen Streit zu erwähnen?« Gills konnte nicht verhindern, dass seine Stimme einen scharfen Unterton bekam.

»Sie hat mich mit dem Messer nicht bedroht«, entgegnete Julian beinahe trotzig. »Sie hat gedroht, sich damit umzubringen.«

Gills glaubte, nicht richtig zu hören. »Sie hat *was?*«

PETER DUNN SPÜRTE, wie sich das Boot unter ihm durch die Dünung kämpfte. Die Wellen waren nicht hoch, aber der alte Fischkutter war nicht besonders groß und schwerfällig noch dazu. Nicht wie die schnittigen weißen Jachten, die in den Sommermonaten bisweilen die Küste hochkamen und wie von selbst durch das Wasser zu gleiten schienen. Nein, sein Boot schlingerte und schaukelte behäbig wie eine Tonne, aber letztlich erfüllte es seinen Zweck. Er dachte an die zufriedenen Gesichter der vier italienischen Touristen, an ihre blitzenden Kameras und das üppige Trinkgeld, das sie ihm am Ende ihrer Tour nach Handa Island zusätzlich zu seinem Fahrpreis in die Hand gedrückt hatten. Normalerweise nahmen die Urlauber die Personenfähre von Tarbet aus, die auch nicht mehr war als ein kleines Boot mit Außenbordmotor, das sie jedoch in nur fünfzehn Minuten auf die Insel mit der größten Seevogelkolonie Europas brachte. Aber es gab auch immer wieder jene, die sich auf die rund zweistündige Tour entlang der Küste einließen, die Peter bei gutem Wetter und ruhiger See ab Kinlochbervie anbot. Wenn er sie dann am Sandstrand der Insel abgesetzt hatte, warf er seinen Anker in der geschützten Bucht aus und machte ein Nickerchen, bis sie zurückkehrten von ihrer Wanderung. Heute jedoch war es eine One-Way-Tour gewesen, weshalb er jetzt auf dem Rückweg allein unterwegs war. Die vier jungen Leute planten auf der Insel zu übernachten und am nächsten Tag direkt nach Tarbet überzusetzen. Die Ranger sahen das nicht gern, er hatte sie darauf hingewiesen, aber letztlich war es nicht sein Problem.

Letzen Sommer hatte er mit seinem Boot sogar den Minch überquert bis rüber nach Lewis. Seine Passagiere hatten unterwegs geangelt, und mit dem Geld, das er auf dieser Fahrt verdient hatte, konnte er endlich die nötigen Reparaturen an seinem Bootsschuppen ausführen.

Die Fahrten gaben ihm Gelegenheit, seine Geschichten zum Besten zu geben, die Touristen hörten interessiert zu und saugten so das Lokalkolorit gierig auf. Wenn ihm seine Passagiere sympathisch waren, machte er auch den einen oder anderen Abstecher zu einem besonderen Brutfelsen, zu Seehundbänken oder den Stellen, wo sich die Wale gerne tummelten. Es war eine gute Arbeit, die ihm Freude bereitete und bei der er die Anerkennung erhielt, die ihm sonst versagt blieb. Am glücklichsten aber war er, wenn er wie jetzt allein auf dem Boot war, das Tagwerk getan und das Geld in der Tasche hatte. Wenn er den Wind im Gesicht spürte und den Sprühnebel der Gischt, und er mit den vertrauten Felsen der Küste vor Augen gemächlich nach Hause fuhr. Dann nahm er sich das letzte Bier aus der Kühltasche, die er immer dabeihatte, stand am Ruder und war eins mit sich und der Welt.

Doch heute konnte er die Fahrt nicht genießen. Kurz bevor seine Passagiere an Bord gekommen waren, hatte ihn John Gills aufgesucht und zu dem deutschen Ehepaar befragt, zu dem Streit, den sie gehabt hatten. Und er hatte erfahren, dass die Frau noch immer verschwunden war. Das hatte alles wieder aufgewühlt. Er schauderte bei der Erinnerung. In den letzten beiden Nächten hatte er sogar von den beiden geträumt. Vor allem von der Frau. Sie hatte ihn angeschrien, hatte getobt wie eine Furie und sich dann mit dem Messer die Unterarme aufgeritzt. Blut war auf das Deck seines Boots getropft und in die Poren der

Planken eingedrungen, und obwohl er geschrubbt und geschrubbt hatte, waren die Blutflecken nicht verschwunden. Von seinem eigenen Stöhnen war er mitten in der Nacht aufgewacht und hatte zunächst nicht wieder einschlafen können.

Als er am nächsten Morgen an Bord seines Bootes gekommen war, hatte er sofort die Stelle des Decks angeschaut, die ihn in seinem Traum beschäftigt hatte. Da war natürlich nichts gewesen, die Planken waren sauber und unberührt, und im hellen Tageslicht hatte er sich seines nächtlichen Entsetzens geschämt. Doch dann hatte er unter einer der Sitzbänke, die er eigens für die Touristen eingebaut hatte, an der Bordwand etwas aufblitzen sehen. Unweit der Stelle, auf die in seinem Traum das Blut getropft war, und den ganzen Tag über hatte er sich nicht von dem Gedanken befreien können, dass er es ohne jenen Traum wohl nicht entdeckt hätte.

Beim Gedanken an diesen Fund glitt seine Hand in seine Hosentasche und seine Finger schlossen sich um den Ring. Es war *ihr* Ring. Auf der Innenseite war der Name ihres Mannes eingraviert und das Datum ihrer Hochzeit. Er hatte sich die Szenen des Streits wieder ins Gedächtnis gerufen, aber er konnte sich nicht erinnern, dass sie ihren Ehering abgenommen hatte. War er ihr durch ein Versehen vom Finger geglitten? Peter betrachtete seinen eigenen Ehering, golden und abgewetzt auf seiner braunen Haut, den er noch immer trug, obwohl Fionna ihn vor die Tür gesetzt hatte. Er saß so fest auf dem Ringfinger seiner linken Hand, dass Peter Wasser und Seife benötigte, um ihn abzustreifen. Er seufzte unwillkürlich, und erneut tauchte vor seinem inneren Auge das wutverzerrte Gesicht der Deutschen auf. In einem von Fionnas Journalen hatte er einmal ein Bild von einer griechischen Frauengestalt aus irgendeiner Sage gesehen. Statt Haar hatte sie Schlangen auf dem Kopf gehabt, und an ihren Gesichtsausdruck hatte ihn die Wut der deutschen

Frau erinnert. Dabei war sie ein hübsches junges Ding. Vielleicht nicht jedermanns Geschmack mit den vielen Sommersprossen und dem breiten Mund, aber sie hatte offene, fröhliche Augen und einen geschmeidigen Körper, auf den ein alter Mann wie er gern schaute und sich seiner Jugend erinnerte.

Er wusste, er hätte John Gills von dem Ring erzählen sollen, aber er hatte es nicht über sich gebracht. Er hatte schon immer einen Hang zum Aberglauben besessen – wer hatte das nicht in dieser Gegend –, und der Ring erschien ihm wie ein Talisman, den er auf gespenstische Weise gefunden hatte.

Während Peter nun sein Boot geschickt um die Klippen steuerte, die schon so manch unerfahrenen Skipper in Seenot gebracht hatten, stellte er sich vor, wie die Erlebnisse mit dem deutschen Ehepaar vielleicht einmal in die Sammlung seiner zahlreichen Geschichten einfließen würde, wie er vom Fund des Rings berichten würde und der Dankbarkeit der Frau, als er ihr ihn letztlich wiedergeben konnte. Peter strich sich nachdenklich über sein unrasiertes Kinn. Wenn sie denn wieder auftauchte. Vielleicht bekam er sie ja auch nie wieder zu Gesicht. Dann könnte er den Ring seinem Freund Henry, dem Busfahrer, mitgeben, der ihn in Inverness zu Geld machen würde, von dem Peter Fionna wiederum einen neuen Mantel für den Winter kaufen könnte. Sie hatte einen in Ullapool bei ihrem letzten Besuch bei ihrer Schwester gesehen, von dem sie viel gesprochen hatte. Es wäre ein gutes Friedensangebot, um sie gnädig zu stimmen für seine Rückkehr. Schon jetzt war es nachts bisweilen recht kühl im Bootsschuppen.

JULIAN TAHN HOB beschwichtigend eine Hand, als er Gills' Bestürzung bemerkte. »Bitte, das ist kein Grund zur Aufregung. Laura droht häufig damit, sich umzubringen. Sie setzt sich gern in Szene und besitzt eine Vorliebe für das große Drama.«

Der Gesichtsausdruck des Kriminalbeamten blieb skeptisch. »Das mag sein, Mr. Tahn, aber es wird dennoch ein Motiv für die Reaktion Ihrer Frau geben.« Seine Stimme verlor nicht ihren scharfen Unterton.

Julian richtete sich auf seinem Platz auf. »Ich habe ihr gesagt, dass ich darüber nachdenke, mich von ihr zu trennen«, erklärte er dann mit fester Stimme.

Flackerte bei seinen Worten etwas in Gills' Blick? Julian war sich nicht sicher. Der Beamte hatte sich äußerst gut unter Kontrolle. »Das verleiht dem Ganzen natürlich eine völlig neue Dimension«, bemerkte der Kriminalbeamte dementsprechend sachlich. »Was war der Grund für eine solche Äußerung Ihrerseits?«

Julian zögerte. Er war nicht gewillt, dem schottischen Polizisten Details aus seiner Ehe preiszugeben. »Wir hatten in der letzten Zeit heftige Meinungsverschiedenheiten«, erwiderte er ausweichend. »Ich hatte gehofft, dass sich die Situation während des Urlaubs beruhigen würde, aber das Gegenteil war der Fall.«

Der Stift in Gills' rechter Hand schlug wiederholt auf dem Block vor ihm auf und hinterließ ein Muster aus kleinen, dunkelblauen Punkten auf dem karierten Papier. »Alles, was Sie mir jetzt erzählen, hätten Sie meinem Kollegen gestern Abend bereits mitteilen müssen, spätestens aber mir heute Morgen«, erklärte der Beamte der Scottish Police. »Wir wären den Hinweisen in der Sandwood Bay unter ganz anderen Voraussetzungen nachgegangen.«

»Laura hat sich nichts angetan«, beteuerte Julian.

»Woher wollen Sie das wissen?«

»Ich kenne sie. Sie ist impulsiv und aufbrausend, aber nicht depressiv oder selbstmordgefährdet.«

»Die Impulsivität Ihrer Frau kann sie zu einer Affekthandlung verleitet haben, das sollten Sie nicht unterschätzen. Sie befindet sich in einem fremden Land, hat niemanden, mit dem sie über ihre Probleme reden kann, und gerät so in eine gedankliche Abwärtsspirale ...«

»Solange Laura in regelmäßigen Abständen Zugang zum Internet hat, ist sie nicht allein«, unterbrach ihn Julian ungehalten und lauter als nötig. »Über ihr Mobiltelefon tauscht sie sich permanent mit Freunden und Bekannten aus.«

Unangenehmes Schweigen folgte seinem Ausbruch. Gills legte den Stift aus der Hand, griff nach dem Telefon in der Klarsichthülle und ließ es über dem Tisch baumeln, während er Julians Blick suchte. »Wenn dieses Telefon für Ihre Frau so wichtig ist, verstehe ich nicht, warum sie es im Zelt zurückgelassen hat.«

Mit einer Seelenruhe, wie sie nur ein Küstenbewohner in einer solchen Situation aufbringen konnte, legte er das Telefon zurück, griff nach einem der Gebäckstücke, schnitt es auf und bestrich es.

Julian sah ihm zu, wie er schweigend aß, und versuchte, sich wieder zu beruhigen. »Ich weiß nicht, worauf Sie hinauswollen, Detective Sergeant Gills«, sagte er schließlich. »Meine Frau ist vorgestern Morgen zum Loch Sandwood aufgebrochen. Sie wollte Wasser für unseren Kaffee holen und ist nicht zurückgekommen.« Erneut stieg Wut in ihm auf, und er zwang sich und seine Stimme zur Ruhe. »Ich habe die Vermisstenanzeige aufgegeben, weil ich fürchte, dass ihr etwas zugestoßen sein könnte. Wer weiß, wer sich an diesem Morgen sonst noch in der Bucht herumgetrieben hat.«

Gills nahm seine Serviette und säuberte sich seine Finger. Dann griff er nach den Unterlagen, die er mitgebracht hatte, und blätterte darin. »Sie haben bei Ihren beiden vorangegangenen Aussagen über nichts Ungewöhnliches berichtet. Hier steht, dass Sie angenommen haben, über Nacht allein am Strand gewesen zu sein.«

»Das ist richtig«, gab Julian zu.

»Gibt es etwas, das Sie uns bislang verschwiegen haben?«

Julian schwankte. Was riskierte er, wenn er Gills von dem SUV erzählte? »Da war ein Fahrzeug«, entgegnete er zögernd. »Ein roter SUV. Er war dort abgestellt, wo der Weg zur Bay in einen Fußweg übergeht.«

Gills' Gesichtsausdruck verriet nichts, dennoch konnte sich Julian des Gefühls nicht erwehren, dass der Detective Sergeant bereits von dem Wagen wusste.

»Ein roter SUV, sagen Sie.« Gills ließ ihn nicht aus den Augen.

Julian nickte.

»Wann haben Sie ihn dort bemerkt?«

»Als wir vor vier Tagen auf dem Weg in die Bucht waren, stand er bereits da, und als ich allein zurückgegangen bin, stand er immer noch dort.« Er hielt Gills' Blick stand. »Oder wieder.«

»Sind Sie Personen begegnet, zu denen dieser Wagen gehören könnte?«

»Wir haben einige Menschen gesehen. Das Wetter war gut, und es ist nach wie vor Hochsaison, soweit ich weiß«, antwortete Julian so gleichmütig wie möglich. »Wie soll ich wissen, wer von ihnen mit dem SUV gekommen ist?«

Gills zuckte mit den Schultern. »Die meisten Wanderer, die sich nach Sandwood aufmachen, haben ein Minimum an Ausrüstung dabei. Wasser, Nahrung, Regenkleidung und feste Schuhe. Wer mit einem Fahrzeug bis auf anderthalb Meilen an die Bucht heranfährt, kommt unter Umständen ohne all das aus.«

»Uns ist nichts aufgefallen«, wiederholte Julian bestimmt.

Gills beließ es dabei und schob seine Unterlagen zusammen. »Wir haben das Foto Ihrer Frau und die Vermisstenanzeige an alle Polizeidienststellen des Landes herausgegeben. Der nächste Schritt wäre, die Information an die Presse weiterzuleiten.« Er sah Julian ernst an. »Das werde ich aber nicht ohne Absprache mit Ihnen veranlassen und auch nicht, bevor Sie Ihre Familie in Kenntnis gesetzt haben.« Er stand auf. »Ich möchte Sie bitten, das umgehend zu tun. Unter Umständen tauchen Fragen auf, mit denen wir uns an Ihre Angehörigen wenden müssen. Da ist es besser und auch schonender für alle Beteiligten, wenn diese bereits informiert sind.« Er nahm das Mobiltelefon vom Tisch. »Ich werde das Telefon Ihrer Frau zur Auswertung mitnehmen.«

»Sicher«, erwiderte Julian und hörte selbst, wie gepresst seine Stimme klang.

Er begleitete Gills zur Tür. Bevor dieser zu seinem Wagen ging, wandte er sich noch einmal um. »Ich möchte Sie bitten, sich zu unserer Verfügung zu halten.«

Julian runzelte die Stirn. »Ist das die höfliche Form eines Hausarrestes?«

»Keineswegs. Ich gehe lediglich davon aus, dass es in Ihrem eigenen Interesse ist, erreichbar zu sein.«

Julian beobachtete, wie Gills davonfuhr. Im Kofferraum des Wagens lag das Zelt. Er hatte gesehen, wie Gills es zusammen mit dem jungen rothaarigen Polizisten eingeladen hatte. Sie hatten miteinander geflachst und gelacht, das hatte er am Tonfall ihrer Stimmen erkannt. Verstanden hatte er kein Wort, denn auch die Polizisten verfielen in ihren Dialekt, sobald sie unter sich waren.

Der Audi bog um eine Kurve und verschwand aus seinem Blickfeld. Was würde die Untersuchung des Zelts ergeben? Julian wagte nicht, daran zu denken. Ebenso wenig wie an das Telefon, das Gills scheinbar so gedankenlos in seine Tasche gleiten ließ. Für Gills war das reine Routine. Am Abend würde er nach Hause gehen und ausblenden, was geschehen war. Das war der Unterschied zwischen ihnen. Julian konnte nichts ausblenden. Was geschehen war, war ein Teil von ihm. Er atmete Erinnerungen und Bilder, von denen er sich nicht befreien konnte. Nicht einmal im Schlaf. Er blickte landeinwärts über den Hafen von Kinlochbervie, wo gerade ein großes, von einem kreischenden Schwarm Möwen begleitetes Fangschiff anlegte. Dahinter erstreckte sich Loch Inchard, dessen Wasser an diesem sonnigen Tag in einem tiefen Blau leuchtete. Zu beiden Seiten des Fjords stiegen die schroffen Küstenberge auf und boten ein wildes und unberührtes Panorama. Julian, der sonst so empfänglich für solche Anblicke war, nahm die Schönheit der Landschaft nicht einmal wahr. Vor seinem inneren Auge tauchte Lauras entsetztes Gesicht auf, er sah, wie sie hektisch ihre Fäuste ballte und wieder löste, eine Ersatzhandlung, die sie immer dann überkam, wenn der Stress zu groß wurde und sie kein anderes Ventil fand. Julian schauderte. John Gills wusste nichts. Einfach nichts. Wie sollte er auch.

BLUT.
John Gills starrte auf die vier Buchstaben in dem Untersuchungsbericht des Labors. Die Kriminaltechniker hatten Blut gefunden im Inneren des Zeltes von Laura und Julian Tahn. Blut, das auf dilettantische Weise mit Meerwasser beseitigt worden war. Gills lehnte sich auf seinem Schreibtischstuhl zurück und starrte aus dem Fenster seines Büros auf den Parkplatz vor dem Gebäude, ohne wirklich etwas zu sehen. Julian Tahn hatte ihm nicht die Wahrheit gesagt. Was auch immer in der Sandwood Bay geschehen war, war weitaus folgenschwerer, als dieser ihn glauben lassen wollte, und es überraschte Gills nicht.

Er nahm den Untersuchungsbericht von seinem Schreibtisch, um den Chief Inspector aufzusuchen, doch bevor er sein Büro verließ, überprüfte er in dem kleinen Spiegel in seinem Schrank den Sitz seiner Krawatte. Er wusste, dass er damit eine Manie befriedigte, denn der Doppelknoten, mit dem er seine Krawatten genau aus diesem Grund band, saß stets korrekt. Trotzdem konnte er nicht davon lassen.

Mortimer Brown telefonierte, als Gills an die offenstehende Tür klopfte, winkte ihn aber dennoch herein und wies ihn mit einer Geste an, sich zu setzen. Ungeduldig trommelte Gills mit den Fingern auf die Lehne seines Stuhls, was weniger ihm als Brown auffiel und einen scharfen Blick über den Rand seiner Brille hinweg provozierte. »Gibt es Probleme, Gills?«, fragte der Chief Inspector, während er den Hörer auflegte. Er saß mit dem Rücken zu der großen Fensterfront, die eine ganze Bürowand einnahm. Die Jalousien waren halb heruntergelassen und warfen gebrochene Schatten über das weiße Hemd seines Chefs und den feisten Nacken, der sich aus dem Kragen herauswölbte.

Gills richtete sich auf seinem Stuhl auf und reichte Brown den Untersuchungsbericht. »In der Tat, Sir. Es geht um die vermisste deutsche Touristin oben in Sutherland in den Nordwest Highlands.«

Das runde Gesicht seines Vorgesetzten verzog sich bedenklich beim Überfliegen des Berichts. Genervt ließ er die Akte schließlich sinken. »Das sind Komplikationen, wie wir sie gerade jetzt nicht brauchen können.«

»Das habe ich mir gedacht, Sir.«

Die gesamte Abteilung war in Aufruhr, wie Gills am Vortag bei seiner Rückkehr nach Inverness feststellen musste. Kurz vor seiner Ankunft hatte ein Anschlag auf die Zugstrecke nach Tain zum Entgleisen eines Regionalzugs geführt. Es gab Verletzte, zwei davon schwer, die Schäden am Material gingen in die Hunderttausende, und die Suche nach den Tätern lief auf Hochtouren. Verdammte schottische Separatisten, hatte einer seiner Kollegen geschimpft, der aus dem Süden hierherversetzt worden war, und obwohl Gills nicht mit dem Teil seiner Landsleute sympathisierte, die für die Unabhängigkeit Schottlands warben, hatte er sich ihnen in diesem Moment mehr als verbunden gefühlt. Zumal bislang nicht nachgewiesen war, ob der Anschlag auf eine Gruppierung, welcher Gesinnung auch immer, oder einen Einzeltäter zurückzuführen war.

»Wie wollen Sie weiter vorgehen, Gills?«

»Deswegen komme ich zu Ihnen, Sir.« Gills räusperte sich umständlich. »Ich möchte den Ehemann vorläufig festnehmen lassen.«

Der Chief Inspector schwieg eine ganze Weile. Dann tippte er mit einem seiner dicken Finger auf den Untersuchungsbericht. »Sie haben die beschlagnahmten Gegenstände gestern am späten Nachmittag bei Ihrer Rückkehr ins Labor gebracht, ist das richtig?«

»Ja, Sir.«

»Wann können Sie mit einem Ergebnis der DNA-Analyse des im Zelt gefundenen Blutes rechnen?«

»Nicht vor übermorgen«, entgegnete Gills ausweichend. »Aber ...«

»Gills, das ist hoffnungslos«, fiel ihm Brown ins Wort. »Sie wissen nicht einmal, ob ein Verbrechen stattgefunden hat.« Er wies auf den Bericht vor sich. »Oder habe ich etwas übersehen? Den Fundort der Leiche zum Beispiel?«

Gills senkte den Blick. Mortimer Brown war bekannt für seinen Sarkasmus. Und er hatte den Chief in einer denkbar schlechten Situation erwischt. Brown wollte keine Ablenkung, keine Komplikationen. Nicht jetzt, wo er diesen Anschlag aufklären musste.

»Ich möchte verhindern, dass der Mann das Land verlässt, bevor wir Genaueres wissen«, fuhr Gills dennoch fort. »Ob die deutschen Behörden später einer Auslieferung zustimmen, ist fraglich. Diese Erfahrung haben wir schon des Öfteren gemacht.«

Brown schüttelte den Kopf. »Vergessen Sie es. Wie wollen Sie das begründen?«

»Er hat für unsere Ermittlungen entscheidende Aspekte verschwiegen – unter anderem, dass er seiner Frau aufgrund ihrer häufigen Streitigkeiten mit Trennung gedroht hat und sie ihm daraufhin mit Selbstmord, und das alles zwei Tage vor ihrem Verschwinden.«

Brown strich sich nachdenklich über das fleischige Kinn, und

Gills schöpfte bereits Hoffnung, doch er freute sich zu früh. »Tut mir leid, Gills. Ich sehe da keine Möglichkeit«, sagte der Chief Inspector schließlich und warf einen Blick auf die in Glas gefasste Uhr auf seinem Schreibtisch – ein Geschenk zu seinem fünfundzwanzigjährigen Dienstjubiläum. »Und jetzt müssen Sie mich entschuldigen. Ich habe in zwanzig Minuten eine Pressekonferenz zu leiten.«

»Bitte, Sir, geben Sie mir wenigstens achtundvierzig Stunden.«

Brown runzelte die Stirn. »Sie sind verdammt hartnäckig, Detective Sergeant.«

Gills schluckte. »Ich mache nur meinen Job.«

Der Chief Inspector lehnte sich mit einem Seufzen zurück. »Also gut, achtundvierzig Stunden. Aber wir werden die deutsche Botschaft informieren müssen, die dann vielleicht eigene Anwälte ins Spiel bringt, daher erwarte ich, dass Ihre Begründung für eine vorübergehende Festnahme des Ehemanns wasserdicht ist.« Ein scharfer Blick. »Kriegen Sie das hin? Ich will keine Beschwerde auf meinem Schreibtisch finden.«

Gills fiel ein Stein vom Herzen. »Natürlich, Sir. Ich danke Ihnen.«

»Freuen Sie sich nicht zu früh«, warnte der Chief Inspector. »Dieser verfluchte Anschlag auf die Bahnstrecke erfordert all unsere freien Kräfte. Ich habe niemanden, der Sie in dem Fall unterstützen kann. Sie können höchstens um Amtshilfe bei den Uniformierten vor Ort bitten, aber das ist erfahrungsgemäß nicht immer so einfach.«

»Die Kollegen dort haben mich bereits bei den Ermittlungen unterstützt«, gab Gills zu, »aber ich möchte das nicht überstrapazieren.«

»Sie sind doch in der Gegend aufgewachsen.«

»Ja, Sir.«

»Dann springen Sie über Ihren Schatten und nutzen Sie Ihre Beziehungen.« Er reichte ihm die Akte. »Aber seien Sie vorsichtig. Sie sind noch jung, Gills, lassen Sie sich von Ihrem Übermut nicht davontragen.«

Gills beeilte sich das Büro zu verlassen. Er hatte sich die Rückendeckung des Chief Inspectors erkämpft und achtundvierzig Stunden herausgeschlagen. In diesem Zeitraum musste er genügend Indizien für ein Verbrechen finden, von dem er noch nicht einmal wusste, ob es stattgefunden hatte.

Zurück an seinem eigenen Schreibtisch setzte er sich als Erstes mit seinem Freund Liam in Verbindung, der in der IT-Forensik seit Gills Rückkehr am Vortag damit beschäftigt war, Lauras Mobiltelefon auszuwerten.

»Ich muss dich enttäuschen, John. Bislang haben wir nichts Verwertbares. Die Frau besitzt zwar eine Vielzahl von meist weiblichen Kontakten, mit ihnen schreibt sie sich jedoch nur belangloses Zeug, vorzugsweise über WhatsApp.«

»Kein Wort über die Probleme zwischen ihr und ihrem Mann?«, hakte Gills nach. »Nichts von den heftigen Streitigkeiten, die sie seiner Aussage nach gehabt hatten?«

»Nein, tut mir leid.«

Wie es schien, gab es keine enge Freundin, mit der sie sich darüber austauschte. Wenn Julian Tahn ihm die Wahrheit gesagt hatte. Wofür es keine Beweise gab.

Gills wollte sich dennoch nicht geschlagen geben. »Wirklich gar nichts?«, hakte er erneut nach. »Nach Aussage ihres Mannes muss sie eine große Datenmenge hochgeladen haben in ihren Blog, auf ihre Facebook-Seite, zu Twitter. Ich habe das selbst im Netz überprüft. Ist euch dabei nicht vielleicht etwas durch die Finger geschlüpft?«

Liam räusperte sich. »Jetzt, wo du es sagst, sorry, John. Es gibt ein Verschlüsselungsprogramm auf ihrem Mobiltelefon. Darüber sind Daten gesendet worden.«

»Wohin?«

»Vielleicht in eine Cloud, aber ohne die Zugangs-PIN können wir das nicht verifizieren.«

»Die könnt ihr doch sicher herausfinden.«

»Diese Verschlüsselungsprogramme arbeiten nicht mit einer vierstelligen PIN, John. Die zu knacken erfordert mehr Rechenleistung, als wir hier haben.«

»Ich habe bei meinem Chief Inspector gerade erstritten, den Ehemann für achtundvierzig Stunden vorübergehend festnehmen zu dürfen.«

Liam schwieg so lange, dass Gills schon dachte, die Verbindung wäre unterbrochen. »Okay«, sagte er dann jedoch. »Weil du es bist.«

»Wann?«, wollte Gills nur wissen.

»Ich ruf dich an.«

Gills knirschte mit den Zähnen, wusste aber, dass er Liam keine Frist setzen durfte. Liam kannte Gills' Zeitvorgaben, und er hatte ihn noch nie hängenlassen.

UNHEIL BRAUTE SICH zusammen. Peter Dunn besaß ein Gespür dafür. Aber er sprach selten darüber, seit er als Kind erfahren musste, dass ihn diese Fähigkeit zum Außenseiter machte. Die Menschen wollten keine düsteren Prophezeiungen hören, und sie begegneten jenen, die sie verbreiteten, mit Misstrauen, vor allem dann, wenn sich die Vorahnungen bewahrheiteten. Also schwieg Peter, wenn ihn wieder einmal die unheilvolle Ahnung streifte, auch wenn es eine Erleichterung gewesen wäre, darüber zu sprechen.

Seine ältere Schwester Mary hatte er als Einzige ins Vertrauen gezogen. Sie hatte Verständnis gehabt für seine Eigenheiten und ihn weder ausgelacht noch verflucht. Mary hatte ihn beschützt.

Bis, ja, bis …

Er hatte damals gespürt, dass etwas geschehen würde, aber nicht geahnt, dass es sie treffen würde. Das blieb ihm glücklicherweise versagt, sonst wäre er sicher verrückt geworden, so wie der alte Hobbs, den sie schließlich einsperren mussten. Dennoch hatte er sich lange schuldig gefühlt für Marys Tod, denn wenn er irgendjemanden hätte warnen können, wäre sie vielleicht nicht hinausgetragen worden von der Strömung, die in der Bay so tödlich sein konnte. Aber Mary hatte genau gewusst, in welche Gefahr sie sich begab. So, wie sie gewusst hatte, dass er nur mit ihr reden würde.

Müde rieb er sich das Gesicht und blinzelte in die Sonne, die in schrägen Strahlen durch die Ritzen des Bootsschuppens fiel.

Seit er wusste, dass die junge Deutsche ausgerechnet in der Bay verschwunden war, zweifelte er, dass sie jemals wieder auftauchen würde, und er fragte sich, ob die Ahnung des Unheils, die ihn an diesem Morgen geweckt hatte, mit ihr zusammenhing. Von draußen drang das tiefe Brummen eines Schiffsdiesels und das Summen der Kühlaggregate der wartenden Lkws zu ihm herein. Es war Zeit aufzustehen.

Angus wartete bereits auf dem Pier. Als er Peter bemerkte, schnippte er den Rest seiner Zigarette ins Wasser und kam ihm entgegen.

»Das ist der erste von dreien heute«, erklärte er mit einem Kopfnicken in Richtung des Fangschiffs, das gerade anlegte. »Das lohnt sich.«

»Ausnahmsweise mal«, entgegnete Peter. »In der letzten Woche hatten wir insgesamt nur drei.«

Angus schwieg und wich Peters Blick aus. Er war festangestellt bei dem im Hafen ansässigen Fischgroßhändler und wurde auch dann bezahlt, wenn es keine Schiffe zum Entladen gab. Dann half er bei der Reinigung der Lkws oder dem Zerlegen der Fische in den Kühlhäusern. Für Peter gab es nur Geld, wenn es Arbeit gab, und Arbeit gab es nur, wenn Elliot James, der für die Personalangelegenheiten zuständig war, einen guten Tag hatte, egal wie viele Fangschiffe zu entladen waren. Vor drei Monaten hatte Elliot Peter rausgeworfen, weil er, wie er ihm damals wütend entgegengeworfen hatte, während des laufenden Betriebs keinen Alkohol duldete. Dabei hatte es nie Probleme gegeben. Peter funktionierte nun einmal am besten, wenn er seinen Pegel hatte. Aber Elliot war ein aufbrausender Mensch und für Erklärungen nur schwer zugänglich.

Seine Entlassung hatte Peter ganze zwei Wochen vor Fionna verbergen können, und das auch nur, weil sie sechs Tage davon bei ihrer Schwester in Ullapool gewesen war. Kinlochbervie war zu klein, als dass ein Geheimnis lange ein Geheimnis blieb. Und als ob sie mit Eliott gleichziehen musste, hatte Fionna Peter daraufhin ebenfalls vor die Tür gesetzt.

Doch dann hatte Elliot einen Herzinfarkt bekommen, während er in seinem Büro gesessen und mit einem Kunden telefoniert hatte. Nun lag Elliot in Inverness im Krankenhaus und würde wohl auch nicht so schnell zurückkehren, und sein Stellvertreter, ein unscheinbarer kleiner Mann von der Ostküste, dessen Namen Peter sich einfach nicht merken konnte, interessierte sich nicht für Peters Alkoholproblem.

Peter zog seine Handschuhe aus der Hosentasche. Drei Schiffe an einem Tag. Heute Abend würde ihm der Rücken weh tun, das wusste er jetzt schon. Aber das war ihm egal. Es würde ein guter Schmerz sein. Er reckte sich nach der Wurfleine, die vom Schiff her auf ihn zuflog, um den Tampen heranzuziehen und das Auge um den rostigen Poller zu legen. Ketten rasselten und Metall ächzte, als sich die Ladeluken öffneten.

»Pass auf!«, warnte Angus ihn.

Peter sprang zur Seite.

Einen kurzen Augenblick war er unaufmerksam gewesen, abgelenkt durch die plötzliche Anwesenheit des Deutschen. Julian. Er hielt einen Fotoapparat in der Hand und sprach mit dem Schichtleiter. Peter wandte hastig den Blick ab, als ihn die unheilvolle Vorahnung erneut mit kalter Hand streifte.

ER HÄTTE NICHT herkommen sollen. Der mit dem Gestank der Dieselmotoren und dem brackigen Hafenwasser vermischte Fischgeruch bereitete ihm Übelkeit, und das Rasseln der Ketten und das Kreischen des Metalls verstärkten den nagenden Kopfschmerz, der ihn bereits seit dem Vorabend quälte. Die Blicke der Hafenarbeiter blieben einen Moment zu lang an ihm hängen, also wussten auch sie, wer er war und welche Geschichte ihn begleitete.

Seine Finger schlossen sich fester um den Fotoapparat in seiner Hand. Nein, er wäre besser im Hotel geblieben, aber dort war er längst zum Spielball seiner eigenen Gedanken geworden, die in einer Abwärtsspirale immer enger kreisten.

Auf dem Pier stapelten sich Kisten mit glitzerndem Fisch und Eis, Möwen stießen herab und schnappten auf, was ins Hafenbecken fiel, und zankten im Flug kreischend um die Beute. Ein Lkw rollte langsam vom Hafengelände herunter. Auf seiner Seite prangte in großen Lettern »Kinlochbervie Ltd.«. Julian beobachtete, wie der Sechsunddreißigtonner den Hafen umrundete und sich langsam auf der gegenüberliegenden Seite der Bucht durch den Ort quälte. Emma hatte ihm erzählt, dass die Straße nach Kinlochbervie eigens für diese Trucks zweispurig ausgebaut worden war. Als Julian sie gefragt hatte, ob es Proteste gegeben hätte seitens der Anwohner, hatte sie ihn ungläubig angesehen: »Hätte es in Deutschland deswegen Proteste gegeben?«

»Wahrscheinlich schon.«

Sie waren in der kurzen Zeit recht vertraut miteinander geworden. Dabei war es nicht Julians Art, sich schnell mit anderen gemein zu machen. Er blieb lieber für sich und beobachtete aus der Distanz, aber sich Emma zu entziehen war unmöglich. Am Vorabend hatte sie in der Küche für ihn gedeckt, nachdem sie bemerkt hatte, wie er unschlüssig in der Tür des schon gut gefüllten Pubs stehen geblieben war. Sie hatte ihrem Mann für eine Stunde den Ausschank am Tresen überlassen und Julian, während sie am Herd hantierte, nebenbei in ein Gespräch über München verwickelt, wo sie vor Jahrzehnten einmal zu Besuch gewesen war, und bevor er sichs versehen hatte, unterhielt er sich angeregt mit ihr. Emma McCullen besaß nicht nur Humor, sondern auch eine Weltsicht, die er bei einer einfachen Frau in diesem gottverlassenen Winkel nicht erwartet hatte. Am nächsten Morgen, als er zum Frühstück gekommen war, hatte sie sich mit einem Kaffee zu ihm gesetzt, und sie hatten an ihr Gespräch vom Vorabend nahtlos angeknüpft. Und nicht ein Mal hatte sie ihn dabei auf Laura angesprochen oder versucht, etwas zu erfahren, was er ihr sehr hoch anrechnete. Es war ihr Vorschlag gewesen, zum Hafen hinunterzugehen und sich das Entladen der Fangschiffe aus nächster Nähe anzusehen. Aus der Distanz betrachtet, oben von dem Hügel aus, auf dem das Hotel lag, war ihm dieser Vorschlag wie eine Rettung erschienen, eine willkommene Flucht vor sich selbst. Doch jetzt hier unten erschien es ihm plötzlich unsinnig. Was für ein Bild musste er abgeben mit seiner Kamera in der Hand? Musste sich nicht jeder, der ihn sah, fragen, wie er so etwas Profanes jetzt tun konnte, trieben ihn nicht andere Sorgen um?

Er beobachtete, wie sich eine neue Ladung glitzernder Fisch aus dem Bauch des Schiffs hob, eine ganze Palette, die der Kran langsam auf den Pier zuschwenkte. Und da geschah es. Mit einem Knall wie von einem Schuss zersprang eines der Kettenglieder, die Kisten gerieten ins Rutschen, und die Ladung aus

Eis und Fisch ergoss sich mit ohrenbetäubendem Krachen auf den Pier und spritzte bis vor seine Füße. Julian stand wie erstarrt, blickte auf die kalten, glatten Leiber und in die leblosen Augen der Fische. Hundertfacher, tausendfacher Tod. Für einen Moment war es, als umspüle er seine Füße, zöge ihn hinab, und er hörte nicht das Rufen der Hafenarbeiter, nicht das warnende Heulen der Sirene. Erst ein plötzlicher Stoß brachte ihn wieder zu sich.

»Aus dem Weg!«, brüllte ein Mann mit Warnweste und Helm.

Ein Gabelstapler ruckelte an ihm vorbei, und Julian blickte auf die Ansammlung von Arbeitern rund um die herabgestürzte Palette. Auf den Mann am Boden zwischen den schimmernden Fischen und dem glitzernden Eis. Seine Augen waren geschlossen. Blut lief über seine Wange.

Julian schnappte nach Luft und atmete gegen das Entsetzen an, das ihn überfiel. Das Gesicht des Arbeiters verschwamm, wurde überlagert von einem anderen, dessen Augen seine für einen letzten Blick gesucht hatten, bevor das Licht in ihnen brach, und mit einem Schlag war alles wieder da, was er so verzweifelt verdrängte. Alles bis ins kleinste Detail.

Der Schweiß brach ihm aus. Hastig drehte er sich um und rannte den Pier hinunter. Fort von den Menschen und den Fischen und den wild kreischenden Möwen. Fort von dem Tod. Seine Schritte wurden schneller, immer schneller, er keuchte, und sein Herz schlug ihm bis zum Hals, erschöpft blieb er an einem alten Holzschuppen am Ende des Hafengeländes stehen. Außer Atem lehnte er sich dagegen und schloss die Augen. Aus der Ferne konnte er noch immer das Rufen der Männer hören und das warnende Piepen rangierender Fahrzeuge. Wieder sah er das Gesicht des Hafenarbeiters vor sich, reglos inmitten der toten Fische, und wieder wurde es überlagert von jenem anderen, jenem flehentlichen Blick und dem plötzlichen Nichts, das ihm folgte.

Es gab nur ein Mittel, diese Erinnerung zu verdrängen, und in seiner Verzweiflung hieb Julian mit der Faust gegen das Holz des alten Schuppens, spürte den Schmerz, als Splitter in seine Haut eindrangen, und hieb weiter und weiter, bis der Schmerz die Bilder in seinem Kopf endlich vertrieb.

Als er die Augen wieder öffnete, bemerkte er gerade noch, wie ein Pick-up in Silbermetallic an ihm vorbei zur Unglücksstelle raste. Er hatte das Fahrzeug nicht kommen hören. Der Wagen hielt mit laufendem Motor auf Höhe des Fangschiffs an, und der Fahrer sprang heraus, eine Tasche in der Hand. Die Männer auf dem Pier machten Platz.

Julian schluckte schwer. Seine Hand schmerzte, aber was war das gegen das Leben, das nur wenige hundert Meter von ihm entfernt vielleicht in diesen Sekunden zu Ende ging? Er zwang sich wegzusehen und entdeckte den Fotoapparat neben sich auf dem steinigen Boden. Ohne es zu merken, hatte er ihn fallen lassen. Schwerfällig bückte sich Julian danach, wog die Kamera in seiner Hand und warf sie dann angewidert in das Hafenbecken. Ohne einen Blick zurück ging er zum Hotel, vorbei an einem alten verlassenen Cottage, dessen Fenster mit Holz vernagelt waren, und der ebenso alten und heruntergekommenen Kirche, deren Türen er noch nicht einmal offen gesehen hatte. Die Trostlosigkeit des Ortes war ihm noch nie so bewusst geworden wie an diesem Tag. Hinter der Kirche nahm er die Abkürzung über die Schafsweide den Hügel hinauf. Er betrat den Hotelparkplatz, als von der Straße ein Fahrzeug auf das Gelände fuhr. Es war der blaugelbe Streifenwagen der örtlichen Polizei. Julian blickte in das ernste Gesicht von Ian Mackay, der hinter dem Steuer saß, und auf den jungen rothaarigen Beamten auf dem Beifahrersitz, der ihn mit seltsamem Blick musterte. Und plötzlich wusste er, warum sie hier waren.

RESIGNATION. Das war John Gills' erster Eindruck, als Julian Tahn, flankiert von Ian Mackay und dem jungen Brian, einen der Vernehmungsräume des Northern Constabulary betrat, dessen Einrichtung aus nicht mehr als einem Tisch und vier Stühlen bestand. Es war inzwischen früher Nachmittag, und die Luft in der Dienststelle war abgestanden. Gills bat Julian, sich zu setzen, und bot ihm etwas zu trinken an, was dieser jedoch wortlos ablehnte. Sein Blick streifte flüchtig den grauen Anzug, den Gills trug, dann nahm er ohne weitere Regung auf einem der Stühle Platz und legte seine mit einer Handfessel fixierten Hände vor sich auf die mattweiße Tischplatte.

»Ich bin sofort wieder bei Ihnen«, sagte Gills, bevor er mit Ian und Brian hinaus in den Vorraum trat und die Tür hinter sich ins Schloss zog.

»Er hat nichts gesagt«, ließ Ian ihn wissen, noch bevor Gills die Frage stellen konnte, die ihm auf der Zunge brannte.

»Nicht ein Wort auf der ganzen Fahrt«, fügte Brian hinzu.

»Auch nicht, als ihr ihn verhaftet habt?«

Die beiden Polizisten schüttelten beinahe gleichzeitig den Kopf.

»Er kam gerade vom Hafen, als wir auf den Hotelparkplatz einbogen. Er stand augenscheinlich noch unter Schock von dem Unfall, der dort passiert ist«, erzählte Ian.

Gills nickte betreten. »Ich habe davon gehört. Wie geht es Angus?«

»Er hat mehr Glück als Verstand gehabt und ist mit einer schweren Gehirnerschütterung und ein paar angebrochenen Rippen davongekommen.«

»Das ist wirklich verdammtes Glück.«

»Das kannst du laut sagen. Die Palette hat ihn nur gestreift. Er hat die anderen noch gewarnt, so dass sie rechtzeitig zur Seite springen konnten, aber Angus selbst war nicht schnell genug.«

»Und Julian Tahn war im Hafen, als es passiert ist? Was wollte er dort?«

»Wissen wir nicht«, gestand Ian und tippte dann auf seine Uhr. »Tut mir leid, wenn ich dränge, John, aber wir müssen zurück. Wenn du noch Fragen hast, können wir vielleicht telefonieren.«

Gills nickte. »Machen wir. Gute Heimfahrt.«

Er sah den beiden uniformierten Polizisten nach, als sie den Gang hinuntergingen. In der Tür drehte sich Ian noch einmal um und winkte. Gills winkte zurück.

»Sie sollten Ihre wertvollen achtundvierzig Stunden nicht auf dem Flur vertrödeln, Gills«, erklang die spöttische Stimme des Chief Inspectors hinter ihm. Gills zuckte zusammen und wandte sich hastig um.

»Oder zweifeln Sie etwa an Ihrer eigenen Courage?« Brown hielt einen großen Kaffeebecher in der einen und einen Stapel Computerausdrucke in der anderen Hand.

»Sir, ich habe mich nur von den Kollegen ...«, begann Gills, verstummte aber mitten im Satz, als Brown sich an ihm vorbei in den Vorraum schob und einen Blick auf den Monitor warf, der ein Bild des Vernehmungszimmers zeigte. Aufmerksam betrachtete er Julian Tahn. »Mit dem Mann werden Sie eine harte Nuss zu knacken haben«, bemerkte Brown schließlich. »Er erlebt eine solche Situation wohl nicht zum ersten Mal.«

Gills sah seinen Chef überrascht an, bevor er jedoch etwas sagen konnte, war er mit einem »viel Erfolg, Gills« in seinem Büro verschwunden.

Gills blieb wie vom Donner gerührt zurück. Auf dem Monitor betrachtete er nun den Mann, auf dessen Verhaftung er gedrungen hatte, und fragte sich, was Brown zu dieser Bemerkung veranlasst hatte. Julian Tahn schien sich keinen Millimeter bewegt zu haben. Ein Mann, der regungslos wartete. Mehr nicht. Gills runzelte die Stirn. Er hatte registriert, dass Julian beim Betreten des Vernehmungsraums die Kamera entdeckt hatte, die oben in einer Ecke hing, und somit wusste, dass er überwacht wurde. Woher also leitete Brown seine Vermutung ab? Oder hatte er Zugriff auf Informationen, die Gills nicht besaß? Und wenn, woher? Browns Büro lag am Ende des Flurs. Der Chief hatte die Tür hinter sich zugezogen, das bedeutete, dass er auf keinen Fall gestört werden wollte.

Julian Tahn regte sich auch nicht, als Gills in den Vernehmungsraum zurückkehrte und ihm gegenüber am Tisch Platz nahm. Nur sein Blick fokussierte sich auf Gills.

»Mr. Tahn, Sie kennen mich, mein Name ist John Gills, und ich bin Detective Sergeant der Scottish Police«, begann er mit den üblichen Floskeln seine Vernehmung. »Bevor wir anfangen, ist es meine Pflicht, Sie darüber zu informieren, dass unser Gespräch von der Kamera dort rechts oben aufgezeichnet wird.«

Julian nickte, ohne seine Augen von Gills zu nehmen.

»Sie wissen, dass Sie Anspruch auf einen Anwalt haben?«, fuhr Gills fort.

»Ich brauche keinen Anwalt«, entgegnete Julian. »Ich will nur wissen, warum ich hier bin.« In seiner Stimme lag eine Mischung aus Forderung und Anspannung.

»Haben die Kollegen Ihnen das nicht gesagt?«

Julian schüttelte den Kopf.

Gills räusperte sich. »Sie stehen unter Verdacht, Ihre Frau getötet zu haben.«

»*Was?*« Julian fuhr von seinem Stuhl hoch und starrte Gills ungläubig an. »*Was* soll ich getan haben?«

»Sie stehen unter Verdacht, Ihre Frau getötet zu haben«, wiederholte Gills langsam und deutlich.

»Das glaube ich einfach nicht!« Julian stieß den Stuhl hinter sich zurück, machte zwei Schritte vom Tisch weg, blieb dann jedoch stehen und wandte sich mit wutblitzenden Augen erneut zu Gills um. »Ich habe meine Frau nicht umgebracht«, stieß er zwischen zusammengepressten Lippen hervor. »Wie können Sie das behaupten!«

Gills verspürte plötzlich den dringenden Wunsch nach frischer Luft. Julian Tahns Fassungslosigkeit war so authentisch, so wahrhaftig, dass Gills sich fragte, ob er mit seiner Verhaftung einen eklatanten Fehler begangen hatte. Doch dann kamen ihm die Worte des Chief Inspectors wieder in den Sinn.

Mit dem Mann werden Sie eine harte Nuss zu knacken haben. Er scheint eine solche Situation nicht zum ersten Mal zu erleben.

»Würden Sie sich bitte wieder setzen?«, forderte Gills ihn mit erzwungener Ruhe auf. Nur mit Mühe hielt er Julians Blick stand, der Mann strahlte eine Aggressivität aus, die Gills trotz der Handfesseln, die dieser trug, dankbar an die Panikklingel unter dem Tisch denken ließ.

Langsam, viel zu langsam sank Julian Tahn auf seinen Stuhl zurück.

»Möchten Sie sich zu der Anschuldigung äußern, oder wollen Sie erst mit einem Anwalt sprechen?«, fuhr Gills fort, als sie wieder auf Augenhöhe waren.

»Ich möchte, dass Sie mich gehen lassen.«

»Das ist leider nicht möglich, Sir.«

»Dann habe ich nichts weiter zu sagen.«
»Sir ...«
»Ich habe meine Frau nicht umgebracht.«
»Kann ich das als Ihre offizielle Aussage aufnehmen?«, fragte Gills.

Julian zuckte gleichgültig mit den Schultern. »Machen Sie, was Sie wollen, aber ich werde nichts unterschreiben.«

»Es steht Ihnen natürlich zu, von Ihrem Aussageverweigerungsrecht Gebrauch zu machen, aber ich muss Sie darauf hinweisen, dass britische Richter ein solches Verhalten durchaus negativ bewerten können.«

Julian presste die Lippen zusammen und schwieg.

Gills gab den Sachverhalt in das Protokoll ein, das er bereits vorbereitet hatte. Dann forderte er per Telefon einen Beamten des Justizvollzugsdienstes an. Während dieser ganzen Zeit rührte sich Julian Tahn nicht ein Mal.

Als der Vollzugsbeamte schließlich in der Tür stand, unternahm Gills einen letzten Versuch. »Ich erinnere Sie noch einmal an Ihr Recht, einen Anwalt oder jemanden aus Ihrer Familie zu kontaktieren ...«

»Das haben Sie bereits erwähnt«, fiel Julian ihm ins Wort.

Gills wartete, aber sein Gegenüber machte keine Anstalten, noch etwas hinzuzufügen. Mit einem Nicken zeigte Gills dem wartenden Beamten an, dass sie fertig waren. Julian Tahn ließ sich ohne Widerstand abführen.

Zurück in seinem Büro sah sich Gills die Aufnahme des kurzen und einsilbigen Gesprächs gleich dreimal hintereinander an. Wie es schien, war Julian Tahn davon überzeugt, binnen Kürze wieder auf freiem Fuß zu sein. Seine ganze Haltung zeugte davon. Allerdings hatte sich diese Haltung erst manifestiert, nachdem er erfahren hatte, welchen Verbrechens er verdächtigt wurde. Nachdenklich tippte Gills mit der Spitze seines

Kugelschreibers auf seine Schreibtischunterlage. Der Mann hatte auf die Anschuldigung überrascht und aufgebracht reagiert. Und sowohl sein Erstaunen als auch seine plötzliche Wut schienen, so zumindest interpretierte Gills dieses Verhalten, die Folge einer spürbaren Erleichterung zu sein.

JULIAN STARRTE VON seinem Bett aus auf die hellgelben Wände seiner Zelle, die massive Stahltür und das kleine vergitterte Fenster. Wenn er hinaussehen wollte, musste er sich auf die Kloschüssel stellen, für die es weder einen Deckel noch einen richtigen Sitz gab.

Es war ihm nicht gestattet worden, persönliche Gegenstände zu behalten, und als Untersuchungsgefangener, so hatte man ihn belehrt, würde er zunächst auch keinen Kontakt zu den anderen Inhaftierten bekommen. Das war vermutlich auch besser so, wenn er an die beiden bis unters Kinn tätowierten und kahlgeschorenen Männer dachte, die auf seiner Etage den Flur gewischt und ihn mit Blicken bedacht hatten, die wenig Zweifel darüber ließen, nach was ihnen bei Julians Anblick der Sinn stand.

Noch nicht einmal zwei Wochen war es her, dass er auf dem Balkon seiner Münchner Wohnung mit einem Latte macchiato in der Hand den sonnigen Samstagvormittag genossen hatte. Er konnte sich sogar noch an den Geruch des frisch gebackenen Hefekuchens erinnern, der aus der Wohnung unter ihnen heraufgezogen war und ihn dazu veranlasst hatte, Laura vorzuschlagen, auch wieder einmal gemeinsam zu backen. Gemeinsam zu kochen und backen war über die Jahre zu einer Leidenschaft geworden, die sie verband und bei der sie bis zuletzt ihre Differenzen hatten ausblenden können.

Julian schluckte unwillkürlich und ließ den Kopf gegen die

kalte Steinwand sinken. Das gehörte alles einer Vergangenheit an, an die er nicht mehr anknüpfen konnte.

Aber durfte er so einfach aufgeben? Dieser junge Detective hatte nichts gegen ihn in der Hand. Wie auch? Es gab keine Beweise. Julian bemühte sich, der Beklemmung Herr zu werden, die er dennoch verspürte. Das oberste Gebot war, nicht nachzugeben. Nichts preiszugeben. Er musste ausblenden, wo er war. Die Behörden durften ihn ohne Haftbefehl nicht länger als achtundvierzig Stunden festhalten. Das wusste er, und dass achtundvierzig Stunden zu kurz waren, um herauszufinden, was tatsächlich geschehen war. Solange er nicht die Nerven verlor.

Rauhe Stimmen und Gelächter drangen von draußen zu ihm herein, er hörte das Scheppern von Geschirr, und gleich darauf wurde seine Tür aufgeschlossen. Ein älterer Häftling stellte ihm mit einem kurzen Nicken ein Tablett mit seinem Abendessen und etwas zu trinken auf den Tisch. Hinter ihm erkannte Julian den Vollzugsbeamten, der ihn in dem Vernehmungszimmer abgeholt hatte. Dann fiel die Zellentür wieder ins Schloss. Als er hörte, wie sich der Schlüssel darin drehte, brach ihm der Schweiß aus, und nur schwer konnte er dem Drang widerstehen, aufzuspringen und gegen die Tür zu schlagen. Seine Frustration herauszuschreien. Er grub die Finger in den Stoff der Bettdecke, bis der Schmerz ihn ablenkte. Er atmete tief, um sich zu beruhigen. Er durfte sich nicht gehenlassen. Nicht, wenn sein Aufenthalt hier in weniger als zwei Tagen vorbei sein sollte.

Du hast es schon einmal geschafft, schoss es ihm durch den Kopf, und sein Herz klopfte heftig bei dem Gedanken an *damals*.

Wie lange hatte er sich die Erinnerung versagt? Wie lange hatte er getan, als wäre das, was seinerzeit geschehen war, die Tat und das Leben eines anderen gewesen?

»Ihre Schuldgefühle sind nicht fort, nur weil Sie sich weigern, über das Geschehene nachzudenken. Wenn es Ihnen nicht gelingt, sich damit auseinanderzusetzen, wird Sie das über kurz oder lang zerstören. Es wird im Verborgenen wuchern wie ein Geschwür.« Er hörte die Stimme des Psychologen, der ihn damals begleitet hatte, als säße er neben ihm, als lägen zwischen den Gesprächen von damals und heute nicht fünfzehn lange Jahre, in denen er irgendwann sicher gewesen war, sein Problem bewältigt zu haben. Holte ihn jetzt doch alles ein? War er hier, weil er diese Sitzungen damals nicht weitergeführt, sondern stattdessen sein Studium unterbrochen und sich von seinen Eltern Geld geliehen hatte, um zu seiner ersten Expedition aufzubrechen und so selbst einen Weg der Bewältigung zu finden? Es war ein Wagnis gewesen, ein völlig verrücktes Unterfangen, auf eigene Faust und auf sich allein gestellt Nepal und Tibet durchstreifen zu wollen. Aber er hatte es getan und dabei die unbändige Wut, die er bis dahin nicht kontrollieren konnte, gegen sich selbst gerichtet, gegen seinen Körper. Er hatte fünfzehn Kilo abgenommen, weil er von einer Diät aus roten Linsen und grünem Tee gelebt hatte, er hatte gelernt, der Kälte zu trotzen, und wäre fast an der Höhenkrankheit gestorben, doch nach sechs Monaten hatte er sein inneres Gleichgewicht wiedergefunden. Das war seine Überzeugung gewesen. Bis jetzt.

Bis zu diesem verdammten Tag, an dem Laura ihm gestanden hatte, dass sie alles wusste. Und damit alles wieder zum Leben erweckt hatte. Jede kleine Erinnerung, jedes noch so unbedeutende Detail. Sie war schuld – an allem, was geschehen war. Sie! Sie allein mit ihrer entsetzlichen Neugier und ihrer kapriziösen Willkür.

Wie sollte es nun weitergehen?

In zwei Monaten wurde er vierzig. Dann war die Hälfte seines Lebens vorbei. War es dann auch zu Ende? Würde er den

Rest seiner Zeit in einer Haftanstalt und danach in Sicherungsverwahrung verbringen? War er ein Irrer? Laura hatte es ihm vorgeworfen, ihm entgegengeschrien.

Er schloss die Augen. Er war nicht verrückt. Es musste ihm jedoch gelingen, seine Wut zu bändigen. Das Tier an die Kette zu legen. Es durfte keinen Kontrollverlust mehr geben.

ALS JOHN GILLS den Flur betrat, in dem Liams Büro gleich neben dem Labor der IT-Forensik lag, hörte er bereits, dass es Probleme geben würde, und ein Blick auf seinen Freund, der mit leidendem Gesichtsausdruck und dem Telefonhörer am Ohr hinter seinem Schreibtisch saß, bestätigte seine Befürchtungen. Liam telefonierte mit seiner Frau. Als er Gills entdeckte, hielt Liam wortlos den Hörer in den Raum, und Gills konnte selbst über die Distanz den Wortschwall hören, der sich daraus ergoss.

»Love«, sagte Liam beschwichtigend, als er den Hörer wieder ans Ohr nahm, »bitte, lass es mich dir noch einmal erklären ...«

Ein erneuter Wortschwall war die Antwort.

»Das hast du angerichtet«, begrüßte ihn Liam vorwurfsvoll, während er die Sprechmuschel mit der Hand abdeckte. »Mit diesem verfluchten Telefon, das du mir gebracht hast.« Er nahm die Hand von der Muschel. »Amy, nein, versteh das bitte nicht falsch ...«

»Wo ist das Problem?«, wollte Gills wissen.

»Sie glaubt nicht, dass ich länger arbeiten muss. Sie glaubt ... Amy, Himmel, nun hör mir doch mal zu!«

»Soll ich mit ihr reden?«

Liam winkte gestikulierend ab und legte einen Finger auf seine Lippen. Er war einer jener dunkel gelockten irischen Bastarde, wie Gills ihn immer gern aufzog, mit dem Blick eines Zigeuners und der Seele eines kleinen Jungen, der nichts als Unfug im

Kopf hatte. Im Kreise der eher blassen Briten war er natürlich ein Mann, der die Augen der Frauen auf sich zog, und Amy war stets auf der Hut. Gills hatte schon so manche Szene erlebt, die sie Liam gemacht hatte, wenn er seinen Freund nach einem gemeinsamen Billardabend nach Hause gebracht hatte, weil Liam zwar noch hatte spielen und gewinnen können, aber zu betrunken gewesen war, um allein aufs Klo zu gehen. Er hatte Liam dann die Treppe des schmalen Reihenhauses nach oben geschoben, in das er mit Amy nach ihrer Hochzeit gezogen war, ihn ins Gästezimmer verfrachtet und sich danach zu Amy ins Wohnzimmer gesetzt und ihre Klagen angehört, in der Hoffnung, dass es seinen Freund am nächsten Morgen nicht ganz so hart traf. Was Amy nach mehr als zehn Ehejahren immer noch nicht begriffen hatte, war, dass ihr Mann sie aufrichtig liebte und niemals betrügen würde. Außer mit seiner Leidenschaft für Billard und einer guten Flasche Whisky.

Gills trat ans Fenster, während Liam seiner Frau erklärte, dass er tatsächlich noch immer im Büro saß, dass er nüchtern war und auch nicht plante, sich im Anschluss an seine Arbeit zu betrinken. »Ich komme sofort nach Hause, wenn ich mit John die Auswertung besprochen habe, Liebes. Und je eher ich das mache, desto eher bin ich bei euch. Küss die Mädchen von mir.« Mit einem Seufzer der Erleichterung ließ er den Hörer auf die Gabel fallen und sank in seinen Stuhl zurück. »Eines Tages bringt diese Frau mich um«, sagte er matt. Als er dann jedoch zu Gills aufsah, veränderte sich sein Gesichtsausdruck schlagartig. »Mein Freund, ich habe etwas für dich«, kündigte er mit breitem Grinsen an.

Gills schaute ihn erwartungsvoll an, aber Liam schüttelte den Kopf und machte eine unmissverständliche Geste mit dem Zeigefinger seiner rechten Hand. »Nein, nein, mein Lieber. Erst handeln wir den Preis aus.«

»Den Preis?« Gills zog eine Augenbraue hoch. »Wir sind im Dienst!«

Liam reckte sich und stand von seinem Stuhl auf. »Wenn wir im Dienst wären, wie du so schön sagst, würde das Telefon, das du mir gebracht hast, noch immer dort drüben in der Schublade liegen, wo ›Eingang‹ und ›zu bearbeiten‹ draufsteht.«

Gills seufzte. »Das ist Erpressung.«

»Natürlich.«

»Und? Was ist dein Preis?«

»Du zahlst den nächsten Billardabend, zu dem wir uns am Tag nach der Aufklärung deines aktuellen Falls treffen werden.«

»So viel Rücksichtnahme hätte ich jetzt nicht erwartet.«

Liam grinste erneut. »Ist auch nicht meine Art, aber die Ergebnisse meiner Auswertung lassen mir keine andere Wahl.«

»Was hast du herausgefunden?« Gills versuchte, sich seine Spannung nicht zu sehr anmerken zu lassen, doch Liam ließ sich nicht täuschen. Er zog eine schmale Akte aus dem Schrank und hielt sie Gills hin. Als dieser danach greifen wollte, zog Liam sie jedoch zurück. »Du zahlst?«

Gills nickte wortlos.

Die Akte enthielt nur wenige Blätter. Die erste Seite war leer, bis auf eine Zahlen-Buchstaben-Kombination, die prominent in der Mitte prangte. Liam besaß einen Hang zur Dramatik.

»Du hast den Code geknackt«, stellte Gills mit einem einzigen Blick darauf erleichtert fest.

»Nicht ich«, gestand Liam. »Dazu verfügen wir in dieser Abteilung nicht über die nötigen Ressourcen. Erinnerst du dich an Andy Mitchell?«

Gills runzelte die Stirn. »Ist er nicht inzwischen in dieser Einheit zur Abwehr von Internet-Kriminalität?«

»Richtig«, bestätigte Liam. »Er war mir noch einen Gefallen schuldig. Zum Glück. Denn beim MI5 kenne ich niemanden, und die Geheimdienste sind normalerweise die Einzigen, die über die nötige Rechenleistung verfügen, um solche Codes zu knacken, aber die sind derart auf ihre Terrorabwehr fokussiert, dass du sie wegen solcher Lappalien gar nicht ansprechen darfst.« Er tippte mit dem Finger auf die Seite mit der Buchstabenkombination, die Gills in der Hand hielt. »Du weißt jetzt also, welchen Schatz du hier in Händen hältst.«

Gills strahlte seinen Freund an. »Das ist großartig, Liam. Danke.«

Die nächste Seite enthielt Text. Deutschen Text. Gills starrte darauf, ohne etwas zu verstehen, nur einzelne Wörter stachen aus der Bleiwüste hervor. Namen. Orte. Er sah ratlos zu Liam.

»Blätter um!«, forderte dieser ihn auf.

»... heute Mittag haben wir Kinlochbervie erreicht. Der bedeutendste schottische Fischereihafen laut einem einschlägigen Reiseführer. Verdammt, darunter hatte ich mir wirklich etwas anderes vorgestellt als diese paar Häuser und diesen lächerlich kleinen Supermarkt. Als wir im Hafen aus dem Bus gestiegen sind, habe ich nachträglich den Blick des Fahrers einordnen können, als Julian ihm in Ullapool sagte, was unser Ziel ist ... «

Gills ließ das Blatt sinken. Schluckte. »Ist es das, was ich meine, das es ist?«

Diesmal war es Liam, der stumm nickte.

»Wer ist für die Übersetzung verantwortlich?«

»Wir haben eine Kollegin in der Buchhaltung, die vor Jahren aus Deutschland hergezogen ist, nachdem sie sich im Urlaub in den Guide ihrer Highland-Tour verliebt hat.«

»Ich ...«, begann Gills, wusste aber nicht, wie er fortfahren sollte.

Liam verstand sehr wohl, was in ihm vorging. »Es handelt

sich tatsächlich um eine in einer Cloud gespeicherte Word-Datei, eine Art Reisetagebuch. Und Sonja, so heißt unser deutsches Goldstück, hat uns die ersten beiden Seiten übersetzt. Ich fürchte, den Rest müssen wir aus rechtlichen Gründen jedoch einem Spezialisten überlassen.«

Gills wies auf das Papier in seiner Hand. »Es gibt also mehr als das hier?«

»Ja, sicher«, versicherte Liam. »Tatsächlich handelt es sich um mehrere Dateien, von denen jede einzelne noch einmal mit einer vierstelligen PIN geschützt ist. Andy hat vorerst nur diese eine dechiffriert. Die Auswahl haben wir gemeinsam anhand des Datums der letzten Speicherung und des Dateinamens, in diesem Fall ganz profan ›Schottland‹, getroffen ...«

»Moment«, unterbrach Gills ihn. »Lass mich das einmal zusammenfassen: Laura Tahn hat einen Speicherplatz in einer Cloud, wo sie Dokumente abgelegt hat.«

»Richtig.«

»Das Ganze ist mit diesem Code aus Zahlen und Buchstaben verschlüsselt.« Er wies auf das Blatt in der Akte, auf der lediglich die Kombination stand.

Liam nickte.

»Und zusätzlich ist jedes einzelne Dokument in diesem Cloud-Speicher noch einmal durch eine vierstellige PIN gesichert.«

»Ja.«

»Was hältst du davon?«

»Diese Frau dürfte sehr aufmerksam verfolgt haben, was Edward Snowden zum Thema Datensicherheit gesagt hat. Sie will unter allen Umständen vermeiden, dass jemand Zugriff auf die Dateien hat, die sie dort hinterlegt hat. Es handelt sich übrigens ausschließlich um Textdateien. So viel konnten wir schon herausfinden.«

»Weißt du, was drinsteht?«

»Ich kann genauso wenig Deutsch wie du.« Liam wies auf die Akte. »Am Ende des Textes findest du den Link zu dem Ordner, den ich in unserem internen System angelegt habe, da ist alles gespeichert.«

Gills klopfte seinem Freund herzlich auf die Schulter. »Liam, das ist mehr, als ich erwartet habe. Ich werde mich dafür revanchieren.«

»Ich hab meinen Preis genannt«, entgegnete Liam, während er seine Jacke von dem Haken hinter seiner Bürotür nahm. »Natürlich musst du mich beim Snooker auch gewinnen lassen, damit es für mich der perfekte Abend wird«, fügte er augenzwinkernd hinzu.

»Alles, was du willst«, versprach Gills.

Sonja Stanfield war nicht mehr an ihrem Arbeitsplatz. Gills hatte versucht, sie telefonisch zu erreichen, um sich persönlich bei ihr für ihre Unterstützung zu bedanken. Das musste nun bis zum nächsten Morgen warten. Aber ein Blick auf seine Armbanduhr sagte ihm, dass es inzwischen auch schon nach neunzehn Uhr war. Aus alter Gewohnheit strich er mit dem Finger über das Glas und erinnerte sich dabei ungewollt an den Abend, an dem ihm Susan diese Uhr geschenkt hatte. Natürlich hatte er sie nicht besucht, als er in Kinlochbervie gewesen war, und natürlich hatte es deswegen wieder eine Auseinandersetzung mit seinem Vater gegeben. »Dein Sohn ist jetzt bald ein halbes Jahr alt und wächst ohne Vater auf. Er kennt dich nicht einmal«, hatte der alte Mann ihm zum wiederholten Male vorgeworfen.

Sein Sohn.

Gills merkte, dass allein der Gedanke daran genügte, ihn erneut zu reizen. Sein Vater war nicht willens zu begreifen, dass Susans Alleingang für immer zwischen ihm und diesem Kind stehen würde. Gills ließ den Ärmel seines Hemdes über die Uhr an seinem Handgelenk gleiten. Es war nicht sinnvoll, fortwährend darüber nachzudenken. Er hatte Arbeit zu erledigen, die keinen Aufschub duldete, und er durfte sich gerade jetzt keine Ablenkung erlauben.

Deshalb gab er ohne weitere Verzögerung sein Passwort in seinen Computer ein und dann den Link, den Liam ihm aufgeschrieben hatte. Er fand darunter einen Ordner mit der Bezeichnung »Laura Tahn« und atmete tief durch, als er die entsprechende Datei mit einem Doppelklick öffnete. Endlich würde er eine Stimme zu dem Foto erhalten, zu den langen blonden Haaren, den Sommersprossen und dem zu breiten Mund, dem knappen Bikini und dem mädchenhaften T-Shirt mit dem Smiley. Er hoffte, dass es eine wesentlich persönlichere Stimme sein würde als die, mit der sich Laura Tahn auf Facebook und in ihrem Blog präsentierte, wo ihre vermeintliche Offenheit darüber hinwegtäuschte, dass sie tatsächlich nur das preisgab, was sie andere von sich sehen lassen wollte.

PETER DUNN STARRTE auf das Wasser im Hafenbecken. Es schwammen noch immer tote Fische darin von dem Unglück am Vormittag. Die Möwen hatten sich satt gefressen. Träge saßen sie auf den Dächern der Lagerschuppen und wärmten ihr Gefieder in den letzten Strahlen der Abendsonne. Das Fangschiff hatte längst wieder abgelegt, und die Arbeiter waren nach Hause gegangen. Alle bis auf Angus, den seine Frau auf Anweisung des Arztes trotz seiner Proteste nach Inverness ins Krankenhaus gefahren hatte. Auch der deutsche Tourist war nach Inverness gebracht worden. Von der Polizei. Das zumindest hatte Emma erzählt, als sie sich am Nachmittag begegnet waren. Peter schüttelte ungläubig den Kopf. Was für ein Tag!

Er berührte seine Arme, die ihm unter der Wolle seines Pullovers noch immer wie die eines anderen erschienen, wie um sich zu vergewissern, dass sie heil waren, und dann kniff er sich in den Unterarm und genoss erleichtert den Schmerz, den er dabei spürte. Er war nicht unter einer halben Tonne Fisch begraben. Nein, er lebte! Aber nur, weil Angus ihn gewarnt hatte. Den ganzen Tag über hatte er immer wieder die Stimme seines Freundes gehört, seinen entsetzten Ruf, gefolgt von einem Schmerzensschrei, und dann nichts mehr. Verdammt, er hatte im ersten Moment geglaubt, Angus sei tot. Er schauderte und war so in Gedanken versunken, dass er nicht hörte, wie sich ihm jemand näherte, bis eine Stimme neben ihm erklang, mit der er überhaupt nicht gerechnet hatte.

»Peter?«

Überrascht fuhr er herum.

»Fionna!«

Sie lächelte verlegen, und er erinnerte sich, dass sie damals, als er sie zum ersten Mal gesehen hatte auf jenem Fest in Durness, genauso gelächelt hatte. Fast vierzig Jahre waren seither vergangen, aber hier stand sie nun, und allein ihre Anwesenheit ließ die Zeit zusammenschrumpfen, sich auflösen, und ihn für den Moment vergessen, dass er nicht mehr zwanzig, sondern fast sechzig war, ein Trunkenbold, der in einem Bootsschuppen hauste, weil diese Frau, die er doch seit fast vierzig Jahren liebte, ihn vor die Tür gesetzt hatte. Und ohne dass er etwas dagegen tun konnte, traten ihm Tränen in die Augen.

»Fionna«, wiederholte er mit rauher Stimme und streckte eine Hand nach ihr aus.

Sie trat einen Schritt näher. Sie war nie eine Schönheit gewesen, immer ein bisschen zu breit um die Hüften, schon als junges Mädchen, und das Gesicht zu derb, aber er hatte ihr seidiges Haar geliebt und ihre sanfte Stimme und ihr verlegenes Lächeln. Für ihn war sie die begehrenswerteste Frau von ganz Nord-Sutherland.

Sie nahm seine Hand, und gleich darauf spürte er ihre Finger, wie sie sanft über die Schwielen in seinem Handteller strichen. Wortlos machte er Platz auf der schmalen Bank, und Fionna setzte sich neben ihn. Lange Zeit sagten sie beide nichts. Doch schließlich zog sie ein Taschentuch aus ihrer Handtasche, ohne die sie niemals das Haus verließ, und schneuzte sich die Nase. »Ich bin gerade aus Durness zurückgekommen und hab gehört, was passiert ist.«

»Mir geht es gut«, entgegnete Peter und blickte verlegen auf seine Füße, die noch immer in den alten, ausgetretenen Sicherheitsschuhen steckten.

Aus dem Augenwinkel bemerkte er, wie sie das Taschentuch in ihren Fingern knetete, ein deutliches Zeichen ihrer Nervosität. Sie hatte ihren besten Rock an.

»Ich hab gestern Haggis gemacht«, brach es schließlich aus ihr heraus. »War natürlich zu viel für mich allein.«

»Hm«, erwiderte er nur und versuchte seine Überraschung zu verbergen.

Erneutes Schweigen. Nur das Gluckern des Wassers an der Pierkante war zu hören. Ihr Blick wanderte zu seinem Bootsschuppen hinüber. »Im Radio haben sie gesagt, dass es wieder kalt wird heute Nacht.«

Peter schluckte. Das verwitterte Holz des Schuppens schimmerte grau in der Sonne. Durch die Ritzen konnte er Tauwerk sehen, dahinter stand das alte metallene Bettgestell, das er von Angus bekommen hatte und das so fürchterlich quietschte, wenn er sich darauf umdrehte, dass er jede Nacht davon aufwachte. Und das erste Mal seit Tagen dachte er wieder an den Ring in seiner Hosentasche. Die Polizei hatte den Deutschen verhaftet. Er hatte gleich geahnt, dass diese seltsame Frau nicht zurückkommen würde. Und heute Morgen, als er den Mann auf dem Pier gesehen hatte …

Nein, nicht wieder diese Gedanken.

Fionna war gekommen. Hierher zu ihm in den Hafen, und nun hörte er, wie sie neben ihm kurz und schnell atmete, wie immer, wenn sie aufgeregt war und auf etwas wartete. Verflucht, sie hatte Haggis gemacht. Würde der Ring reichen, um ihr den Mantel zu kaufen? Und brauchte sie nicht auch noch einen Schal und ein Paar Handschuhe?

Sein Rücken schmerzte, als er aufstand und Fionna die Hand reichte. Drei Schiffe zu entladen war harte Arbeit für einen alten Mann, selbst wenn er nur einer von vielen Arbeitern war. »Komm«, sagte er. »Ich glaube, ich habe Hunger.«

1. August

Schottland. Wir sind tatsächlich hier und sollten es doch nicht sein. Ich hätte mich nicht auf diese Reise einlassen sollen. Dabei ist das Land großartig. Wir haben schon so viele andere Länder bereist. Nepal, Vietnam, Südafrika – phantastische, exotische Länder, doch in keinem hatte ich bereits bei der Ankunft das Gefühl, nach Hause zu kommen. Ich wandere in Glasgow durch die Gassen und Straßen und fühle so viel Vertrautheit, dass mir ganz schwindelig wird. Aber ich kann es nicht genießen.
Genauso wenig, wie ich mit Julian darüber sprechen kann. Er hat sich darauf gefreut, mir dieses Land zu zeigen, seit Wochen hat er von nichts anderem geredet. Und nun sehe ich jeden Tag aufs Neue die Fragen in seinen Augen: Gefällt es dir? Begeistert es dich?
Ja, ich bin fasziniert von der Stadt, dem Land, den Menschen!
Aber ich bringe es nicht heraus. Nichts bringe ich heraus. Ich bin wie blockiert. Nicht mehr fähig, meine Empfindungen ihm gegenüber in Worte zu fassen. Ausgerechnet jetzt.
Ich sollte nicht darüber schreiben, warum das so ist, diese dunklen Gedanken nicht verfestigen, bevor ich mit ihm geredet habe. Und ich muss mit ihm reden, auch wenn sich alles in mir sträubt. Und ich muss es bald tun, denn natürlich haben diese Gedanken längst begonnen, ein Eigenleben zu führen und sich zwischen uns zu drängen. Aber ich habe keine Ahnung, wo ich anfangen soll. Oder wie.

In den letzten Tagen vor unserer Abreise hätte es viele Gelegenheiten zum Gespräch gegeben. Ich habe sie alle ungenutzt verstreichen lassen. Liebe ich ihn denn noch immer? Es ist doch längst alles zerstört! Aber warum sollte ich sonst hier sein?

GILLS HIELT INNE und starrte auf den Text vor sich, während die Worte in seinen Ohren nachklangen, als stünde Laura Tahn in seinem Büro und hätte sie zu ihm gesprochen. Er meinte ihre Stimme zu hören mit all der Atemlosigkeit und der Verzweiflung, die aus dem Geschriebenen sprach, und konnte sich nur schwer der Nähe entziehen, die sie auslösten.

Er zog sein Notizbuch zu sich heran, blätterte zurück zu den Einträgen, die er während seiner letzten Gespräche mit Julian Tahn gemacht hatte. Was hatte der Deutsche ihm alles verschwiegen? Der Vorfall mit dem Messer an Bord von Peter Dunns Kutter erhielt nach diesem Tagebucheintrag eine neue Dimension. Lauras Selbstmorddrohung. Hatte sie zu diesem Zeitpunkt bereits mit ihrem Mann gesprochen? Wollte Julian sich deshalb von ihr trennen? Für einen Moment war Gills versucht, den Mann vorführen zu lassen, jetzt, sofort, egal, wie spät es war. Doch damit würde er wertvolles Pulver nutzlos verschießen, und so zwang er sich, weiterzulesen.

2. August
Heute Morgen war es so weit. Schon am zweiten Tag. Wir hatten Streit wegen einer Nichtigkeit. Weil ich noch fotografiert und geschrieben habe und wir deshalb den Bus verpasst haben, dabei fuhr der nächste schon zwei Stunden später. Julian hat den halben Tag nicht mit mir gesprochen deswegen. Ich war kurz davor, ihn allein weiterfahren zu lassen, und habe mich im nächsten Bus zwei Reihen hinter ihn gesetzt. Als wir in Oban ankamen, hat er sich entschuldigt. Nun sitzen wir am Hafen in der Abendsonne

und essen Fisch, und ich versuche, nicht an das letzte Telefonat zu denken, das ich in München geführt habe.

Der Eintrag brach ab, und Gills tippte gereizt mit dem Finger auf die Tastatur seines Computers.

3. August
Eine SMS von Tom. Ich weiß nicht, wie ich damit umgehen soll. Er versteht nicht, warum ich noch nicht mit Julian geredet habe. Er bedrängt mich.
In meinem Inneren tobt Mutters Stimme: »Das kommt davon, wenn man tiefer und immer tiefer gräbt. Wenn man seine Nase in Angelegenheiten steckt, die einen nichts angehen. Habe ich dich so erzogen?« Vielleicht Mami, vielleicht hast du das. Aber vielleicht sind es auch Vaters Gene, und du kannst gar nichts dafür. Vater kann auch nicht lockerlassen. Koste es, was es wolle. Ihn hat es schon einmal fast ins Grab gebracht. Und mich?
Ich habe gefunden, was ich gesucht habe, aber was habe ich geweckt, das ich nun nicht mehr beherrschen kann? Schadensbegrenzung war alles, woran ich in den vergangenen Wochen denken konnte, ohne mir darüber klar zu sein, ob ich es überhaupt wollte. Und nun sind Julian und ich hier in dieser Einsamkeit auf uns selbst zurückgeworfen, und ich spüre, dass ich ans Ende meiner Kräfte gelange. Wie um Himmels willen soll es weitergehen? Was wird passieren, wenn ich ihm alles erzähle? Ich muss! Ich muss! Ich muss! Wenn es noch eine Chance für uns geben soll. Aber was schreibe ich Tom?

Mit einem Gefühl des Unbehagens schloss Gills die Datei. Diese Zeilen waren nicht für fremde Augen bestimmt. Vielleicht würde nicht einmal die Verfasserin sie jemals wieder lesen. Er hatte gehofft, dass das, was Laura Tahn in dieser gut versteckten und kryptierten Datei hinterlegt hatte, mehr über sie preisgeben würde als ihre öffentlichen Blog- und Twitter-Nachrichten, aber diese Offenheit war fast zu viel. Er blickte bis auf ihren Seelengrund, sah sie ungeschützt in all ihrer Verletzlichkeit.

Er trat ans Fenster, doch er nahm weder den Parkplatz noch die dahinterliegende Straße wahr, vor seinem inneren Auge blickte er in Laura Tahns Gesicht. Er hatte das Foto, das ihr Mann der Polizei zur Verfügung gestellt hatte, so oft betrachtet, dass er jede kleine Einzelheit davon aus dem Gedächtnis abrufen konnte. Wie das kaum wahrnehmbare Lächeln in ihren Mundwinkeln und ihren Augen, das nur ihr selbst gehörte und das im Betrachter unwillkürlich die Frage auslöste, woran sie in dem Moment, als das Foto entstanden war, wohl gedacht haben mochte.

Nun hatte dieses Gesicht mit dem selbstvergessenen Lächeln eine Stimme erhalten, auch wenn er sie noch nie hatte sprechen hören. Aber diese Stimme war anders, ganz anders, als er sie sich vorgestellt hatte. Schon aus den wenigen Zeilen, die er bis jetzt gelesen hatte, sprach weitaus mehr Ernsthaftigkeit und Selbstreflexion, als ihre öffentlichen Interneteinträge auch nur ahnen ließen.

»Na, Gills, Sie sind ja immer noch hier. Kommen Sie voran?«

Gills fuhr herum und nahm instinktiv Haltung an, als er sich dem Chief Inspector gegenübersah, der mit seiner Körperfülle den Türrahmen nahezu komplett ausfüllte. Wie lange mochte er dort schon gestanden und ihn beobachtet haben?

»Sir, ich gehe davon aus, dass ich Ihnen morgen Ermittlungsergebnisse präsentieren kann, die die Verhaftung von Julian Tahn mehr als rechtfertigen werden«, entgegnete er steif.

Mortimer Brown musterte ihn kritisch. »Lassen Sie mich raten: Sie werden noch heute Nacht ein Geständnis aus ihm herauslocken«, bemerkte er dann mit einem Lächeln, das bestenfalls als herablassend gelten konnte. Wie konnte er bei einem der Richter einen Haftbefehl erwirken, ohne seinen Chef über den Inhalt von Laura Tahns Aufzeichnungen zu informieren?

»Ja, ein Geständnis wäre in der Tat die perfekte Lösung«, entfuhr es ihm vielleicht deshalb in einem Ton, den er Brown gegenüber noch nie angeschlagen hatte. »Ich arbeite daran.«

Der Chief Inspector sah ihn überrascht an, kommentierte Gills' Bemerkung jedoch nicht weiter, sondern verließ nur mit einem kurzen »na, dann viel Erfolg« seinen Posten an der Tür.

Gills lauschte seinen sich entfernenden Schritten, dem Zuschlagen einer Tür. Morgen müsste er Brown etwas präsentieren, wenn er Julian Tahn in Untersuchungshaft behalten und eine Genehmigung für eine offizielle Übersetzung erhalten wollte. Die wenigen bislang übersetzten Textstücke aus dem Reisetagebuch von Laura lieferten genügend Verdachtsmomente. Gleichzeitig warfen sie jedoch mehr neue Fragen auf, als sie Antworten gaben.

Laura hatte in München ein letztes Telefonat geführt, das ihr offensichtlich nachging. Warum war die SMS von jenem Tom bei der Auswertung ihres Telefons niemandem aufgefallen? Hatte sie mit ihm eine Affäre und deshalb ihren Mann verlassen wollen, letztlich aber doch festgestellt, dass sie es nicht konnte? Und in welchem Zusammenhang stand der Hinweis auf die angedeuteten bedrohlichen Ereignisse aus der Vergangenheit? Gab es überhaupt einen Zusammenhang? Er benötigte mehr Informationen aus dem Tagebuch, und das möglichst schnell, um wenigstens einige dieser Fragen bis zum kommenden Tag klären zu können und so dem Chief Inspector Fakten auf den Tisch zu legen. Brown würde ihn sicher nicht mit ein paar vagen Vermutungen zum Haftrichter gehen lassen.

Gills blätterte die Akte zum Fall Tahn zum wiederholten Mal durch. Dabei fiel ihm zum ersten Mal auf, dass Liam ihm nicht nur Sonjas Bürodurchwahl, sondern auch ihre Mobilnummer aufgeschrieben hatte.

Er zögerte kurz, dann griff er zum Telefon.

»Ich habe schon mit Ihrem Anruf gerechnet«, bemerkte sie, als er seinen Namen nannte. Sie besaß eine angenehme, weiche Stimme und wirkte keinesfalls irritiert. »Sie wollen vermutlich wissen, ob ich Sie bei der Übersetzung weiter unterstützen kann.«

Gills räusperte sich verlegen.

»Kein Grund für ein schlechtes Gewissen«, fuhr sie fort. »Liam hat mich schon vorgewarnt. Warum kommen Sie nicht einfach vorbei und bringen mit, was Sie haben?«

Erneut zögerte Gills. Er war ungeduldig, wollte um jeden Preis tiefer in Laura Tahns Gedankenwelt eindringen, gleichzeitig jedoch befiel ihn bei der alleinigen Vorstellung daran eine ungewohnte Scheu. Zudem entsprach das, was er plante, nicht der legalen Vorgehensweise in einem solchen Fall.

»Eigentlich wollte ich mich nur bei Ihnen bedanken und Sie nicht Ihres Feierabends berauben«, wandte er deshalb ein, doch Sonja Stanfield wiegelte seine Bedenken mit einem einzigen Satz ab: »Feierabend gibt es bei uns nicht.«

Als er wenig später vor einem der nostalgischen Reihenhäuser aus dem späten 19. Jahrhundert stand, die das Straßenbild der Greg Street bestimmten, und das Bed-and-Breakfast-Schild in Sonja Stanfields Wohnzimmerfenster sah, verstand er, warum.

»Seit mein Mann keine Touren mehr durch die Highlands führt, vermietet er Betten«, erklärte sie Gills mit einem Augenzwinkern, als sie ihn in ihr Wohnzimmer bat. Aber sie wurde sogleich wieder ernst, als sie seine Anspannung bemerkte. »Aus einem anderen Dezernat habe ich zufällig erfahren, dass es zurzeit Wochen dauern kann, einen Übersetzer mit entsprechendem Geheimhaltungsgrad zu bekommen«, beruhigte sie ihn.

»Glauben Sie mir, Sie sind nicht der Einzige, der nach unorthodoxen Lösungen sucht.«

»Das ist auch mein Kenntnisstand«, entgegnete Gills und zog die Seiten, die er ausgedruckt hatte, aus seiner Aktentasche. »Dennoch sollte dieses Treffen hier unter uns bleiben. Mein Chief Inspector ...«

»DCI Brown?«, fragte sie mitfühlend.

Er nickte.

»Machen Sie sich keine Sorgen. Von mir erfährt er nichts.«

Sie setzten sich, und während sie den Text überflog, beobachtete er, wie ihre Finger angespannt das Ende des schweren dunkelblonden Zopfs drehten, der geflochten über ihrer Schulter hing.

»Ich bin froh, dass Sie hier sind, und wir sprechen können«, sagte sie, und aus ihren graublauen Augen sprach Unsicherheit. »Was ich hier lese, hat das Potenzial, mir nicht nur heute Nacht den Schlaf zu rauben ...«

JULIAN STARRTE IN die Dunkelheit und lauschte auf die Geräusche der Nacht. Aus einer der Nachbarzellen dröhnte Schnarchen zu ihm herüber, aus einer anderen das leise Gemurmel einer Unterhaltung. Alles andere wurde überdeckt vom gleichmäßigen Rauschen des Regens, der am späten Abend begonnen und seither nicht mehr aufgehört hatte. Direkt über seinem Zellenfenster war die Dachrinne defekt. Das gleichmäßige Tropfen, mit dem das Wasser auf einen darunterliegenden Blechvorsprung aufschlug, wirkte nach anfänglicher Irritation fast schon beruhigend, ebenso wie das halbstündige Schlagen einer Uhr in der Nähe, ein Sinnbild für das langsame, aber beständige Verrinnen der Zeit. Und diese Zeit lief für ihn. Jede Stunde, die verging, brachte ihn seiner Freiheit näher.

Dennoch graute Julian vor dem Morgen und der erneuten Konfrontation mit John Gills, denn jedes Zusammentreffen mit dem Beamten forderte ihm absolute Wachheit und Konzentration ab. Gills war ein äußerst scharfer Beobachter, und in seiner Gegenwart fühlte sich Julian wie unter einem Seziermesser, obwohl der Beamte der schottischen Polizei stets höflich und distanziert blieb und sich weder zu unbedachten Äußerungen noch zu spontanen Reaktionen hinreißen ließ.

Mit einem Seufzen drehte Julian sich auf dem schmalen Bett auf den Rücken. Lichtreflexionen huschten über die Decke der Zelle, die ihn gefangen nahmen und in die Zeit seines Studiums zurücktrugen, in sein WG-Zimmer in Hamburg, das durch die vorbeifahrende S-Bahn ähnlichen Reflexen ausgesetzt gewesen war. Es war kaum größer gewesen als das Badezimmer seiner jetzigen Wohnung und die Miete so hoch, dass er allabendlich in einer Bar Klavier gespielt hatte, um überhaupt leben zu können. Es war eine erbärmliche Zeit gewesen, gleichzeitig aber auch die Phase in seinem Leben, in der er zum ersten Mal den Mut aufgebracht hatte, gegen den Willen seines Vaters aufzubegehren. Die Erinnerung daran berührte nach all den Jahren noch immer einen wunden Punkt. Dabei waren es nicht die Streitigkeiten, die sie damals ausgefochten hatten, auch nicht die Weigerung seines Vaters, ihn während seines Studiums in Hamburg finanziell zu unterstützen, die ihn noch heute schmerzten. Es war, und bei dem Gedanken hätte er fast bitter aufgelacht, die väterliche Anerkennung, die dieser ihm verweigert hatte – *der* Klassiker zahlloser gescheiterter Vater-Sohn-Beziehungen. Matthias Tahn hatte sich nicht dafür interessiert, welche Fähigkeiten es verlangte, um an einer Musikhochschule angenommen zu werden, und das künstlerische Potenzial seines einzigen Sohnes schlicht und ergreifend negiert, weil es seinen eigenen Ambitionen im Weg gestanden hatte. Ausgeträumt der Traum vom gemeinsamen erfolgreichen Journalistenbüro: Matthias und Julian Tahn. Geblieben war bei Julian das schale Gefühl, als Versager zu gelten. Besonders spürbar war es in den Jahren danach gewesen, in denen er oft die Hilfe seines Vaters in Anspruch nehmen musste.

Wie lange lag das alles schon zurück?

Er konnte sich nicht erinnern. So verzweifelt hatte er daran gearbeitet, zu vergessen. Aber einmal freigelassen – endlich freigelassen –, ließen sich seine Gedanken nicht mehr steuern, stattdessen dirigierten sie ihn, und er glitt zurück in eine Zeit, von der er meinte, sie längst aus seinem Leben getilgt zu haben. Monique tauchte vor ihm auf. So deutlich wie seit Jahren nicht. Ihre tiefdunklen Augen, das Blitzen ihrer ebenmäßigen, weißen

Zähne, die katzenhafte Geschmeidigkeit ihres Körpers in dem enganliegenden Kleid. Als sie damals in der Bar plötzlich neben seinem Klavier gestanden hatte, war sie für ihn wie eine Erscheinung gewesen. Er hatte gespielt, ohne zu wissen, was seine Hände taten, und sie hatte gesungen mit einer außergewöhnlichen Stimmgewalt. Sie waren das perfekte Team gewesen. Ausgerechnet an jenem Abend, an dem er alles hatte hinschmeißen wollen, hatte sie ihn gerettet, und gemeinsam hatten sie einen Traum gelebt, dessen abruptes Ende ihn zerstört hätte, hätte sein Vater nicht mit der ihm eigenen Nonchalance seine Beziehungen spielen lassen. Julian erinnerte sich an die Erleichterung, die er damals verspürt hatte, gepaart mit dem Abscheu vor der eigenen Schwäche. Erst Jahre später war es ihm gelungen, sich noch einmal von seinem Vater zu befreien. Erst Laura hatte ihm die Kraft gegeben.

Laura.

Er versuchte, den Gedanken an sie zu vertreiben, wohl wissend, was geschehen würde, wenn er sich ihm hingab. Doch die Wände rückten bereits näher, so, wie sie es immer taten, wenn ihn das Entsetzen ansprang. Nicht daran denken. Nicht an die Zelle, die verschlossene Tür, das vergitterte Fenster. Natürlich gelang es ihm nicht. Er ballte seine Hände zu Fäusten und grub die Fingernägel in die Handflächen.

Ruhig! Bleib ruhig!

Schweiß rann in kalten Rinnsalen an den Seiten seines Körpers hinunter, und er konnte seine Angst riechen.

Vergiss, wo du bist!

Atme!

Es war der Schmerz seiner verkrampften Hände, der ihn schließlich zur Besinnung brachte. Er zwang sich, seine Finger zu lösen, sich auf das Gefühl des Stoffs unter ihren Kuppen zu konzentrieren, während er sie langsam über die Bettdecke gleiten ließ. Sein Herzschlag beruhigte sich zusammen mit dem Rhythmus seines Atems. Die Panik verebbte und ließ ihn leer und kraftlos zurück. Zitternd vor Kälte und Müdigkeit hüllte er sich in seine Decke, doch auch die Erschöpfung ließ ihn nicht schlafen. Sein Geist war zu aufgewühlt, und seine Gedanken wanderten aufs Neue in eine Vergangenheit, aus der sich so geradlinig die Zwangsläufigkeit seiner jetzigen Lage ergab, dass ihm jeder Widerstand zwecklos erschien.

Es gab kein Entkommen.

Er war gefangen. Verloren ...

Eine Erinnerung an einen sonnigen Nachmittag im Englischen Garten streifte ihn. Er erinnerte sich an Lauras Worte, es gibt kein Gesetz der Zwangsläufigkeit, Liebling, das Leben besteht aus nichts als einer Aneinanderreihung von Zufällen. Der Moment war so präsent, dass er meinte, das Kitzeln des Grases unter seinen Waden zu spüren, die Schwere ihres Kopfes auf seiner Brust und den Hauch des Parfüms zu riechen, der in ihrem Haar lag. Er hatte ihr damals widersprochen und vehement seinen Standpunkt verteidigt, ohne zu ahnen, dass er einmal in einer Gefängniszelle in Schottland liegen würde und verzweifelt hoffte, dass sie recht behielt.

Eine Kirchturmuhr schlug sechsmal. Der Regen hatte aufgehört, und in der morgendlichen Stille trug der Wind die Laute einer erwachenden Stadt heran: Motorengeräusche und entferntes Hupen, die Sirene eines Krankenwagens. Auch innerhalb der Haftanstalt regte sich das Leben. Irgendwo wurde ein Radio eingeschaltet, Klospülungen rauschten, Türen schepperten. Jenseits des kleinen vergitterten Fensters seiner Zelle trieben schwere Wolken über den Himmel und hielten die Dämmerung zurück.

Julian stand auf, zog sich aus und trat an das Waschbecken.

Er versuchte, nicht an John Gills und sein nächstes Verhör zu denken. Es würde kommen, so zwangsläufig wie der Morgen, der bereits lauerte. Und er musste dafür gerüstet sein. Er drehte den Hahn auf. Das kalte Wasser belebte ihn und vertrieb die Benommenheit nach seiner durchwachten Nacht. Kaum dass er fertig war, öffnete sich seine Zellentür und der ältere Häftling vom Vorabend reichte ihm das Frühstück herein: dünner Kaffee, zwei Scheiben Toast und eine undefinierbare Masse, die vermutlich als Rührei durchgehen sollte. Er zwang sich zu essen.

Zwei Stunden später betrat er begleitet von einem Justizbeamten den Vernehmungsraum des Northern Constabulary. Er sah zu der Kamera in der rechten oberen Ecke des Raums, wandte den Blick aber sogleich wieder ab. Mit Sicherheit wurde bereits jede seiner Regungen aufgezeichnet. Er setzte sich an den Tisch und legte seine gefesselten Hände in seinen Schoß.

Er wusste nicht, wie lange die Beamten ihn warten ließen, denn seine Uhr hatte man ihm wie alle anderen persönlichen Gegenstände abgenommen, aber es erschien ihm länger als nötig, und er fragte sich, welche Taktik sich dahinter verbarg. Schließlich öffnete sich die Tür, aber nicht John Gills kam herein, sondern eine vollschlanke Frau mittleren Alters, über deren Schulter ein dicker dunkelblonder Zopf lag.

»Guten Morgen«, begrüßte sie ihn zu seiner Überraschung auf Deutsch. »Möchten Sie einen Kaffee?«

Julian dachte an die dünne Brühe, die er am Morgen in der Haftanstalt getrunken hatte. »Wenn er nicht nur in der Nähe von Kaffee zubereitet ist«, wagte er einen nervösen Scherz.

Sie schien seine Anspannung zu ignorieren. »Einen Kaffee wie auf dem Kontinent können Sie hier nicht erwarten«, entgegnete sie freundlich lächelnd. »Aber er ist mit Sicherheit besser als der, den Sie heute Morgen bekommen haben.«

»Dann nehme ich einen, vielen Dank.«

»Milch, Zucker?«

»Einfach schwarz.«

Noch immer überrascht, blickte er ihr nach. Augenblicke später kehrte sie mit einem großen Pappbecher zurück, den sie vor ihm auf den Tisch stellte. Sie sprach mit leicht fränkischem Akzent, der ihn unverhofft wie die Wärme eines Sonnenstrahls traf. Um den Hauch von Vertrautheit in der Fremde noch ein wenig auszudehnen, hätte er sie gern gefragt, woher sie kam und was sie nach Inverness verschlagen hatte, doch John Gills betrat hinter ihr den Raum.

»Guten Morgen, Mr. Tahn«, begrüßte ihn der Beamte, der auch an diesem Morgen ein tadelloses Erscheinungsbild bot, freundlich, aber distanziert. Als er sich setzte und die mitgebrachten Unterlagen auf den Tisch legte, rückte er kurz seinen ebenfalls tadellosen Krawattenknoten zurecht, eine Geste, die Julian nicht das erste Mal an ihm beobachtete.

Der Vollzugsbeamte hatte in einer Ecke des Raums Platz genommen, und Gills bat ihn, Julian die Handfesseln abzunehmen. Julian rieb sich seine Handgelenke, bevor er nach seinem Kaffeebecher griff, und obwohl er Gill's prüfenden Blick auf sich spürte, gelang es ihm, das Zittern seiner Finger zu unterdrücken. Keine Schwäche zeigen. Keine Nervosität. Die Zeit lief noch immer für ihn. In etwas mehr als vierundzwanzig Stunden müsste Gills ihn gehen lassen.

John Gills schlug die Akte auf, die vor ihm lag.

»Mr. Tahn«, sagte er dann, ohne von den Papieren aufzusehen, »ich würde gerne noch einmal mit Ihnen über Ihren Aufenthalt in der Sandwood Bay sprechen.«

Julian schwieg. Erst als Gills aufblickte und ihn auffordernd ansah, äußerte er sich: »Ich habe dem, was ich Ihnen erzählt habe, nichts hinzuzufügen.«

Gills blätterte weiter in der Akte, und das Rascheln des Papiers war für eine Weile das einzige Geräusch im Raum.

»Wir haben in Ihrem Zelt Blutspuren gefunden«, sagte er schließlich ruhig und emotionslos, doch seine Augen betrogen ihn. Ein Hauch von Genugtuung blitzte in ihnen auf, und Julians Mund wurde trocken.

Gills, der Spürhund. Julian sah ihn wieder auf der Bank vor dem Hotel in Kinlochbervie sitzen, das Zelt zusammengerollt neben sich auf dem Boden. Er hörte ihn wieder flachsen mit dem jungen rothaarigen Polizisten, als sie es gemeinsam in den Kofferraum von Gills' Wagen hoben. Der Beamte der Scottish Police hatte das Zelt für eine kriminaltechnische Untersuchung mitgenommen, sowie alles andere, was Julian in der Sandwood Bay zurückgelassen hatte.

Er hatte den Gedanken daran verdrängt. Ausgeblendet.

»Wir haben die Blutspuren im Labor untersucht«, hörte er Gills' Stimme wie von fern.

Das Licht der Neonröhren an der Decke nahm plötzlich an Intensität zu, und die Atmung des Justizvollzugsbeamten rechts hinter ihm in der Ecke erschien Julian mit einem Mal unnatürlich laut. Er starrte Gills an.

Du weißt nichts, schoss es ihm durch den Kopf. Du weißt nichts, und du kannst mir nichts beweisen. Wenn du es könntest, wären wir nicht hier. Er zwang sich, seine Hände auf dem Tisch liegen zu lassen.

Gills' Finger fuhren über die aufgeschlagenen Seiten der Akte auf dem Tisch und drückten sie auseinander, bis die Kante, an der sie zusammengehalten wurden, eine scharfe, gerade Linie bildete. Julian verfolgte die Schatten, die seine Finger dabei warfen, wie sie tanzten und sich veränderten, wie Buchstaben unter ihnen verschwanden und wieder auftauchten.

»Was ist in der Bay geschehen, Mr. Tahn?«

Die Stille zwischen ihnen füllte sich mit dem leisen Summen der Neonröhren, dem Klappern von Türen, dem entfernten Klingeln eines Telefons. Geräusche, die Julian daran erinnerten, dass es außerhalb des Vernehmungszimmers eine Welt gab. Eine Welt, die auf ihn wartete.

Ruhig bleiben.

»Ich habe dem, was ich Ihnen erzählt habe, nichts hinzuzufügen«, wiederholte er.

»Die DNA-Analyse hat ergeben, dass es sich bei dem Blut im Zelt um männliches Blut handelt«, fuhr Gills fort. »Aber es ist nicht Ihr Blut, Mr. Tahn.« Der Beamte maß ihn mit forschendem Blick. »Ich möchte von Ihnen wissen, wie das Blut in Ihr Zelt gekommen ist. Und wer der Mann ist, von dem es stammt.«

Julians Hirn arbeitete fieberhaft. Gills hatte nichts in der Hand. Nichts. Er konnte ihm nichts anhaben. Der Mann, dessen Blut sie analysiert hatten, tauchte in keiner Datenbank auf. »Ich habe keine Ahnung, wovon Sie sprechen«, entgegnete Julian.

Gills glaubte ihm nicht. Seine ganze Haltung zeugte davon, vor allem aber das kurze Zucken seiner Mundwinkel.

Julians Herz schlug schneller, aber es war noch nicht alles verloren. Nicht nur Gills beherrschte dieses Spiel. Auch er konnte lauern und beobachten. *Und draußen wartete eine Welt auf ihn.* Er lehnte sich weit über den Tisch. »Das Zelt stand mehr als vierundzwanzig Stunden unbewacht am Strand, nachdem ich es dort zurückgelassen habe«, sagte er leise und betonte dabei jedes Wort. »Woher soll ich wissen, was in dieser Zeit dort geschehen ist?«

Julians Drohgebärde blieb nicht ohne Wirkung. Gills wurde für einen Moment blass. Der Stuhl des Vollzugsbeamten scharrte über den Linoleumboden, als der Mann aufstand. Langsam lehnte Julian sich wieder zurück und griff nach seinem Kaffeebecher. Sein Herz klopfte noch immer viel zu schnell. Die erzwungene Beherrschung kostete ihn mehr Kraft, als er nach einer durchwachten Nacht in einer Gefängniszelle und nach Tagen voller Angst noch besaß. Vorsichtig nahm er einen Schluck des inzwischen nur noch lauwarmen Getränks.

Gills räusperte sich. »Mr. Tahn, Sie sollten sich nicht zu sehr darauf verlassen, dass Sie innerhalb der nächsten vierundzwanzig Stunden wieder auf freiem Fuß sind.« Sein Mund war schmal geworden. »Aufgrund der neuen Ermittlungsergebnisse und Ihrer Weigerung, mit uns zu kooperieren, konnte ich bei dem zuständigen Richter einen Haftbefehl gegen Sie erwirken.« Er schob Julian ein Schreiben zu. »Ein Pflichtverteidiger ist für Sie bestellt und auf dem Weg hierher.«

Gills' Worte spülten über Julian hinweg, ohne dass er ihre Bedeutung erfassen konnte. Er starrte auf das Dokument vor sich, auf das behördliche Siegel und die geschwungene Unterschrift. *Warrant of Arrest.* Er sah die Zelle vor sich, die er vor nicht einmal zwei Stunden verlassen hatte. Die hellgelben Wände und das nackte Klo. Ohne dass er sich dessen bewusst war, zerdrückte er den Pappbecher in seiner Hand. Kaffee lief über seine Finger, den Tisch und auf das Dokument. Gills riss mit einem Ruck die Akte vom Tisch und sprang zurück, doch Julian war schneller. Mit einem Aufschrei, in dem seine aufgestaute Wut und Verzweiflung der letzten Stunden explodierte, schleuderte er den Becher auf Gills. Kaffee spritzte über das blütenweiße Hemd, über die Akte, über Gills' Hose. Für eine Sekunde trafen sich ihre Blicke, hielten sich, dann warf sich Julian über den Tisch hinweg auf Gills, erwischte seine Krawatte und zog. Gills gab einen erstickten Laut von sich, doch Julian ließ nicht los. Erst als eine kräftige Hand seine Schultern packte und ein elektrischer Schlag schmerzhaft durch seine rechte Körperhälfte fuhr, lösten sich seine Finger von der Krawatte.

JOHN GILLS ATMETE tief durch und lockerte mit ruckartigen Bewegungen seinen Krawattenknoten. Julian Tahn lag zusammengeschnürt wie ein Paket vor ihm auf dem Boden des Vernehmungsraums und kam langsam wieder zu sich. Der Vollzugsbeamte schnaufte. Er hielt noch immer den Teaser in der Hand, mit dem er den Deutschen niedergestreckt hatte.

»Es wird noch einen Moment dauern, bis er wieder bei sich ist. Ziehen Sie sich doch erst einmal um«, schlug der bullige Mann vor, von dessen Schnelligkeit und Effizienz Gills noch immer überrascht war.

»Ja«, gab er zu, »das ist wahrscheinlich das Beste. Aber vorher muss ich meinen Vorgesetzten informieren.«

»Nicht nötig, Gills«, erklang Mortimer Browns tiefe Stimme hinter ihm. »Mit dem Tumult hier haben Sie die ganze Abteilung aufgeweckt.«

Der Chief Inspector stand hinter ihm in der Tür. Er trug kein Sakko, er musste sein Büro völlig überstürzt verlassen haben, so dass sein fleischiger Bauch in dem engen weißen Hemd für alle sichtbar über seinen Hosenbund quoll. Gills schaute betreten weg, als Brown ihn mit gerunzelter Stirn musterte. »Sind Sie verletzt?«

Gills schüttelte den Kopf. »Ich denke nicht, Sir.« Er strich mit der Hand über Hals und Nacken. »Mr. Jones hat Schlimmeres verhindert«, fügte er mit einer Geste in Richtung des Vollzugsbeamten hinzu.

»Dann ziehen Sie sich jetzt um. Wir übernehmen hier so lange.«

Erst jetzt bemerkte Gills die Kollegen, die hinter Brown in der Tür standen. Der Ausdruck in ihren Gesichtern bewegte sich zwischen Fassungslosigkeit und Abscheu. Einen Polizeibeamten anzugreifen galt in Großbritannien noch mehr als in anderen Ländern als eine unentschuldbare Straftat. Unter seinen Kollegen entdeckte er auch Sonja Stanfield, die er, in der Hoffnung Julian Tahn damit vielleicht zum Reden zu bringen, gebeten hatte, dem Deutschen vor der Vernehmung Kaffee zu bringen. Sie warf ihm einen besorgten Blick zu, bevor sie ihm wie alle anderen Platz machte, um ihn hinauszulassen. Aufmunternde Sprüche und Schulterklopfen begleiteten ihn auf dem Weg zu seinem Büro.

Die plötzliche Stille, die ihn dort umgab, nachdem die Tür hinter ihm ins Schloss gefallen war, war beruhigend und erdrückend zugleich. Reglos starrte er in den Spiegel auf der Innenseite seiner Schranktür: Sein Gesicht war blass, und Schweiß stand auf seiner Stirn. Eine Weile stand er ratlos da, während die Eindrücke der vergangenen fünfzehn Minuten völlig unsortiert durch ihn hindurchwirbelten, bis sich schließlich eine einzige Frage aus dem Chaos herauskristallisierte: Was hatte er falsch gemacht?

Er nahm seine ruinierte Krawatte ab und betrachtete die dunkelroten Streifen an seinem Hals, die zeigten, mit welcher Brutalität Julian Tahn gezogen hatte. Gills spürte immer noch die Ohnmacht in sich, die der Deutsche mit seiner unbändigen Gewaltbereitschaft und Wut in ihm ausgelöst hatte.

Was hatte Julian Tahn so aus der Fassung gebracht?

Während Gills sein schmutziges Hemd auszog und ein frisches aus der Reisetasche in seinem Büroschrank nahm, rekapitulierte er das Verhör Wort für Wort. Später würde er sich die

Aufnahme so oft ansehen können, wie er wollte. Jetzt musste er sich erinnern, jetzt, solange das Adrenalin noch durch seine Adern floss und sein Verstand wach war.

Julian Tahn war gefasst gewesen. Angespannt, aber gefasst. Er hatte sich durch nichts, was Gills ihm vorgehalten hatte, aus der Ruhe bringen lassen. Er hatte fest damit gerechnet, nach Ablauf der Frist von achtundvierzig Stunden aus der Haft entlassen zu werden. In dem Moment, in dem er erfuhr, dass Gills diesen Plan durchkreuzte, war er ausgerastet.

Gills fuhr mit den Fingern über die Striemen an seinem Hals. Er hatte erlebt, dass Verdächtige in einer solchen Situation zusammenbrachen, dass sie weinten oder sogar wütend wurden und den vermeintlich verantwortlichen Beamten beschimpften, aber einen tätlichen Angriff auf einen Polizisten hatte er noch nicht erlebt, es sei denn von einem pathologisch gewalttätigen Menschen.

Gills' Finger verharrten in ihrer Bewegung.

Er erinnerte sich an ihre Gespräche im Hotel in Kinlochbervie, wo ihm Julians feingliedrige, gepflegte Hände aufgefallen waren. Hände, die noch nie fest zupacken mussten. Und er erinnerte sich an den Tonfall in Julians Stimme, als er von seinem Beruf erzählt hatte. Der Deutsche war sachlich gewesen, aber gleichzeitig hatten seine Äußerungen auch jene künstlerische Unbekümmertheit besessen, wie sie nur Menschen zu eigen ist, die mit ihrer Kreativität ihren Lebensunterhalt verdienen. Für gewalttätig hätte Gills ihn zu dem Zeitpunkt nicht gehalten.

Gills streifte sich das saubere Hemd über. Inzwischen wusste er mehr über Julian Tahn. Vor allem das, was er in Laura Tahns Reisetagebuch gelesen hatte. Aber das war nur eine Sicht der Dinge. Um etwas Verlässliches zu erfahren, würde er ein Amtshilfeersuchen an die deutschen Behörden stellen müssen. Er hoffte nur, dass er die ausstehenden Informationen diesmal schneller bekam als bei seinem letzten Gesuch, das noch keine sechs Monate zurücklag.

Er atmete tief durch, knöpfte sein Hemd zu und nahm eine frische Krawatte aus seinem Schrank. Die sachliche Analyse des Geschehenen und die Überlegungen zum weiteren Vorgehen beruhigten ihn. Seine Hände zitterten nicht mehr, als er zu dem komplizierten Doppelknoten ansetzte.

Zurück im Flur erkannte er schon von weitem den roten Lockenschopf und die rundliche Silhouette von Samantha Merryweather im Kreis seiner Kollegen. Gleich darauf hörte er ihr helles Lachen. Als er näher kam, wandte sie sich zu ihm um. Anders als die meisten ihrer Berufsgenossen ignorierte sie die ungeschriebene konservative Kleidervorschrift der Pflichtverteidiger. Sie trug einen weit schwingenden Rock in kräftigem Lila und dazu einen Sommerpullover in hellem Grün, das mit dem ihrer Augen wetteiferte.

»Detective Sergeant Gills«, begrüßte sie ihn herzlich. »Wie ich höre, haben wir wieder einmal das Vergnügen.« Ihr Blick streifte seine Halsregion.

Natürlich war sie längst über den Vorfall informiert, der ihn peinlich berührte und den er als Zeichen seiner Schwäche wertete.

»Guten Morgen, Miss Merryweather«, begrüßte er sie deshalb betont unverkrampft, »die Freude ist ganz meinerseits. Haben Sie schon mit Ihrem Mandanten gesprochen?«

Ihre Miene bekam einen geschäftsmäßigen Ausdruck. »Nur kurz. Aber ich habe mich bereits eingelesen in den Fall.«

Das hatte Gills nicht anders erwartet. Samantha Merryweather war sehr ehrgeizig und dementsprechend erfolgreich. Das schaffte Neider, und das Gerücht, dass sie nur aus Karrieregründen seit zwei Jahren mit einem der leitenden Staatsanwälte schlief, hielt sich hartnäckig, obwohl sie daraus noch keinen ersichtlichen beruflichen Vorteil gezogen hatte. Gills hatte noch nie viel auf solche Gerüchte gegeben, und im Fall von Samantha Merryweather hielt er sich in seinem Urteil besonders zurück. Er schätzte sie dafür, dass sie in ihren Mandanten mehr als nur Fallnummern sah, auch wenn die Zusammenarbeit mit ihr aus genau diesem Grund bisweilen mühsamer war als mit ihren Kollegen.

»Ich werde mich zu Ihnen setzen«, erwiderte sie nun auch erwartungsgemäß. »Und Ihnen auf die Finger schauen, nachdem Sie meinen Mandanten bereits mehrfach ohne Anwesenheit eines Anwalts befragt haben.«

Gills räusperte sich. »Ich habe Julian Tahn vor jeder Vernehmung auf seinen Anspruch, einen Rechtsbeistand hinzuzuziehen, hingewiesen. Das müssten Sie bereits den Protokollen entnommen haben.«

»Sicher«, bestätigte sie, und das Lächeln, mit dem sie dieses Wort garnierte, war Einladung und Warnung zugleich.

EIN FEINES LÄCHELN umspielte noch immer die Mundwinkel der Pflichtverteidigerin, als sie John Gills in das Vernehmungszimmer folgte und insgeheim seine breiten Schultern unter dem grauen Jackett und sein dunkles Haar begutachtete. Es fiel so ungebändigt in seine Stirn, dass Frauen, egal welchen Alters, spontan den Wunsch verspürten, es zu ordnen, und mindestens die Hälfte der jüngeren weiblichen Büroangestellten des Northern Constabulary war hoffnungslos in Gills vernarrt. Bemerkenswert war, dass er sich dieser Wirkung tatsächlich nicht bewusst zu sein schien. Er begegnete allen gleich freundlich, zuvorkommend und distanziert, dass einige der Polizistinnen ihn in ihrer Verzweiflung inzwischen für schwul erklärt hatten. Samantha verfolgte das Spektakel mehr oder minder ungerührt, doch ausgerechnet an diesem Morgen hatte sie sich dabei ertappt, dass sie bei dem Gedanken an die Zusammenarbeit mit ihm deutlich länger als üblich vor ihrem Kleiderschrank gestanden hatte. Das Lächeln in ihren Mundwinkeln vertiefte sich noch ein wenig, bevor sie ihre Aufmerksamkeit schließlich ihrem Mandanten zuwandte.

Julian Tahn sah noch immer mitgenommen aus. Der Vollzugsbeamte hatte ihn heftig zu Boden geworfen, und eine Platzwunde über dem rechten Auge war die sichtbare Folge davon. Ein eilig hinzugerufener Arzt hatte die Verletzung zwar behandelt, damit jedoch nicht Tahns Gemütszustand verbessern können. Düster starrte er vor sich hin und würdigte weder Gills noch seine Anwältin eines Blickes. Er legte keinen Wert auf ihre Vertretung. Das hatte er ihr unmissverständlich zu verstehen gegeben, als sie sich ihm gleich nach ihrer Ankunft in der Dienststelle vorgestellt hatte. Daher setzte sie sich auch nicht neben ihn, sondern nahm sich einen der Stühle und setzte sich neben den Vollzugsbeamten an die Wand. Von dort konnte sie die beiden Männer aufmerksam beobachten. Interessanterweise waren sie einander nicht unähnlich.

»Mr. Tahn, ich würde gerne dort weitermachen, wo wir vorhin unterbrochen wurden«, begann Gills förmlich. »Und ich fordere Sie noch einmal auf, mir zu schildern, was während Ihres Aufenthaltes in der Sandwood Bay tatsächlich geschehen ist.«

Julian Tahn reagierte nicht. Er sah nicht einmal auf. Seine Lippen waren zusammengepresst und seine Fäuste geballt. Seine ganze Haltung erinnerte an eine zu stark komprimierte Feder, die nur darauf wartete, sich der übermäßigen Spannung zu entladen. Entsprechend explosiv war die Atmosphäre in dem fensterlosen Raum.

Gills gab sich unbeeindruckt, machte sich eine Notiz und nahm dann ein Foto aus der Akte, das er Julian über den Tisch hinweg zuschob. »Kennen Sie dieses Fahrzeug?«

Samantha Merryweather beugte sich vor, um einen Blick auf die Fotografie werfen zu können. Sie zeigte einen roten Ford SUV auf dem Hof einer Autovermietung.

Julians Fäuste drückten sich fester auf den Tisch.

»Wir haben das Fahrzeug bei einer Autovermietung in Inverness ausfindig gemacht«, fuhr Gills fort. »Interessanterweise wurde der Wagen nicht von dem ursprünglichen Mieter zurückgebracht, sondern nach einem Telefonanruf von einem Mitarbeiter der Autovermietung in Kinlochbervie abgeholt.«

Die Anwältin schlug in der Aktenkopie der bisherigen Vernehmungen nach. Julian Tahn hatte Gills von diesem Fahrzeug berichtet, das inmitten des Naturschutzgebietes auf halbem Weg zur Sandwood Bay stand.

»Wir haben die Identität des Mieters und Fahrers dieses Wagens überprüft, um auszuschließen, dass er etwas mit dem Verschwinden Ihrer Frau zu tun hat. Dabei haben wir festgestellt, dass es sich ebenfalls um einen deutschen Staatsangehörigen handelt.« Gills warf einen Blick in seine Unterlagen. »Tom Noviak aus Potsdam. Kennen Sie den Mann?« Er schob ein Ausweisfoto über den Tisch. Der Mann war Anfang bis Mitte vierzig, hatte ein fein modelliertes Gesicht und halblange Haare, die in einem Zopf zusammengefasst waren, seine Augen wirkten jedoch nicht gerade vertrauenerweckend.

Julian Tahns Miene blieb unbewegt, während er die Fotografie betrachtete. Er schwieg.

»Kennen Sie diesen Mann?«, wiederholte Gills seine Frage. Erstmals war dabei ein Anflug von Verärgerung in seiner Stimme zu hören.

Langsam, sehr langsam hob Julian Tahn den Kopf. »Und wenn ich ihn kennen würde?«, fragte er heiser. »Würde das etwas ändern?« Er nahm das Foto in die Hand, und einen Atemzug lang fürchtete Samantha Merryweather, er würde es in seiner Hand zerknüllen. Doch er drehte es nur in seinen Fingern und strich mit einer flüchtigen Geste darüber.

Diese unbedachte Bewegung ließ Samantha Merryweather innerlich aufhorchen. Hatte Gills sie auch bemerkt? Sie forschte vergeblich in seinem Gesicht nach einer Regung.

»Mr. Tahn, mit dem Haftbefehl, den ich gegen Sie erwirkt habe, kann ich Sie beliebig lange festhalten, wenn Sie sich weiterhin weigern, zu kooperieren«, entgegnete er lediglich kühl.

Julians Nasenflügel bebten.

»Was Sie sagen, ist so nicht ganz richtig, Sir«, widersprach die Pflichtverteidigerin. »Wir können jederzeit einen Haftprüfungstermin beantragen, wenn sich der Verdacht, aufgrund dessen der Haftbefehl ausgestellt wurde, im Laufe der Ermittlungen nicht verfestigt.«

Gills zog amüsiert eine Braue hoch. »Vielen Dank für die Belehrung, Miss Merryweather«, bemerkte er trocken.

»Detective Sergeant Gills«, entfuhr es ihr nicht ohne Schärfe. »Dass *Sie* mit der Prozessordnung vertraut sind, ist mir klar, wenn ich mich auch frage, warum Sie sie dann nicht korrekt wiedergeben. *Ich* führe das Ganze nur aus, um meinen Mandanten zu informieren. Dafür bin ich schließlich hier.«

Eine unangenehme Stille folgte ihren Worten, und sie versuchte, ihre plötzliche Verärgerung zu bändigen. Tatsächlich lag ihr nichts an einer Konfrontation mit Gills. Das brachte sie beide nicht voran.

Julian Tahn hatte das Wortgefecht schweigend verfolgt, die Fotografie noch immer in der Hand. Jetzt ließ er sie auf den Tisch fallen und schob sie ungehalten von sich. Die Muskeln in seinem Gesicht arbeiteten heftig. »Könnte ich Sie unter vier Augen sprechen?«, stieß er schließlich zu Samantha Merryweather gewandt hervor.

Sie bemühte sich, ihre Überraschung zu verbergen, und sah fragend zu Gills. Der Detective Sergeant zögerte nur einen winzigen Moment. Dann nickte er, nahm seine Unterlagen und verließ den Raum mit den Worten: »Sie finden mich in meinem Büro.«

Samantha hatte verstanden, wenn sie Julian Tahn zum Sprechen brachte, verzieh er ihr alles. Die Pflichtverteidigerin zog ihren Stuhl an den Tisch. Unauffällig blickte sie dabei zu der verspiegelten Scheibe. Gills würde sich diese Chance nicht entgehen lassen und beobachtete sie bestimmt. Sie hätte es genauso gemacht.

Ein Dutzend Fragen lagen ihr auf der Zunge, die sie sich jedoch für später aufheben musste. Auffordernd schaute sie Julian an.

Er räusperte sich nervös und verschränkte seine Hände ineinander, als wolle er sie davon abhalten, erneut ein Eigenleben zu entwickeln und etwas zu tun, das er später bereute. »Was muss ich tun, damit Sie mich hier rausholen können?«, fragte er zögernd.

»Sie müssen kooperieren.«

Er schluckte. »Ich habe es versucht.«

Sie legte die Hand auf die Unterlagen. »Ich habe die Vernehmungsprotokolle gelesen, Sir. Ihr Verhalten zeugt nicht gerade von Kooperation. Wenn Sie unschuldig sind, reden Sie. Britische Richter erwarten das.« Sie sah ihm fest in die Augen. »Sind Sie unschuldig?«

»Ich habe meine Frau nicht umgebracht«, entgegnete er und hielt ihrem Blick stand. »Was soll ich denn noch dazu sagen? Ich kann mir ihr Verschwinden genauso wenig erklären wie Sie.«

»Mr. Tahn, in Ihrem Zelt wurde Blut gefunden, das weder von Ihnen noch von Ihrer Frau stammt. Blut, das höchst dilettantisch entfernt wurde. Sie müssen sich dazu äußern, wenn Sie entlassen werden wollen.«

»Ich habe schon dem Detective erklärt, dass das Zelt mehr als vierundzwanzig Stunden unbewacht am Strand stand. Aber er glaubt mir nicht. Er will mir nicht glauben. Er ...«

»Er hat keine vorgefestigte Meinung«, fiel sie ihm ins Wort. »Aber Ihr Verhalten ist gelinde gesagt ... schwierig. So kommen wir nicht weiter.«

»Hören Sie, ich kann nicht zurück in diese Zelle.«

»Dann fangen Sie endlich an zu reden.«

»Was soll ich denn sagen, zum Teufel?«, erwiderte er lautstark.

Sie zwang sich, nicht zurückzuweichen, ruhig zu bleiben. »Sie kennen den Mann auf dem Foto.«

Julian starrte sie an.

»Ich habe beobachtet, wie Sie die Fotografie angesehen und darübergestrichen haben, als Sie sie in der Hand hielten«, sagte sie eindringlich, »Das macht man nicht mit Bildern von Fremden. Sie kennen diesen Mann, und er bedeutet Ihnen etwas.«

Julian wurde blass.

»Falls Sie mich fragen wollen, ob Gills es auch bemerkt hat … ja, das hat er.«

Er ließ den Kopf in seine Hände sinken.

Samantha Merryweather holte tief Luft. »Mr. Tahn, wenn wir nicht schnell zu einem vernünftigen Ergebnis kommen, werden Sie wieder in Ihre Zelle zurückgehen. Das ist so sicher wie das Amen in der Kirche.«

Seine Schultern begannen zu zucken. »Ich kann nicht. Verstehen Sie das denn nicht? Ich kann nicht zurück!«, entfuhr es ihm gequält. »Ich kann das alles nicht noch einmal durchmachen. Das halte ich nicht aus!« Von einer Sekunde auf die andere begann er auf seinem Stuhl zu schwanken. Er verdrehte die Augen.

Die Anwältin sprang auf und fing ihn auf, bevor er stürzte. Dabei fiel sie fast selbst, als sein volles Gewicht sie traf. Hinter ihr wurde die Tür aufgerissen, und Gills stürmte in den Vernehmungsraum. Gemeinsam legten sie Julian Tahn auf das glatte Linoleum.

»Wir brauchen einen Arzt«, stieß sie hervor. »Am besten einen mit psychologischer Kompetenz. Ich zweifle sowohl die Haft- als auch die Vernehmungsfähigkeit meines Mandanten in seinem jetzigen Zustand an.«

PETER DUNN SCHRECKTE aus einem unruhigen Schlaf auf. Neben ihm schnarchte Fionna leise. Als er sich zu ihr drehte, sah er von ihr nur ein Büschel Haare und die Rundung ihrer Wange. Bedächtig richtete er sich auf und schwang die Füße aus dem Bett, schluckte mühsam. Sein Hals war trocken, und er war verschwitzt. Er war es nicht mehr gewohnt, in einem warmen Federbett in einem geschlossenen Raum zu schlafen. Nicht zu hören, wie die Wellen gegen den Pier schlugen und die Möwen auf den Lagerhäusern stritten. Er hatte seltsame Träume gehabt.

Leise stand er auf und reckte sich. Zumindest sein Rücken gab Ruhe. Fionna murmelte etwas, drehte sich, und Peter verharrte mitten im Raum, bis sie wieder tief und gleichmäßig atmete. Erst dann öffnete er leise die Tür und trat hinaus in den schmalen Flur.

Die Beleuchtung im Klo flackerte. Das hatte sie schon getan, bevor Fionna ihn vor die Tür gesetzt hatte. Wurde Zeit, dass sie nun endlich repariert wurde. Er seufzte, als er sich langsam auf die kalte Brille setzte und ergeben wartete. Alte Frauen schnarchten, und alte Männer brauchten lange zum Pinkeln. Als er endlich fertig war, zog er die Spülung, die mit einem abgründigen Heulen ihre Arbeit verrichtete. Peter schrak zusammen, lauschte, ob er Fionna geweckt hatte, aber es war nichts weiter zu hören in diesen frühen Morgenstunden.

Er schlurfte in die Küche und starrte unschlüssig auf den Rest Haggis, der auf dem Herd stand, beschloss dann aber doch, erst einmal Kaffee zu kochen. Früher hatte er Fionna oft Kaffee ans Bett gebracht, bevor er zur Arbeit in den Hafen aufgebrochen war.

Er nahm die Dose aus dem Schrank und suchte nach Filtertüten. Wenig später schon durchzog Kaffeeduft die Küche. Leise summend nahm er zwei Tassen aus dem Schrank und Milch aus dem Kühlschrank. Angus' Unfall hatte dazu geführt, dass Peter seinen Job übernommen hatte, bis Angus wieder auf den Beinen war, was noch eine ganze Weile dauern konnte. Peter war sich noch nicht im Klaren darüber, ob er mit dieser Regelung zufrieden war. Es fühlte sich nicht richtig an, sein Glück auf dem Unglück des besten Freundes aufzubauen.

Vorsichtig stellte er die Tassen auf Fionnas Rosentablett und trug sie zum Schlafzimmer. Inzwischen war sie wach, hatte ihn vermutlich in der Küche klappern hören und auch den Kaffee gerochen. »Guten Morgen, Liebes«, begrüßte er sie und schob das Tablett auf die Bettdecke. Sie belohnte ihn mit ihrem schüchternen Lächeln.

Eine gute halbe Stunde später lehnte Peter sein altes Fahrrad gegen die Wand des großen Lagerschuppens. Gerade war ein Lkw angekommen, und in einer knappen Stunde wurde das nächste Fangschiff erwartet.

Die Kollegen nahmen ihn auf, als wäre er nie fort gewesen. Natürlich waren sie froh, einen erfahrenen Arbeiter als Ersatz für Angus zu haben, und nicht einen Neuling, den sie erst hätten einweisen müssen. Peter stieg in seine Gummistiefel, band sich eine der schweren Plastikschürzen um und streifte die dicken weißen Gummihandschuhe über. Dann begann er mit dem Schlauch die Fischreste wegzuspülen, die von der Nachtschicht übrig geblieben waren. Durch das geöffnete Tor konnte er dabei den ganzen Hafen überblicken, denn noch versperrte kein Schiff die Sicht. Deshalb sah er auch, wie jenseits des Wassers auf der anderen Seite der Bucht im frühen Sonnenlicht der blau-gelbe Dienstwagen der Polizei langsam vorbeirollte. Verwundert hielt Peter in seiner Arbeit inne. Es war noch nicht einmal sechs Uhr dreißig. Ian Mackay gehörte nicht zu den Frühaufstehern, und den jungen Brian ließ er nur im äußersten Notfall an das Steuer seines geheiligten Fahrzeugs.

Der Wagen hielt, und ein Mann stieg aus. Peter blinzelte, und sogar auf die Entfernung wäre er jede Wette eingegangen, dass es Mackay war. Er besaß eine ganz typische Körperhaltung, immer ein wenig breitbeinig, die Brust herausgedrückt, wie die Sheriffs in den alten Western.

»Gibt es was zu sehen?«

Peter ließ den Schlauch sinken und stellte das Wasser ab.

Einer der Kollegen der Nachtschicht trat mit einer Tasse Kaffee in der Hand zu ihm, das Haar noch feucht vom Duschen. Peter grübelte, aber der Name fiel ihm nicht ein,

»Ich weiß nicht.« Peter rieb sich mit dem Unterarm die Nase. »Ist das Mackay, der dort rumschleicht?«

»Gut möglich«, entgegnete der Mann.

»Ist doch eigentlich viel zu früh für ihn.«

Sein Kollege lachte. »Das magst du wohl sagen, aber heute ist er schon länger unterwegs.«

»Ach was!«, entfuhr es Peter. »Was ist denn passiert?«

Der Mann nahm einen Schluck von dem in der Morgenkälte dampfenden Kaffee. »Am Strand von Oldshoremore haben sie eine Frauenleiche gefunden.«

»*Was?*« Peter glaubte, nicht richtig zu hören.

»Sie muss angespült worden sein und hat sich zwischen den Steinen der kleinen vorgelagerten Insel verfangen. Bei Sonnenaufgang war Ebbe, und da haben die Möwen sich an ihr bedient.« Er räusperte sich. »War wohl kein schöner Anblick.«

Peter schluckte. »Wer hat sie gefunden?«

»Der alte Georg Bristol. Der wohnt doch gleich oberhalb der Bucht und strolcht auf der Suche nach seinen Vögeln immer schon früh draußen rum.«

»Bristol, der ehemalige Lehrer?«

Der Kollege von der Nachtschicht nickte. »Er soll es erstaunlich gut weggesteckt haben.«

»Bristol ist ein harter Knochen. Den haut so schnell nichts um«, bemerkte Peter noch immer völlig überrascht und starrte den Mann neben sich ungläubig an. »Woher weißt du das eigentlich alles?«

Der zuckte mit den Schultern. »Ich hab es vom Chef und der von einem der kleinen Fischer, der heute in aller Früh hier entladen hat.«

Peter spürte den Ring in seiner Hosentasche. »Wie ... sah die Frau denn aus?«

»Keine Ahnung. War wohl nicht viel übrig von ihr.« Sein Kollege stellte seinen Becher auf einem der Filetiertische ab und zog eine Schachtel Zigaretten aus der Jackentasche. »Auch eine?«

»Nein danke.« Peter sehnte sich plötzlich nach einem Bier und einem Whisky. Auf der anderen Seite der Bucht stieg Ian Mackay in seinen blau-gelben Dienstwagen. Peter stellte das Wasser wieder an und versuchte, sich auf seine Arbeit zu konzentrieren. Er wollte jetzt nicht mehr reden. Nicht noch mehr Details erfahren, die in seinem Kopf Bilder erzeugten, die er nicht sehen wollte. Bilder, die ihn an seine Schwester Mary erinnerten. An das Unglück, das damals geschehen war.

JULIAN BLICKTE AN dem Gesicht des Arztes vorbei auf das große, nicht vergitterte Fenster, hinter dem sich die Äste einer alten Esche im Wind wiegten. Das Licht fiel durch die gefiederten Blätter, eine Taube gurrte, und aus der Ferne hörte er das Rauschen des Verkehrs. Sonst war es still. Wunderbar still.

Der Arzt saß auf der äußersten Kante von Julians Bett, die Hände in den Taschen seines weißen Arztkittels vergraben. Er war ein ernsthafter, hagerer Mann, dessen Strenge jedoch durch den teilnahmsvollen Ausdruck seiner Augen hinter der schwarzen Hornbrille gemildert wurde.

»Was empfinden Sie?«, fragte er jetzt.

Julian konzentrierte sich auf die warme Stimme des Mannes. »Ruhe«, erwiderte er. »Ich empfinde vor allem Ruhe.«

Der Arzt nickte. »Sie haben eine Panikattacke gehabt mit den typischen Symptomen. Vom Schweißausbruch über Herzrasen, Atemnot bis hin zur Ohnmacht.« Er schob die schwarze Brille auf seiner Nase zurecht. »Für Außenstehende sind diese Symptome in der Regel nicht erkennbar, vor allem dann nicht, wenn sie den Betroffenen nicht näher kennen. Daher sind dem Detective Sergeant und Ihrer Pflichtverteidigerin keine Vorwürfe zu machen.«

»Ich weiß«, entgegnete Julian. »Ich mache ihnen auch keine Vorwürfe.« Er war der Zelle entflohen. Das war das Einzige, was zählte.

»Der Arzt vor Ort hat Ihnen ein Beruhigungsmittel verabreicht, das noch eine Weile wirken wird. Aber ich denke, auch danach werden Sie stabil sein.«

Ein Beruhigungsmittel. Julian versuchte, sich die Szenen im Verhörraum ins Gedächtnis zu rufen. Gills hatte ihm Fotos vorgelegt. Das von dem roten SUV. Damit hatte er fast gerechnet. Und dann das von Tom. Damit hatte es angefangen. Von dem Moment an hatte er alles um sich herum nur noch aus immer weiterer Ferne wahrgenommen. Und als er begriffen hatte, was geschah, war es schon zu spät gewesen. Die Angst vor der Angst hatte ihn bereits gepackt. Er hatte kaum noch erfasst, was um ihn herum passierte, hatte nur an die Zelle denken können, die vergitterten Fenster, die gelben Wände und das nackte Klo. Und an Gills' Zorn. Natürlich hatte der Polizeibeamte ihm seinen Angriff nicht verziehen. Und egal, was die junge rothaarige Anwältin auch behauptete. Julian zweifelte nicht an Gills' Voreingenommenheit ihm gegenüber.

Es hatte ihn größte Anstrengung gekostet, sie um ein Gespräch unter vier Augen zu bitten. Gills' Stimme, seine Gegenwart, seine Anschuldigungen, sie hatten ihm die Luft zum Atmen genommen. Erst als der Detective Sergeant den Raum verlassen hatte, war es kurz besser geworden. Allerdings nur, um dann mit doppelter Macht erneut zuzuschlagen.

»War das Ihre erste Panikattacke?«, wollte der Arzt wissen.

Julian antwortete nicht sofort. Was konnte er dem Mann erzählen? Konnte er ihm vertrauen? Wie jeder Mediziner unterlag er der Schweigepflicht, aber galt sie auch im Rahmen polizeilicher Ermittlungen?

Der Arzt deutete sein Zögern richtig. »Was Sie mir erzählen, wird diesen Raum nicht verlassen«, erwiderte er mit Bestimmtheit.

Julian sehnte sich danach, zu reden. Er musste sich endlich jemandem mitteilen, wenn er nicht verrückt werden wollte. Die sanften Augen hinter der Hornbrille sagten ihm, dass er Verständnis finden würde. Dass Zeit kein Thema war. Dennoch rang er mit sich. Wo sollte er beginnen? Und wie?

»Haben Sie Familie?«, fragte er schließlich.

Der Arzt wirkte überrascht. Er überlegte, worauf sein Patient hinauswollte. »Ich habe eine Frau und zwei fast erwachsene Kinder«, gab er verhalten zu.

»Die hätte ich heute vielleicht auch«, sagte Julian knapp. »Aber meine Frau ist gestorben.«

Schweigende Anteilnahme löste die Zurückhaltung ab.

»Nach ihrem Tod hatte ich über mehr als ein halbes Jahr immer wieder Panikattacken gehabt«, fuhr Julian fort. »Das war eine schlimme Zeit.«

»Haben Sie sich therapeutisch behandeln lassen?«

»Ich habe ein paar Sitzungen gehabt.«

»Haben Sie Medikamente bekommen? In manchen Fällen werden Antidepressiva gegeben.«

Julian schüttelte den Kopf. »Ich habe die Behandlung abgebrochen. Ich bin weggegangen, habe ein Jahr Auszeit genommen.«

»Was haben Sie in der Zeit gemacht?«

»Ich war wandern. Nepal. Tibet.«

»Allein?«

Julian nickte.

Der Arzt sagte lange Zeit nichts. »Und danach dachten Sie, alles wäre wieder in Ordnung«, resümierte er schließlich. »Bis Sie das Ganze jetzt wieder eingeholt hat.«

»Das trifft es ziemlich genau.«

»Wollen Sie darüber sprechen, was damals geschehen ist? Was der Auslöser für Ihre Panikstörung war?«

Der Auslöser. Was für ein seltsames Wort, dachte Julian. Es klang so normal, so unbedeutend. Viel zu normal, für das, was geschehen war. Es gab Erlebnisse, die sich in das Gedächtnis einbrannten, ohne dass die Zeit ihnen die Schärfe oder den Schmerz nehmen konnte. Sie ließen sich verdrängen, verschließen in eine jener Kisten ganz unten im Regal der Erinnerungen, dort, wohin kein Licht kam und man nicht zufällig darüberstolperte. Aber wenn die Kiste doch einmal unverhofft aufsprang, waren die Erlebnisse unbeschadet von der Zeit in ihrer unverminderten Intensität wieder da. Julian schnappte nach Luft, als die Erinnerung ihn überflutete. Er suchte den Blick des Mannes auf seiner Bettkante wie einen rettenden Anker, um sich nicht zu verlieren in einer Vergangenheit, die noch immer eine zerstörerische Macht besaß. Er kämpfte gegen Bilder voller Leid und Trauer, Angst und Misstrauen an. Gegen die Erinnerung an Monique. Selbst im Tod war sie noch schön gewesen.

Julian schluckte und verlor seine Fassung.

Wollen Sie darüber sprechen, hatte der Arzt gefragt.

Vielleicht ein anderes Mal.

Hatte er es gedacht oder gesagt?

Dem Gesichtsausdruck des Arztes nach zu urteilen, war es ihm tatsächlich gelungen, zu sprechen. Der Mann akzeptierte seine Entscheidung, drängte ihn nicht. Und Julian wünschte sich plötzlich, dass sie sich wiedersehen und erneut Gelegenheit haben würden, miteinander zu sprechen. Der Arzt kannte ihn nicht. Und nicht seinen Vater. Er war niemand, der sich um ihn kümmerte, weil ein Mitglied seiner Familie seine Beziehungen spielen ließ. Wenn Julian das Krankenhaus verlassen würde, würden sie sich nicht wiedersehen. Er war ein Fall unter vielen und schon bald vergessen.

Für den Moment verblasste die Angst. Die Sorge. Alles. Selbst der Gedanke an Laura. Sie erschien ihm so weit weg wie nie zuvor. Was blieb, war Licht, das zitternde Schatten über ein weißes Laken warf, und das leise Gurren der Tauben. Julian schloss die Augen und versuchte, diesen friedlichen Moment festzuhalten. Er hörte nicht, wie der Arzt das Zimmer verließ.

6. August
»Ich habe es ihm gesagt. Ihm erzählt, dass ich alles weiß. Es ist nicht gut gelaufen. Überhaupt nicht gut. Seither spricht er nicht mehr mit mir. Sieht mich nicht einmal mehr an.
Liebesentzug – die klassische Bestrafung.
Nun sitze ich in einem Pub in Ullapool am Hafen und betrinke mich. In anderthalb Stunden nehme ich die Fähre nach Stornoway. Raus auf die Hebriden. Da gibt es nicht viel außer Wind, Felsen und Schafen, aber das ist egal. Ich muss nur weg, fort von Julian. Ich brauche einen Ort zum Nachdenken. Allein. Diese kalte Ablehnung ertrage ich keinen Moment länger. Ich muss mir darüber klarwerden, wie es weitergehen soll. Ob es weitergehen soll.

Er hat mich gefunden.
Mein Fährticket zerrissen und mich im Affekt geschlagen, als ich ihn angeschrien habe.
Niemand hat mir geholfen.
Julian hat gesagt, ich bin selbst schuld.
Betrunkenen Frauen hilft niemand.

JOHN GILLS STARRTE auf das Foto auf dem Bildschirm. Auf die Frauenleiche. Die Flut hatte sie auf den Saum der Insel vor Oldshoremore getragen, die aussah wie der Rücken eines tief im Sand vergrabenen und mit Gras bewachsenen Dinosauriers, dessen Schwanz sich bis zum Strand erstreckte.

Neben ihm lag die Akte »Laura Tahn«, ihr Foto obenauf. Langes blondes Haar, ein Gesicht voller Sommersprossen. Ein viel zu breiter Mund. Jetzt wurde ihm klar, dass er sich immer gewünscht hatte, diesen Mund sprechen zu hören, lachen zu sehen. Dass er darauf gehofft hatte, seit er das erste Mal ihre Fotografie in Händen gehalten hatte.

Mit einem Seufzen lehnte er sich zurück und rieb sich die Augen. Obwohl er schon zahlreiche Leichen gesehen hatte und genau wusste, wie er bei der Betrachtung vorzugehen hatte, misslang der Versuch, sich auf andere Details zu konzentrieren als die langen blonden Haare, die selbst in feuchtem Zustand so glatt über den Nacken und die nackten Schultern der Toten fielen, als hätte jemand sie sorgfältig drapiert. Es gab bislang keine Beweise außer eben diesem Haar, der Form des schlanken Körpers und dem übereinstimmenden Alter, dennoch war er sich sicher, dass es sich bei der Toten um Laura Tahn handelte.

Das Wasser hatte die Tote erst vor wenigen Stunden freigegeben. Sie lag auf dem Bauch, und ihre blasse Haut schimmerte noch feucht im ersten Licht des Tages. Das Gesicht war in die Steine geschmiegt, die Arme wie die einer achtlos beiseitegeworfenen Puppe ausgestreckt, die Beine von Seegras umschlungen.

Dem beigefügten Bericht entnahm er, dass es kein Gesicht mehr gab, und die Finger fehlten ebenso wie Teile der Füße. Auf der Vorderseite wies der Körper vom Hals bis zum Unterbauch und an den Beinen Verletzungen auf. Was auch immer sie verursacht hatte, hatte die schützende Haut zerstört, Muskeln und Innereien freigelegt, und Fische und Vögel hatten ein Übriges geleistet. Noch konnte niemand sagen, wie lange die Frau im Wasser gelegen hatte. Das herauszufinden, war die Arbeit der Rechtsmediziner. Ebenso wie den endgültigen Identitätsbeweis anhand einer DNA-Analyse zu liefern. Aber Gills zweifelte nicht, wie das Ergebnis lauten würde.

Entgegen aller Vernunft wünschte er sich, er wäre vor Ort gewesen, als Georg Bristol den Leichnam gefunden hatte. Hätte die Tote dort am Strand begutachten können statt später auf dem kalten Metalltisch der Rechtsmedizin, um mit eigenen Augen zu sehen, was die Fotos ihm auf dem Computerbildschirm zeigten. Er konnte sich des Gefühls nicht erwehren, dass er etwas Entscheidendes übersah. Natürlich würde es nach diesen ersten Bildern weitere Aufnahmen geben. Professionelle Aufnahmen der Spurensicherung, aufgenommen mit Spezialkameras. Es würde Vergrößerungen geben. Berichte und Analysen. Dennoch.

Sein Blick wanderte zurück zu der aufgeschlagenen Akte. Zu Laura Tahns Foto. *Ich habe es ihm gesagt. Ihm erzählt, dass ich alles weiß.*

Julian Tahn war schon einmal verheiratet gewesen. Das ging aus den Informationen hervor, die Gills von den deutschen Behörden als Antwort auf sein Rechtshilfeersuchen zu seiner eigenen Überraschung innerhalb von nur vierundzwanzig Stunden per Mail erhalten hatte. Die Ehe mit Laura war für Julian also nicht die erste gewesen. Laura musste davon gewusst haben. Da gab es für Gills keinen Zweifel. Aber was wusste sie über den Tod von Julians erster Frau? Über Monique Noviak, gestorben an den Folgen eines Sturzes in ihrer Hamburger Wohnung? Und darüber, dass ihr Ehemann wegen fahrlässiger Tötung angeklagt gewesen war? Letztlich hatte das Gericht ihn freigesprochen, doch es war ein Freispruch zweiter Klasse, der nicht wegen erwiesener Unschuld, sondern aufgrund mangelnder Beweise erfolgt war – in dubio pro reo.

Ich habe es ihm gesagt. Ihm erzählt, dass ich alles weiß.

Erneut betrachtete er Lauras Foto. Was hast du deinem Mann gesagt? Was hatte sie über ihn herausgefunden? Hatte es etwas mit seiner früheren Ehe zu tun?

Sie lächelte still in sich hinein, den Blick in die Ferne gerichtet.
Ich brauche einen Ort zum Nachdenken. Allein.

Lauras digitales Tagebuch gab nichts preis über den Inhalt des Streits mit ihrem Mann und auch nichts über ihr vermeintliches Wissen. Gills hatte Julian Tahn ursprünglich auf das in der Cloud versteckte und verschlüsselte Dokument ansprechen wollen, doch nun war er erleichtert, dass sich keine Gelegenheit ergeben hatte. Laura hatte einen nicht unerheblichen Aufwand betrieben, ihre Aufzeichnungen geheim zu halten. Plötzlich erschien es Gills von Bedeutung, diesen Wunsch zu respektieren, auch wenn er damit vielleicht Vorschriften verletzte. Außer ihm kannte nur Sonja Stanfield den Inhalt, und auf sie konnte er sich verlassen, wenn er sie bat, Stillschweigen zu wahren.

Er legte Lauras Foto in die Akte und klappte sie zu. Allmählich kristallisierte sich heraus, dass er die Antworten auf die sich summierenden Fragen und Ungereimtheiten nicht in Schottland finden würde. Sie lagen in der Vergangenheit der Tahns, und solange er sich darüber keine Klarheit verschaffte, kam er in seinen Ermittlungen nicht voran. Bevor er sich auf diesen Weg begab, musste er jedoch sicherstellen, dass die emotionalen Bruchstücke, mit denen Laura ihn in ihren Aufzeichnungen versorgte, nicht nur einer persönlichen Wahrheit, sondern der Realität entsprachen, und da er mit Julian Tahn nicht darüber sprechen wollte, würde er nach Ullapool fahren müssen. Sollte sich Laura dort tatsächlich tagsüber in einem der Pubs im Hafen betrunken haben, war das nicht unbemerkt geblieben, ebenso wenig wie der erwähnte Streit auf offener Straße. Darüber hinaus musste er herausfinden, in welchem der Hotels oder Bed-and-Breakfast-Pensionen das deutsche Paar übernachtet hatte, und mit dem Betreiber sprechen. Allerdings brauchte er dafür die Genehmigung des Chief Inspectors, der einige begründete Fragen stellen würde, warum Gills diese Ermittlungen gerade jetzt, wo sein Verdächtiger mit einer Panikattacke zusammengebrochen war, durchführen wollte, und der zudem zu Recht verlangen würde, dass Gills Julian Tahn mit dem Leichenfund konfrontierte.

Bei diesem Gedanken runzelte Gills die Stirn. Er hatte sich die Diagnose des Arztes angehört und sich erklären lassen, was zu einer solchen Attacke führen konnte. Er wollte jedoch nicht ausschließen, dass Julian Tahn ihnen allen und vielleicht sogar sich selbst etwas vorspielte, aber gegen den Willen des behandelnden Arztes würde er wohl kaum mit ihm sprechen können. Jetzt, wo ein Haftbefehl vorlag, hatten er zwar Zeit gewonnen, aber was, wenn Samantha Merryweather auf Haftunfähigkeit ihres Mandanten plädierte? Würde es ihm unter den gegebenen Bedingungen gelingen, Julian Tahn dann in die geschlossene Abteilung der Psychiatrie einweisen zu lassen? Und inwieweit hätte er dort noch Zugriff auf ihn? Bislang hatte sich Julian geweigert, seine Familie in Deutschland zu informieren, wenn das erst geschah ...

Stopp!

Das war eine Gedankenspirale, die ihn nicht voranbrachte. Er durfte sich nicht allein auf die Probleme konzentrieren, die sich vor ihm auftürmten. Kurz entschlossen griff er deshalb zum Telefon, überlegte es sich jedoch noch während der Eingabe der Kurzwahl anders. Ein Gespräch mit Mortimer Brown von Angesicht zu Angesicht kostete ihn jedes Mal aufs Neue Überwindung, war vermutlich aber erfolgversprechender, als telefonisch um die Genehmigung der Dienstreise nach Ullapool und Kinlochbervie zu bitten, wo er sich am Ort des Leichenfundes selbst noch einmal ein Bild machen wollte. Er stand von seinem Schreibtisch auf und war gerade im Begriff, seine Bürotür zu öffnen, als es klopfte.

Samantha Merryweathers rundes Gesicht leuchtete ihm wie

ein rotwangiger Apfel entgegen. Sie war ein wenig erhitzt, die roten Locken klebten an ihren Schläfen, und ihr Busen hob und senkte sich unter ihrem schnellen Atem.

»Sie haben es augenscheinlich sehr eilig gehabt, Miss Merryweather«, stellte er fest.

»Eilig, Sie zu sehen, Mr. Gills, in der Tat«, bekannte sie atemlos. »Passt es?«

Er zögerte. »Ich bin auf dem Weg zum Chief Inspector.«

»Ich kann warten.«

Gills' Hand verharrte auf dem Türgriff. »Worum geht es denn?«

Samantha fuhr sich mit der Zunge über die Lippen. Sie wollte ihr Anliegen nicht zwischen Tür und Angel vortragen, das spürte er, und wog nun in Sekundenschnelle ihre Chancen ab. »Es ... geht um den Leichenfund in Oldshoremore«, sagte sie schließlich und sah ihn mit ihren grünen Augen eindringlich an.

Gills versuchte, seine Überraschung zu verbergen. Woher wusste sie bereits davon?

Sie nutzte seine Sprachlosigkeit. »Angesichts der psychischen Instabilität meines Mandanten möchte ich Sie bitten, ihn mit diesen Neuigkeiten nicht zu konfrontieren, solange die Identität der Frau noch nicht abschließend geklärt ist«, stieß sie hastig hervor.

»Sie möchten mich bitten ...«, wiederholte Gills langsam. Ärger kochte in ihm hoch. »Woher haben Sie überhaupt die Information?«

Sie ging nicht auf seine Frage ein. »Mr. Gills, ich bin zu Ihnen gekommen in der Hoffnung, dass wir einvernehmlich eine Lösung finden, ohne dass ich eine Stellungnahme des Arztes einholen muss«, sagte sie stattdessen.

Gills lauschte ihr mit hochgezogener Braue. »Miss Merryweather, drohen Sie mir gerade?«

Sie schluckte und wirkte betreten, doch der Schein trog. »Keineswegs, Mr. Gills«, entgegnete sie mit fester Stimme. »Ich zeige nur meine Möglichkeiten auf.«

»Ihre Möglichkeiten, so.« Er hörte selbst die plötzliche Kälte in seiner Stimme. Kurzerhand klappte er die Akte auf, die er unter dem Arm trug, und entnahm ihr einen Computerausdruck. »Lesen Sie das, Miss Merryweather, während ich mit dem Chief spreche. Wenn ich zurück bin, können wir uns darüber austauschen und unsere *Möglichkeiten* besprechen. Ich stelle Ihnen gerne so lange mein Büro zur Verfügung.«

SOBALD GILLS DAS Büro verlassen hatte, atmete Samantha erleichtert aus. Dass er sie nicht gleich wieder vor die Tür gesetzt hatte, war ein Anfangserfolg. Sie war auf den Detective Sergeant bislang immer nur in Verhörräumen oder bei Gericht getroffen. Dass war ihr erster großer gemeinsamer Fall und ihr erster Besuch in seinem Büro gewesen. Die fast klinische Ordnung gab nicht viel über ihn preis. Die Schränke und Schubladen waren geschlossen, und auf dem Schreibtisch lag außer der Tastatur seines Computers und einem Mousepad mit Maus nicht einmal ein Stift. Als sie sich genauer umsah, entdeckte sie einen benutzten Kaffeebecher auf dem Fenstersims. Auf der Vorderseite war eine Billardkugel mit einem albernen Gesicht abgebildet. Sie starrte irritiert darauf, denn dieser Becher passte nicht zum Rest des Büros und auch nicht zu Gills' beruflichem Auftreten, so dass sie sich fragte, ob ihn jemand versehentlich vergessen hatte.

Sie setzte sich auf den Besucherstuhl vor dem Schreibtisch. Allmählich beruhigte sich ihr Atem wieder. Sie hatte Gills in dem Glauben gelassen, dass sie in Eile gewesen war. Er musste nicht wissen, dass sie anstatt des Aufzugs in den vierten Stock die Treppen genommen hatte. Umständlich zog sie ihre Brille aus ihrer Tasche. Gills hatte ihr den Ausdruck einer E-Mail in die Hand gedrückt. Das Schreiben einer deutschen Behörde in holprigem Englisch. Sie las es stirnrunzelnd und lehnte sich schließlich mit unterdrücktem Seufzen zurück. Sie hatte gerade begonnen, Julian Tahn zu mögen. Mitleid mit ihm zu haben, obwohl sie sehr wohl wusste, dass das unprofessionell war. Und jetzt erfuhr sie, dass er schon einmal verheiratet gewesen war, seine Frau unter ungeklärten Umständen verunglückt war und er wegen fahrlässiger Tötung vor Gericht gestanden hatte.

»Verdammt«, murmelte sie. »Warum hast du mir nichts davon erzählt?«

»Er hat niemandem davon erzählt.«

Sie zuckte zusammen. Sie hatte Gills nicht zurückkommen hören. Hastig setzte sie ihre Brille ab und setzte sich aufrecht hin.

»Ich habe ein Rechtshilfeersuchen bei den deutschen Behörden gestellt«, fuhr Gills fort und trat an seinen Schreibtisch. Er legte die Akte ab, die er in der Hand hielt, und Samantha konnte den Namen »Laura Tahn« darauf entziffern, bevor er sie in seiner Schreibtischschublade verschwinden ließ. Er setzte sich und musterte sie scharf. »Sind Sie noch immer davon überzeugt, dass wir die DNA-Analyse der Toten abwarten sollten?«

Sie hielt seinem Blick stand. »Sie wissen, in welchem Zustand sich mein Mandant derzeit befindet. Der behandelnde Arzt hat keinen Zweifel daran gelassen, wie instabil er ist. Ich habe mit ihm ausführlich über die Situation gesprochen.«

»Das habe ich auch.« erwiderte Gills, und sein Tonfall verriet, wie er Julian Tahns Zusammenbruch und die Aussage des behandelnden Arztes bewertete. »Ich möchte Ihnen noch etwas zeigen, damit Sie verstehen, warum ich die Vernehmung trotz seines Zustands nicht aufschieben möchte.«

Er startete seinen Computer, und sie stand auf und stellte sich neben ihn. Als er sich vorbeugte, um mit der Maus ein Fenster zu öffnen, roch sie sein Rasierwasser, einen sehr dezenten, männlichen Geruch, der ihr für einen Moment die Konzentration raubte. Irritiert trat sie einen Schritt zurück.

»Sie kennen sicher dieses Foto von Laura Tahn?«, fragte er.

Sie kannte es, allerdings nur als Schwarzweißausdruck aus der Akte. Es war die Fotografie, die ihr Mandant der Polizei zur Verfügung gestellt hatte. Mit einigen schnellen Klicks öffnete Gills eine weitere Bilddatei, und Samantha biss sich auf die Lippe, als ein nackter Frauenkörper auf dem Monitor auftauchte und ihr Blick an dem langen blonden Haar hängenblieb, das wie ein Schleier über die Schultern der Toten fiel.

»Es gibt viele Frauen mit solchem Haar«, wandte sie matt ein.

Gills richtete sich auf. »Das ist sicher richtig, Miss Merryweather. Es gibt sehr viele Frauen, die ihr Haar genauso tragen.«

Die Anwältin trat ans Fenster und sah über den Parkplatz hinweg auf die nahen Baumwipfel. Gills hatte natürlich recht. Laura Tahn war während ihres Aufenthaltes in der Sandwood Bay verschwunden, die nur wenige Kilometer nördlich des Strandes von Oldshoremore lag. Sie kannte sich nicht aus mit den Gezeiten und Strömungsverhältnissen vor der Nordwestküste Schottlands, aber wie wahrscheinlich war es, dass es sich bei der Toten nicht um die vermisste Deutsche handelte? Sie dachte an ihr Gespräch mit Julian Tahn zurück.

Ich habe meine Frau nicht umgebracht, hatte er ihr auf ihre Frage, ob er unschuldig sei, geantwortet. Streng genommen war er ihr mit dieser Antwort ausgewichen. Vorausgesetzt, er sagte die Wahrheit: Was war dann geschehen? Hatte es einen Unfall gegeben, der zu Lauras Tod geführt hatte?

Ich kann das nicht noch einmal durchmachen, hatte er gefleht, kurz bevor er zusammengebrochen war. Was konnte er nicht noch einmal durchmachen? Die Untersuchungshaft? Die Vernehmungen? Oder trieb ihn allein die Anschuldigung in die Verzweiflung? Der Verdacht? Das waren die Fragen, die sie sich seit diesem letzten Gespräch mit ihm gestellt hatte. Jetzt kannte sie die Antwort.

»Wollen Sie sich immer noch zum Schutz Ihres Mandanten mit mir absprechen?«, riss Gills' vom schottischen Dialekt nur leicht gefärbte Stimme sie aus ihren Gedanken. »Meinen Sie, das ist wirklich notwendig?«

Sie atmete tief durch und wandte sich zu ihm um. »Was ist so schlimm daran, die DNA-Analyse der Toten abzuwarten, bevor Sie ihn mit den Neuigkeiten konfrontieren?«

Ungeduld blitzte in seinen dunklen Augen auf. Oder war es Zorn? »Miss Merryweather ...«, begann er und betonte dabei jede Silbe ihres Namens, wie es auch einer ihrer Professoren an der Universität getan hatte, wenn sie seiner Meinung nach wieder einmal über das Ziel hinausgeschossen war.

»Schon gut«, wiegelte sie ab. »Ich ziehe die Frage zurück.«

Sie glaubte zu wissen, warum er so unnachgiebig war. Vor wenigen Monaten erst war er zum Detective Sergeant befördert worden, vorbei an einigen Kollegen, die wesentlich länger als er in der Abteilung Dienst taten, und der Fall Tahn war seine erste Chance, sich und seinem Arbeitsumfeld zu beweisen, dass diese frühe Beförderung verdient war. Er wollte um jeden Preis Fehler vermeiden.

Insgeheim dankte sie ihrer Freundin Betsy, die ihr diese Information gegeben hatte. Als Assistentin des Chief Inspectors äußerste sie sich zwar grundsätzlich nicht zu aktuellen Fällen, ließ sich aber doch hin und wieder zum Tratsch hinreißen. Und John Gills war, ohne dass er es ahnte, eines der beliebtesten Klatschthemen des Northern Constabulary.

Sie räusperte sich: »Führen Sie Ihre Ermittlungen in nächster Zeit noch einmal an die Küste?«

Er nickte.

»Können Sie mich mitnehmen?«

»Sie mitnehmen?« Nun war er es, der sich räusperte. »Ich fürchte, dass mein Vorgesetzter das nicht gutheißen würde.«

»Er braucht es ja nicht zu erfahren.«

Gills' Blick sprach Bände. »Warum fahren Sie nicht selbst?«

»Ich habe kein Auto.«

»Was ist mit einem Mietwagen? Soweit ich informiert bin, können Sie die Kosten dafür ...«

»Ich habe auch keinen Führerschein«, fiel sie ihm ins Wort.

Unangenehmes Schweigen breitete sich zwischen ihnen aus.

»Ja, nun«, sagte Gills nach einer Weile und rückte seinen Krawattenknoten zurecht.

Sie schluckte. »Die Anbindung an die öffentlichen Verkehrsmittel ist nicht so gut in der Region.«

Gills entwich ein Geräusch, das wie ein unterdrückter Lacher klang. »Nein, das ist sie wirklich nicht«, gab er zu. »Die Bahn fährt in diesem Teil Schottlands überhaupt nicht, und der einzige Bus benötigt von Inverness aus fast einen halben Tag. Ohne Auto sind Sie im Nordwesten ziemlich verloren.«

Ihre Blicke trafen sich.

»Und?«, wagte sie zu fragen.

Endlich ließ er das Lächeln zu. »Sie stellen das ziemlich geschickt an, das wissen Sie, oder?«

Samantha Merryweather spürte, wie sie errötete.

Er willigte kopfschüttelnd ein. »Also gut. Ich werde dem Chief Inspector die besondere Situation erklären. Es ist nicht die erste Kröte, die er heute schlucken muss.«

»Danke.«

»Bedanken Sie sich lieber erst, wenn wir unterwegs sind. Vielleicht macht die kommende Vernehmung von Julian Tahn die Fahrt überflüssig.«

Sie kommentierte die Bemerkung nicht. Natürlich hoffte Gills auf ein Geständnis oder zumindest darauf, dass der Deutsche endlich sein Schweigen brach. Ein aufwendiger Indizienprozess war das Letzte, was sich ein Ermittler wünschte, nicht zuletzt aufgrund des Risikos eines Freispruchs aus Mangel an Beweisen, der einer Ohrfeige für die Ermittler gleichkam. Sie konnte Gills' Drängen nachvollziehen. Sie konnte ihm Steine in den Weg legen, aber aufhalten würde sie ihn nicht. Daher war eine Kooperation auf niedrigem Level vermutlich die beste Wahl.

»Wann wollen Sie mit dem behandelnden Arzt sprechen?«, fragte sie diplomatisch.

»Das werde ich sofort erledigen.«

Sie nahm ihre Tasche. »Dann mache ich mich am besten schon einmal auf den Weg ins Krankenhaus.«

Gills sah von dem Telefonverzeichnis auf, das er soeben auf seinem Monitor aufgerufen hatte. »Wenn Sie möchten, kann ich Sie mitnehmen.«

»Danke, aber ich bin mit dem Fahrrad hier.« Sie wollte vor Gills im Krankenhaus sein und Julian Tahn auf das vorbereiten, was ihn erwartete.

JULIAN HATTE MIT Laura nie über die dunklen Zeiten seines Lebens gesprochen, hatte ihr nie von Monique erzählt, nichts von Tom. Und das aus gutem Grund. Es hatte ihn viel Kraft gekostet, diesen Lebensabschnitt hinter sich zu lassen, und er hatte sich damals entschieden, nichts davon in seine neue, unschuldige Beziehung mitzunehmen, die ihm das Gefühl gab, in seine eigene Jugend zurückzukehren. Seine Familie hatte sich gefügt, hatte die Zeiten in den Erzählungen und Gesprächen ausgeklammert, vielleicht aus Liebe zu ihm, vielleicht aus Bequemlichkeit, vielleicht auch mit einer gewissen Genugtuung, denn das Verhältnis zwischen ihnen und Monique war kompliziert gewesen. Und so war die Erinnerung an sie unmerklich verblasst wie die Farben eines alternden Aquarells, bis er eines Tages festgestellt hatte, dass er nicht mehr wusste, wie ihre Stimme geklungen oder sich ihr Lächeln angefühlt hatte.

Er hatte sich frei gefühlt, bereit für einen Neuanfang, und just zu jenem Zeitpunkt war Laura in sein Leben gestolpert, und er hatte sich mitreißen lassen von ihrer Unbekümmertheit und Lebensfreude. Es war eine unbeschwerte und leichte Zeit gewesen, ihre Beziehung geprägt von Leidenschaft und Intensität. Doch diese anfängliche Leichtigkeit hatte nicht lange angehalten. Viel zu schnell waren sie abgeglitten in einen nichtssagenden Beziehungsalltag und hatten sich in immer häufiger werdenden Auseinandersetzungen verschlissen, die sich aus Lauras Unberechenbarkeit und seiner Sturheit nährten. Lange

Zeit hatte er den Fehler bei sich gesucht. War er zu unbeweglich, zu starr? Hätte er mehr agieren statt nur reagieren sollen und damit dem Credo jedes Paartherapeuten folgen? Und warum konnten sie trotz aller Probleme nicht voneinander lassen? Was hielt ihn in dieser selbstzerstörerischen Beziehung? Doch nicht allein der Sex, diese Lust aufeinander, die sie selbst nach einem Streit wieder gemeinsam ins Bett trieb?

Erst an jenem Abend in Oban vor noch nicht einmal zwei Wochen, als Laura ihn gefragt hatte, was ihm der Name Tom Noviak sagte, hatte er gespürt, dass eine Trennung nicht nur möglich, sondern bitter nötig war, wenn er sich nicht selbst verlieren wollte, egal, welche Gefühle er für Laura nach wie vor hegte.

Tom Noviak.

Mehr als zehn Jahre hatte er nichts von ihm gehört oder gesehen.

»Wir sehen uns wieder«, hatte der Mann am Ausgang des Friedhofs zum Abschied gedroht, während ihnen der Regen in die Gesichter peitschte. »Und ich werde dich auf dieselbe Weise zerstören, wie du Monique zerstört hast.«

Julian hatte den von Schmerz und Wut zerfressenen Bruder seiner Frau nicht ernst genommen. Tom, der damals als Fotomodell sein Geld verdient hatte, war krankhaft eifersüchtig gewesen, hatte seine Schwester keinem anderen gegönnt, und für ihren Tod gab es in seinen Augen nur einen Verantwortlichen.

Es war Julian nicht schwergefallen, ihn zu vergessen.

Als Laura nun an jenem Abend in Oban Toms Namen erwähnt hatte, glaubte er zunächst, dass Moniques Bruder seine Drohung nach so vielen Jahren wahrgemacht hatte. Doch dann hatte er erkennen müssen, dass nicht Tom die Verbindung zu Laura gesucht hatte, sondern sie zu ihm, und jener schicksalhafte Tag in München vor vier Monaten, jener Tag, an dem er Laura gegenüber die Beherrschung verloren hatte, war der Auslöser gewesen. Er hätte wissen müssen, dass sie keine Ruhe geben würde, bis sie alles wusste.

Er sah sie wieder vor sich, wie sie ihn aus großen Augen fassungslos anstarrte, die Hand auf der Wange, dort, wo seine Finger rote Striemen hinterlassen hatten. Sie hatte seine Entschuldigung angenommen, den Kniefall, die Rosen, und sie hatte sein Entsetzen über sich selbst wahrgenommen, aber sie hatte die Angelegenheit nicht auf sich beruhen lassen. Im Gegenteil. Laura war nicht der Mensch, der irgendetwas auf sich beruhen ließ. Das wäre wider ihre Natur gewesen. Heimlich hatte sie in seiner Vergangenheit gewühlt wie in einem Haufen alter Fotos, die man auf dem Dachboden findet. So erfuhr sie von einer Zeit, die ihr den Mann an ihrer Seite in einem völlig unerwarteten Licht zeigte. Wer war er tatsächlich? Wer war die Frau, die er so geliebt hatte? Und warum hatte er ihr nie davon erzählt?

Als Laura an jenem Abend in Oban vor knapp zehn Tagen dann auch Moniques Namen ausgesprochen hatte, war es, als hätte sie sie damit wieder zum Leben erweckt. Als hätte Julian sie nicht an jenem kalten, verregneten Herbstmorgen auf Hamburgs größtem Friedhof beerdigt. Wie hatte er sich über Jahre einreden können, dass es möglich sei, sie zu vergessen, weiterzuleben ohne sie? Die plötzliche Sehnsucht war unerträglich gewesen, die Trauer so schmerzhaft wie in den Tagen nach ihrem Tod. Keine andere Frau würde Monique je ersetzen können, das hatte nicht nur er in diesem Moment begriffen, sondern auch Laura. Entsprechend hässlich war die Szene, die sie ihm darauf gemacht hatte. Sich mit einer Toten messen zu lassen war unerträglich für sie gewesen. Laura konnte nicht verlieren. Niemals.

Und er? Er war nach Lauras Offenbarung nicht mehr in der Lage gewesen zu denken. Diese alte, böse Wut, die sich niemals hatte zähmen, nur verbannen lassen, hatte sich erneut aus ihrem Gefängnis befreit und Besitz von ihm ergriffen, als hätte sie die letzten Jahre nur auf diese Gelegenheit gewartet.

Julian hatte sie nur kontrollieren können, indem er sich zurückzog, in der Hoffnung, dass sich das lodernde Feuer, das in ihm tobte, ausbrannte, bevor er etwas tat, das er später bitter bereuen würde.

Laura hatte lediglich gesehen, dass er sich von ihr abgewendet hatte, sie ignorierte – was hätte er darum gegeben, ihr erklären zu können, was geschah! Doch er war sein eigener Gefangener gewesen, unfähig mit ihr zu sprechen, ihr seine Verzweiflung und seinen Schmerz mitzuteilen. Seine Angst, sie zu verlieren und gleichzeitig zu wissen, dass es keine gemeinsame Zukunft für sie geben konnte. Zwei Tage lang hatte er kein Wort mit ihr gewechselt. Bis Ullapool, wo sie sich schließlich völlig betrunken auf die Fähre nach Stornoway einschiffen wollte.

Das Geräusch von Stimmen auf dem Flur des Krankenhauses riss ihn aus seinen Gedanken und brachte ihn zurück in die Gegenwart, und er starrte auf die Wand seines Zimmers, auf die Lichtpunkte, die die Sonne darauf warf. Aber die Schatten der Vergangenheit ließen ihn nicht los.

Ich werde dich auf dieselbe Weise zerstören, wie du Monique zerstört hast.

Innerhalb der vergangenen anderthalb Wochen hatte Julian komplett die Kontrolle über sein Leben verloren. War das Toms späte Rache? Als Laura ihn ausfindig gemacht und sich an ihn gewendet hatte, hatte Tom seine Chance ohne Zögern ergriffen. Er hatte Julian nie verziehen, trug noch immer den Schmerz in sich, und sein Zorn war über die Jahre zu bitterem Hass geworden. Er hatte Laura benutzt, um Julian zu quälen. Um ihre Ehe zu zerstören.

Erneut zwangen ihn Geräusche auf dem Flur zurück ins Jetzt. Er lauschte auf die näher kommenden Schritte und das Scharren eines Stuhls über Linoleum. Als es klopfte, versuchte er, sicher zu wirken, ruhig. Er wollte Tom, egal, wo er jetzt war, die Genugtuung nicht gönnen, ihn hier am Boden zu sehen, wimmernd, kriechend vor Angst. Selbst wenn ihm schlecht war von dieser Angst, denn es lag etwas in Samantha Merryweathers grünen Augen, das das Lächeln verblassen ließ, das sie auf den Lippen trug, als sie eintrat.

Ich habe meine Frau nicht umgebracht, hatte Julian ihr vor wenigen Tagen gesagt. Genauso wie er es vor vielen Jahren schon einmal einem Anwalt gesagt hatte. Damals hatte man ihn dennoch für Moniques Tod verantwortlich gemacht. Was erwartete ihn jetzt?

DAS MEER HATTE sich wieder einmal seinen Zoll geholt. Das war das Einzige, woran Peter denken konnte. Er starrte auf die dunklen Wogen, die gespickt waren mit weißen Schaumkronen und mit beständigem Dröhnen auf den Strand rollten. Jetzt, bei Ebbe, war dieser Strand gut fünfzig Meter breit, und die dunklen, von Seepocken und Muscheln verkrusteten Steine der vorgelagerten Insel lagen frei wie die Gebeine von Toten. Dort war die Frauenleiche angetrieben worden. So wie im Herbst und Winter die angefressenen Kadaver von Seehunden und Schweinswalen an den Strand gespült wurden, war auch die Tote zur Nahrung geworden für Fische und Seevögel. Das zumindest hatte Georg Bristol am Vorabend im Pub des Hotels erzählt. Der alte Mann hatte im Mittelpunkt gestanden und mit einem Bier in der einen und einem Zeigestock in der anderen Hand den Anwesenden auf der provisorisch an der Wand angebrachten Karte genau gezeigt, wo er die Tote gefunden hatte. Seit er pensioniert war, hatte er nicht mehr eine solche Zuhörerschaft gehabt. Die Handvoll naturbegeisterter Touristen, die ihn hin und wieder auf eine Vogelexkursion begleitete, war nichts im Vergleich zu der Aufmerksamkeit, die er an diesem Abend erhielt. Dementsprechend kostete der alte Lehrer die Situation aus und erging sich ausführlich in jedem noch so unbedeutenden Detail. Auch Peter hing an seinen Lippen. Was er hörte, wuchs in seinem Hirn zu Bildern zusammen, und die Frau ohne Gesicht und mit aufgerissenem Abdomen, der das lange blonde Haar über die nackten Schultern fiel, verfolgte ihn bis in seine Träume. Stöhnend hatte er sich im Bett hin und her gewälzt, bis Fionna ihn schließlich erlöste, ihm Tee mit einem ordentlichen Schuss Whisky gekocht hatte, so dass er wieder schlafen konnte, nachdem er ihr mit zitternder Stimme von seiner nächtlichen Mär erzählt hatte.

Aber Georg Bristols Bericht hatte ihm keine Ruhe gelassen, und so hatte er sich im Morgengrauen auf sein Fahrrad gesetzt und war die wenigen Kilometer von Kinlochbervie nach Oldshoremore hinausgefahren. Er hatte sich die Stelle genau gemerkt, die der ehemalige Lehrer beschrieben hatte, und jetzt starrte er vom Strand aus darauf und wartete, dass die Ebbe genug Land freigab, so dass er über den natürlichen Damm, der die Insel mit dem Festland verband, hinauswaten konnte. Für diesen Ausflug hatte er extra seine Arbeitsschicht im Hafen getauscht.

Fionna hatte versucht, ihn davon abzubringen. »Wozu soll das gut sein?«, hatte sie ihn noch vor einer Stunde gefragt, als er seine Wetterjacke übergezogen und ihr zum Abschied einen Kuss auf die Wange gedrückt hatte.

Er war ihr die Antwort schuldig geblieben. Er hatte nur gewusst, dass er hier sein musste. Dass er die Steine sehen musste, auf denen die Tote gelegen hatte, und die Muscheln und Seepocken, über die sie geschabt war. Dass er sie *fühlen* musste, es zumindest versuchen, selbst wenn nichts mehr von ihr da war. Die Beamten aus Inverness – ein Spezialteam, wie Bristol sie informiert hatte – hatten alle Überreste der Toten von den Steinen gekratzt, und wenn sie etwas übersehen haben sollten, so hatte die Flut, die bereits zweimal über die Ränder der Insel gespült war, ein Übriges geleistet.

Was also trieb ihn her?

Peter schob die Frage von sich, als er seine Gummistiefel aus dem nassen Sand zog und auf das leise Gurgeln lauschte, mit dem das Wasser die Löcher füllte, bevor er sich auf den Weg machte, der seine ganze Konzentration erfordern würde. Die Steine waren rutschig und nass, und es wäre nicht das erste Mal, dass sich hier draußen jemand den Knöchel brach.

Um diese Jahreszeit, wenn der Sommer sich bereits seinem Ende zuneigte, besuchte außer ein paar Touristen kaum jemand die Insel. Im Frühsommer war das anders. Dann lohnte es sich, dort nach Möweneiern zu suchen, eine Delikatesse, die die Einheimischen zu schätzen wussten. Er selbst hatte Fionna vor Jahren einmal einen ganzen Korb voll mitgebracht. Sie hatte sie eingelegt, so dass sie sie wochenlang genießen konnten.

Endlich erreichte Peter den Fundort, wo die Leiche gelegen hatte. Das kurze, dichte Gras, das den Rücken der Insel wie einen grünen Pelz bedeckte, wurde bei Flut regelmäßig überspült, Spuren von getrockneten Algen und Tang zeugten davon und vermischten sich mit dem Kot der Schafe, die hier den Sommer über ihr Weiderevier hatten. Darunter schimmerten die dunklen, von der Ebbe freigegebenen Steine feucht in der aufgehenden Sonne. Peter ging in die Hocke. Er ignorierte den Druck der Stiefelschäfte in seinen Kniekehlen und starrte angestrengt ins Wasser. In einem der Zwischenräume entdeckte er zwei große Krabben, die sich zurückzogen, sobald sein Schatten auf sie fiel. In den anderen war nichts als abgerissenes Seegras, Tang und leere Muschelschalen.

Er legte eine Hand auf einen der Steine und lauschte. Wenn er wie seine Vorväter das Lied gekannt hätte, mit dem sie der Sage nach die Meerjungfrauen auf die Felsen gelockt hatten, hätte er diese geheimnisvollen Wesen nach dem Geheimnis der Toten fragen können. So war er auf sein eigenes Empfinden zurückgeworfen. Doch so sehr er sich auch anstrengte, er hörte nichts. Nicht so wie damals bei Mary, als die Felsen, gegen die das Meer ihren leblosen Körper geschleudert hatte, ihm von ihrem Tod erzählt hatten, von dem Wasser, das in ihre Lungen gedrungen und sie erstickt hatte. Und von ihrem Lächeln und dem Frieden, den sie endlich gefunden hatte. Er selbst hatte sie an diesen Felsen aus dem Wasser gezogen, und das Lächeln, von dem sie erzählt hatten, hatte noch immer ihr Gesicht verziert. Für einen Moment spürte er wieder den kalten, nassen Körper in seinen Armen, als er ihr die dunklen Haare aus dem Gesicht strich. Wasserleichen waren nicht schön. Doch Mary war schön gewesen, schön wie eine Meerjungfrau, die im Schlaf vom Tod überrascht worden war. Inmitten eines seligen Traums.

Die Erinnerung trieb ihm nach all den Jahrzehnten immer noch die Tränen in die Augen. Er wischte sie weg, während sein Blick zum Südende der Bucht wanderte. Dort lag seine Schwester auf dem Friedhof von Oldshoremore mit Blick auf das Meer, das sie so geliebt hatte, und in vermutlich nicht zu ferner Zukunft würde auch er dort liegen zusammen mit Fionna. Gemeinsam würden sie nachts den Gesängen der Nixen lauschen.

Der Gedanke ließ ihn erneut schlucken. Ein frischer Wind strich über die Felsen, und er war froh, die Wetterjacke übergezogen zu haben. Langsam strich er mit seinen Fingern über die schimmernden Steine, doch so sehr er sich auch bemühte, sie gaben ihm nichts preis, nichts über die Tote, die hier angeschwemmt worden war. Vielleicht, weil sie nicht sein Fleisch und Blut war. Aber er hatte mit ihr Kontakt gehabt, und er trug ihren Ring in seiner Tasche. Er zog ihn heraus und betrachtete das goldene Band im Licht der Morgensonne. *Julian* war mit feinen Buchstaben eingraviert, aber kein Datum, wie es bei Eheringen normalerweise üblich war. Vielleicht waren die beiden nicht verheiratet gewesen? Peters Finger schlossen sich fester um das Schmuckstück, und er wog es in seiner Hand. Er war für einen Moment versucht, es in hohem Bogen ins Meer zu schleudern, doch dann hörte er in der Ferne Stimmen. Er wandte den Kopf in die Richtung, aus der sie kamen. Zwei Kinder stoben den Strand entlang, gefolgt von einem Hund und zwei Erwachsenen. Der Bann brach. Mühsam kam er aus der Hocke hoch, streckte seinen Rücken und ließ den Ring zurück in seine Hosentasche gleiten.

Er hätte nicht kommen sollen. Nicht der Erinnerung an Mary folgen, die ihn letztlich hinausgetrieben hatte. Er konnte hier nichts ausrichten. Hier mussten andere aktiv werden.

Auf dem Weg zurück zum Strand dachte er an den jungen Detective Sergeant, der ihn vor ein paar Tagen befragt hatte. Er hatte ihn nicht wiedererkannt. Erst als er seinen Namen genannt hatte, hatte er begriffen, dass er den Sohn von Frank Gills vor sich hatte. Der Junge hatte ihm seine Karte gegeben mit der Bitte, anzurufen, wenn ihm noch etwas einfallen würde zu dem Verschwinden der deutschen Frau. Höflich und zurückhaltend war er gewesen, das Gegenteil von seinem Vater. Peter hatte seiner Aussage eigentlich nichts hinzuzufügen. Aber wenn der junge Gills in nächster Zeit noch einmal nach Kinlochbervie kommen sollte, würde er sich vielleicht trotzdem mit ihm unterhalten.

Als Peter am Strand angelangt war, blieb er stehen und kniff die Augen zusammen, um die Familie zu beobachten, deren Aufmerksamkeit jetzt von etwas gefangen war, das in Ufernähe trieb. Die Kinder hangelten mit einem Stock danach, während der Hund bellend um sie herumsprang. Neugierig fragte sich Peter, was sie wohl gefunden haben mochten, doch als eine Windbö erneut ihre aufgeregten Stimmen zu ihm herübertrug, wandte er sich ab. Sie waren Touristen. Keiner der Einheimischen würde heute an diesem Strand spazieren gehen und die Ruhe der Toten stören.

JULIAN TAHNS GESICHT war aschfahl. »Ich habe meine Frau nicht getötet«, wiederholte er kaum hörbar.

»Was ist dann geschehen?«, fragte Samantha Merryweather. »Was ist da draußen in der Sandwood Bay vorgefallen, Mr. Tahn?«

Er fuhr sich mit der Hand über das Gesicht und durch die Haare, dann ließ er beide Hände kraftlos in seinen Schoß fallen und starrte ins Leere. »Laura ...«

Die Anwältin hielt gespannt den Atem an.

»Was wollen Sie mir sagen?«, brach es plötzlich aus ihm heraus. Sein anfängliches Flüstern wurde zu einem hysterischen Geschrei: »Dass sie tot ist? Ist es das?«

Sie hob beschwichtigend die Hand. »Mr. Tahn, ich habe Ihnen lediglich mitgeteilt, dass eine Frauenleiche an einem Strand südlich der Sandwood Bay angetrieben wurde. Ihre Identität konnte bislang nicht festgestellt werden.«

Die Muskeln in seinem Gesicht zuckten. »Aber Sie fragen mich, was in der Bay geschehen ist! Ich habe nichts mit dieser toten Frau zu tun. Hören Sie auf! Verdammt, ich halte das nicht aus! Bevor Sie mich beschuldigen, machen Sie gefälligst Ihre Arbeit und finden heraus, wer die Tote ist. Laura ist es auf keinen Fall!« Er hielt inne, starrte sie an. Sein Körper zitterte vor Erregung. »Was sollen all diese Beschuldigungen und Fragen? Was wollen Sie damit erreichen?«

»Ich frage Sie, weil Detective Sergeant Gills in weniger als einer Stunde hier sein wird, um Sie zu vernehmen. Wir sollten uns bis dahin eine Taktik überlegt haben.«

»Eine Taktik«, echote er. »Warum?«

Samantha wappnete sich. »Detective Sergeant Gills hat bedenkliche Informationen von den deutschen Behörden erhalten.«

Julian Tahns Augen verengten sich zu schmalen Schlitzen, und etwas in seiner ganzen Haltung und dem Schritt, den er auf sie zumachte, ließ sie instinktiv nach dem Türgriff tasten. Sie fragte sich, ob der Beamte draußen auf dem Flur des Krankenhauses hören würde, wenn sie nach ihm rief. Julian hielt abrupt inne, als er ihre Reaktion sah, trat einen Schritt zurück und löste seine Fäuste.

»Mache ich Ihnen Angst, Miss Merryweather?«

»Vielleicht«, gab sie zu, »aber das ist nicht unser Thema.« Sie atmete tief durch. »Warum haben Sie mir nicht erzählt, dass Sie schon einmal verheiratet waren?«

»Ich hielt es nicht für relevant.«

Seine Arroganz ärgerte sie, doch sie zwang sich zur Ruhe. Sich an seinem Gebaren zu stören, war unprofessionell. Julian Tahn verhielt sich wie ein in die Ecke getriebenes Tier. Aus seiner Haltung sprach nichts als Unsicherheit und der verzweifelte Wunsch nach Schutz.

»Sie hielten es nicht für relevant, mich zu informieren, dass Ihre erste Frau durch einen Unfall zu Tode kam und dass Sie dafür zur Verantwortung gezogen wurden?«, fragte sie daher nur.

»Ich wurde freigesprochen!«

»Ein Freispruch aus Mangel an Beweisen, Mr. Tahn, nicht aus erwiesener Unschuld.«

Wieder ballten sich seine Fäuste. »Was tut das zur Sache? Das geht Sie nichts an!« Keuchend wandte er sich ab, setzte sich auf die Kante seines Bettes, blickte durch das geöffnete Fenster und rang um seine Fassung.

Samantha betrachtete seinen Rücken. Die angespannten Schultern. Das Krankenzimmer lag im vierten Stock, ein großer, heller Raum mit Aussicht auf die alten Bäume des Parks. Das Rauschen der Blätter und das Singen der Vögel schufen eine ruhige, positive Atmosphäre, die ohne Zweifel angenehmer war als die im Zellentrakt des Untersuchungsgefängnisses, in das ihr Mandant über kurz oder lang zurückkehren würde, wenn er weiterhin nicht kooperierte.

»Mr. Tahn, ich bin Ihnen als Pflichtverteidigerin zugewiesen worden. Wenn Sie nicht wünschen, dass ich Sie vertrete, müssen Sie einen entsprechenden Antrag bei Gericht stellen, aber ich kann Ihnen nicht garantieren, dass dann ein Kollege von mir berufen wird. Der Richter kann auch entscheiden, dass ich weiter für Sie bestellt bleibe.«

Er rührte sich nicht, und sie warf einen Blick auf ihre Armbanduhr. Sie gab ihm noch fünf Minuten, dann würde sie gehen und diesen Fall und den Kontakt zu ihm auf das Notwendigste beschränken, auch wenn das nicht ihrem Arbeitsethos entsprach.

Sie hatte die Situation mit Andrew besprochen, obwohl sie es normalerweise vermieden, über die Arbeit zu reden. Er hatte ihr berichtet, dass er vor seinem Wechsel in die Staatsanwaltschaft, als er noch als Pflichtverteidiger gearbeitet hatte, eben einen solchen Fall gehabt hatte. »Da kannst du nichts machen. Du kannst dich nur immer wieder gesprächsbereit zeigen und das auch in deinen Protokollen dokumentieren, so dass dir niemand den Vorwurf machen kann, du hättest dich des Falls nicht angenommen. Wenn dein Mandant beharrlich schweigt, dann ist das sein gutes Recht, auch wenn es zu seinem Schaden ist.«

Sie blickte noch immer auf Julian Tahns angespannten Rücken. Bislang hatte er alles ausgesessen, und im schlimmsten Fall würde er das die nächsten zwanzig Jahre tun.

»Laura ist nicht tot«, riss seine Stimme sie so unerwartet aus ihren Gedanken, dass sie zusammenzuckte. »Wer immer die Tote ist, die angetrieben wurde, es ist nicht Laura.« Langsam drehte er sich zu ihr um.

Samantha Merryweather schluckte, als sie das Leid sah, das in seinem Blick lag. »Was war der Grund für Ihren Ehestreit? Warum wollten Sie sich von Laura trennen?«

Er antwortete nicht gleich, und sie fürchtete schon, dass er sich erneut in sein Schneckenhaus zurückzog.

»Sie hat in meiner Vergangenheit herumgekramt, hat das Unterste zuoberst gekehrt«, entgegnete er tonlos.

»Sie wusste nichts von Ihrer ersten Ehe und dem Tod Ihrer Ehefrau Monique?«, stellte sie erstaunt fest.

Er schüttelte den Kopf.

Sie musterte ihn ungläubig. Konnte das sein? Konnten Menschen zusammenleben und ihre Vergangenheit zu einem solchen Geheimnis machen?

»Warum haben Sie nie mit ihr darüber gesprochen?«

Er rang mit sich. »Es war die schlimmste Zeit meines Lebens«, bekannte er schließlich. »Ich wollte nie wieder daran erinnert werden. Ich wollte einfach nur alles vergessen.«

»Und Laura hat die schmerzhafte Vergangenheit wieder hervorgeholt.«

Er nickte und schlang die Arme um den Körper wie ein verängstigtes Kind. Sein Zorn, seine Ablehnung war verschwunden, was blieb, war nur Mutlosigkeit, Müdigkeit, und seine nächsten Worte bestätigten diesen Eindruck. »Ich hatte nicht die Kraft, mich noch einmal damit auseinanderzusetzen«, gestand er.

Nicht die Kraft, sich noch einmal damit auseinanderzusetzen. Was hatte er stattdessen getan?

»Erzählen Sie mir von Laura. Was ist sie für ein Mensch?« Sie musste ihn dazu bringen, weiterzusprechen.

Ein flüchtiges Lächeln streifte sein Gesicht. Seine Finger berührten den schmalen Ring an seiner rechten Hand. »Sie ist spontan, positiv und offen«, sagte er dann. »Vieles im Leben ist für Laura nur ein Spaß.«

Samantha Merryweather dachte an Lauras Bild, an den nach innen gekehrten Blick. Julians Beschreibung passte nicht wirklich dazu. »Wenn man das ganze Leben als Spaß begreift, ist Ehrgeiz eher ein Kontrapunkt, meinen Sie nicht? Bei allem, was ich bisher über Ihre Frau in der Akte gelesen habe, über ihre Arbeit und ihren Erfolg, hatte ich das Gefühl, dass sie ein ehrgeiziger und nachdenklicher Mensch ist«, äußerte sie ihre Zweifel geradeheraus.

Wachsamkeit kehrte in Julians Blick zurück. Und Vorsicht.

»Warum versuchen Sie mir ein Bild von Laura zu vermitteln, das nicht der Wirklichkeit entspricht?«, fügte sie hinzu.

»Ich gebe Ihnen das Bild, das Laura der Welt von sich zeigt.«

»Das ist aber nicht die Frau, die uns hier interessiert.«

»Worauf wollen Sie hinaus?«

»Ich will auf gar nichts hinaus. Ich stelle nur Fragen. So wie Detective Sergeant Gills es gleich tun wird.«

Er saß noch immer auf der Kante seines Bettes. Einer spontanen Eingebung folgend, setzte sie sich neben ihn. »Julian, bitte! Das ist Ihre letzte Chance.«

Er straffte seine Schultern. Sie spürte sein Zögern, seinen Widerwillen. Er schwieg nicht aus Trotz, sondern aus Angst. Aber wovor hatte er Angst? War es seine Vergangenheit, die ihn verfolgte?

»Was soll ich Ihrer Meinung nach tun?«, fragte er sichtlich angestrengt.

»Beantworten Sie wahrheitsgetreu Gills' Fragen zu Ihrer Vergangenheit, so wie Sie es bei mir auch getan haben«, antwortete Samantha Merryweather, ohne sich ihre Erleichterung anmerken zu lassen. Noch wusste sie nicht, ob er ihr wirklich zuhören würde.

Sie blätterte in der Akte, die sie inzwischen aus ihrer Tasche gezogen hatte. »Gills wird Sie vermutlich auch noch einmal zu dem roten SUV befragen und zu dem Mann, der das Fahrzeug in Inverness gemietet hat. Tom Noviak.«

Bei der Nennung des Namens zuckte er zusammen, dennoch wagte sie einen weiteren Vorstoß. »Wer ist dieser Mann?«

Julian senkte den Blick. »Er ist der Bruder meiner verstorbenen Frau.«

»Oh«, entwich es Samantha. »Das ist ...«

»... eine Überraschung?«, beendete er ihren Satz spöttisch.

Samantha ließ sich nicht aus der Ruhe bringen. »Das ist zumindest unerwartet«, gestand sie. Sie erinnerte sich nicht, dass der Name Noviak als Mädchenname von Julian Tahns verstorbener Frau in der knappen Mitteilung der deutschen Behörden erwähnt worden war, die Gills ihr gezeigt hatte. »Es bedeutet, dass Tom Noviak nicht zufällig dort war.«

»Nein. Das war er nicht.«

ALS JOHN GILLS den Krankenhausflur auf der vierten Etage betrat, sah er als Erstes den uniformierten Police Officer, der auf einem Stuhl neben Julian Tahns Zimmertür saß. Der unscheinbare, schlanke Mann blickte von der Zeitung auf, in die er vertieft war, und grüßte.

»Guten Tag, Officer«, erwiderte Gills. »Ich nehme an, es gab keine besonderen Vorkommnisse?«

»Hier tut sich nichts, Sir«, antwortete der Polizist. »Außer, dass Miss Merryweather seit einer Dreiviertelstunde bei ihm drin ist.«

Gills zog erstaunt eine Braue hoch. »So lange ist sie schon hier?«

Der Officer nickte. »Anfangs schien es nicht so gut zu laufen. Ich habe gehört, wie der Deutsche sie zwei-, dreimal wütend angeschrien hat, aber inzwischen ist es ruhig.«

Gills grinste. »Miss Merryweather hat nicht zurückgeschrien?«

»Nicht, dass ich wüsste, Sir«, kommentierte der Officer mit einem Augenzwinkern.

»Danke für die Information«, sagte Gills, während er an die Tür klopfte.

»Immer wieder gern, Sir.«

Von drinnen hörte er ein gedämpftes »Herein«.

Er öffnete und sah Samantha Merryweather an dem gekippten Fenster lehnen. Es war ein warmer und sonniger Tag, und von draußen drang der Geruch nach frisch gemähtem Rasen herein und vermischte sich mit dem Kaffeeduft, der aus ihrem Take-away-Becher emporstieg. »Ah, Detective Sergeant«, begrüßte sie ihn, »wir haben soeben von Ihnen gesprochen.«

Julian Tahn, der mit dem Rücken zur Tür auf der Bettkante saß, wandte sich zu ihm um, über dem rechten Auge verbarg noch immer ein Pflaster seine Platzwunde, und sein Blick verriet Gills, dass Samantha ihm von dem Fund der Frauenleiche erzählt hatte.

War es wirklich nötig, Miss Merryweather im Vorhinein zu informieren? Hätten Sie nicht das Überraschungsmoment nutzen können, hatte der Chief Inspector gepoltert, als Gills ihn über das Gespräch mit der Pflichtverteidigerin in Kenntnis gesetzt hatte.

Wie immer war es Mortimer Brown gelungen, ihn zu verunsichern. Aber jetzt, da er Julian Tahn gegenüberstand, wusste Gills, dass es die richtige Entscheidung gewesen war. Etwas im Ausdruck des Mannes hatte sich verändert. Offensichtlich war es Samantha Merryweather gelungen, das Eis zu brechen.

Er nickte ihr kurz zu, dann wandte er sich an den Deutschen. »Mr. Tahn, ich hoffe, es geht Ihnen besser?«

Julian Tahn nickte.

Gills hatte auf dem Weg ins Krankenhaus überlegt, wie er dem Deutschen nach der Attacke begegnen sollte. Letztlich war er zu dem Schluss gekommen, dass es das Beste sein würde, auch bei diesem zweiten Treffen so zu tun, als wäre nichts vorgefallen. Trotzdem musste er sich zurückhalten, sich nicht mit der Hand über den Hals zu fahren.

»Ich nehme an, Miss Merryweather hat Sie bereits über die neusten Ereignisse informiert.«

Wieder nickte Julian sichtlich nervös. »Wann haben Sie die Identität der Toten festgestellt?«, fragte er angespannt.

»Ich rechne in den nächsten vierundzwanzig Stunden mit dem Ergebnis der DNA-Analyse. Versprechen kann ich allerdings nichts.«

Julians Haltung versprach die Bereitschaft zur Kooperation. Gills vermied es, Samantha Merryweather dafür einen anerkennenden Blick zuzuwerfen. Er rechnete es ihr hoch an, dass sie diese unglaubliche Veränderung in ihrem Mandanten ausgelöst hatte. Aber er musste während der Vernehmung weiterhin vorsichtig agieren, wenn er nicht riskieren wollte, dass der Mann sich wieder in sein Schweigen zurückzog.

Julian atmete tief durch, wie um sich zu beruhigen, sagte aber nichts weiter.

»Wie Sie vermutlich von Miss Merryweather bereits erfahren haben«, fuhr Gills daher in einem Ton fort, der eher für eine Konversation als für ein Verhör angemessen war, und zog sich einen Stuhl heran, »habe ich ein Rechtshilfeersuchen an die deutschen Behörden gestellt. Daraus geht hervor, dass Sie nach dem plötzlichen Tod Ihrer ersten Frau wegen fahrlässiger Tötung angeklagt wurden. – Das Verfahren endete mit einem Freispruch aus Mangel an Beweisen. Mehr Informationen erhalten wir von den deutschen Behörden nicht, deshalb würde ich gerne von Ihnen wissen, was damals geschehen ist.«

Julian schluckte. »Es war ein Unfall.«

»Das ist ein weiter Begriff.«

Gills sah, wie Julian um Fassung rang. Und er erinnerte sich, dass der Psychologe ihm, ohne seine Schweigepflicht gegenüber seinem Patienten zu verletzen, erklärt hatte, dass Julian Tahn ein unbewältigtes Trauma in sich trug. Er hatte nicht mit dem Arzt über den Auslöser gesprochen, aber die aktuellen Ereignisse rührten daran. Alles, was er über Jahre sorgfältig vor sich selbst und anderen verborgen hatte, durchbrach gerade wieder die Oberfläche.

»Monique ... meine erste Frau ...«, begann Julian, während er auf einen Punkt zwischen seinen Füßen starrte. »Sie ist gestürzt ... in unserem Wohnzimmer.« Langsam hob er jetzt den Kopf, und es schien, als starre er sowohl an Gills als auch an seiner Anwältin vorbei in eine Vergangenheit, die nur er sehen konnte. »Sie ist rückwärts die Stufen hinuntergestolpert und mit dem Kopf auf die Kante des Glastisches gestürzt.« Er schluckte erneut. »Der Winkel ihres Auftreffens war unglücklich, und die daraus resultierende Verletzung so schwer, dass sie nur wenige Stunden nach ihrer Einlieferung ins Krankenhaus gestorben ist.« Seine Stimme war emotionslos, seine Worte klangen fremd, wie auswendig gelernt, wie abgelesen. Tränen glänzten in seinen Augen.

Gills tauschte einen Blick mit Samantha. Sie nickte kaum merklich.

»Mr. Tahn, warum wurden Sie der fahrlässigen Tötung angeklagt?«, fuhr er daraufhin fort.

»Ich habe Monique gestoßen.«

Aus dem Augenwinkel sah Gills, wie Samanthas Gesicht blass wurde.

»Sie haben Ihre Frau gestoßen?«, wiederholte Gills.

Ein Schauder durchlief Julians Körper. »Ja«, gab er so leise zu, dass es kaum zu verstehen war. »Ich habe meine Hand gegen ihre Schulter gedrückt und sie von mir gestoßen.« Er hob seine rechte Hand.

Gills brannte ein Dutzend Fragen auf der Zunge, aber er stellte sie nicht. Er wartete, auch wenn es ihm schwerfiel.

Und seine Geduld wurde belohnt.

»Wir hatten Streit«, erklärte Julian schließlich und atmete tief durch. »Wir hatten oft Streit.«

»So wie Sie und Laura?«

Julian schüttelte den Kopf. »Es war schlimmer mit Monique. Es war schlimmer, weil ich ...«

»Weil Sie ...?«, hakte Gills nach.

Das erste Mal begegnete Julian seinem Blick. »Weil ich damals noch gewalttätig war. Ich habe meine Frau geschlagen. Ihr Bruder trat in dem Prozess als Nebenkläger auf.«

Samanthas Finger schlossen sich so fest um das Fensterbrett, dass ihre Knöchel weiß hervortraten. Das war keine Aussage, die ihre Verteidigungsstrategie unterstützte. Ganz im Gegenteil.

Gills versuchte, seine Bestürzung zu verbergen. »Haben Sie ...«, er zögerte und fragte dann: »Haben Sie auch Laura geschlagen?«

»Nicht so«, flüsterte Julian. »Niemals so.«

DIE GESICHTER VON John Gills und Samantha Merryweather verloren sich, ihre Stimmen verklangen. Julian stand wieder im Eingangsbereich ihrer gemeinsamen Wohnung, ein Raum, der sich direkt in das drei Stufen tiefer gelegene Wohnzimmer öffnete. Wie lange hatte er sich dagegen gewehrt, diesen Moment noch einmal zu erleben? Wie viele Jahre hatte er gegen die Erinnerung gekämpft, mit der Schuld und dem Wissen, dass er getötet hatte, was er am meisten geliebt hatte, was ihm wertvoller gewesen war als das eigene Leben?

Monique lag auf der Couch, den Blick auf die Fenster gerichtet, in denen sich die puristische Einrichtung des Raums spiegelte. Er sah sich selbst in diesem Bild, einen sportlichen Mann mit kurzem dunklem Haar, einer Tasche unter dem Arm und Hoffnung in den Augen, die augenblicklich starb, als er ihren Gesichtsausdruck sah.

Sie hatte es getan!

Langsam, viel zu langsam richtete sie sich auf. Ihr sonst so geschmeidiger Körper und ihre langen, schlanken Glieder bewegten sich an diesem Abend schwerfällig und ohne Anmut. Die Freude, sie zu sehen, verlöschte wie Feuer, das in Wasser ertrank, was blieb, war lediglich dichter, beißender Rauch, der sich um sein Hirn und seine Gedanken legte und ihm den Atem nahm.

Sie hatte es getan!

Es brauchte keiner Worte zwischen ihnen, längst nicht mehr.

Dennoch sprach er es aus, seine Stimme rauh und fremd: »Du hast es getan, Monique.« Tränen stiegen ihm in die Augen. »Warum?«

Ihre Hände fuhren in ihre störrischen dichten Locken, wie immer, wenn sie nach Worten suchte und verzweifelt war. »Ich habe dir gesagt, warum, wieder und wieder.« Der Klang ihrer warmen Stimme war noch tiefer als sonst. »Es ist vorbei, Julian. Es ist tot.«

Es.

Übelkeit stieg in ihm auf.

Sein Spiegelbild ließ die Tasche fallen, hob hilflos die Arme. »Du hast mir keine Chance gegeben«, hörte er sich selbst klagen. Oder war es ein anderer? »Monique, sag, dass es nicht wahr ist!«, flehte er sie plötzlich an.

Entschlossenheit überlagerte für einen Moment die Müdigkeit in ihren Augen. »Wir haben lange darüber geredet, Julian«, sagte sie tonlos.

»Wo ist es jetzt?«, flüsterte er.

»Julian, bitte!«, wehrte sie ab.

»Verdammt, Monique«, stieß er hervor. »Du hast unser Kind abgetrieben. Du hast es getötet. Um deiner Karriere willen. Das ist krank!«

»Hör auf!«, schrie sie und hielt sich die Ohren zu.

Hör auf, hallte es in seinem Kopf nach. Wie konnte sie es wagen?

»Sag mir nicht, wie ich mich verhalten soll!«, brach es aus ihm heraus, während sich sein Schmerz in jene unheilvolle Aggression verwandelte, die er nie gelernt hatte zu beherrschen. Er spürte sie kommen, wehrte sich dagegen, aber es war bereits zu spät.

Monique bemerkte die Veränderung in seiner Haltung, in seiner Stimme und wich unwillkürlich zurück. Angst flackerte in ihren Augen.

»Julian, bitte, es tut mir leid.«

Angst war ein gefährlicher Trigger.

Er stand noch immer auf den Stufen, überragte sie, so dass sie zu ihm aufblicken musste, und steigerte so die Überlegenheit, die er fühlte.

»Was tut dir leid?«, fragte er beunruhigend leise.

Tränen sprangen ihr in die Augen, während sie gleichzeitig nach einem Fluchtweg suchte. An ihm vorbei. Zur Tür. Hinaus. Bis er sich wieder beruhigt hatte. Das war ihre Taktik. Sie kannte die Anzeichen inzwischen so gut, dass sie nur noch selten Spuren davontrug. Aber an diesem Abend war sie nicht schnell genug, weder im Denken noch in ihren Bewegungen. Die Medikamente und der Eingriff lähmten sie.

Er hob seine Hand.

Sie duckte sich panisch. »Julian, bitte! Nicht!«

Mit Wucht stieß er gegen ihre Schultern. Sie taumelte zurück, verlor das Gleichgewicht und fiel. Ihr Mund öffnete sich zu einem entsetzten Schrei, der in dem Geräusch von berstendem Glas unterging, als sie mit dem Hinterkopf auf die Ecke des Couchtisches aufschlug.

Ihr Schrei erstickte, ihre Augen wurden groß, zersplittertes Glas tanzte über den dunklen Parkettboden und brach das Licht wie in tausend funkelnde Edelsteine.

»Monique!«

Ihre Blicke trafen sich, dann sackte ihr Kopf zur Seite. Julian zitterte am ganzen Körper, als er neben ihr kniete und ihr Gesicht in seine Hände nahm.

»Monique«, wiederholte er atemlos. »Hörst du mich?«

Alle Wut war verflogen.

Ihre Augen waren geschlossen, Blut lief aus ihrem Mundwinkel.

Sein Herz setzte für einen Moment aus, als er auch unter ihren Locken ein dünnes Rinnsal entdeckte, das langsam zu einer samtigen Pfütze gerann.

»Monique!« Seine Stimme brach.

Endlich schlug sie die Augen wieder auf. Ihre Lippen formten seinen Namen. »Julian ...«

Ihr Puls schlug schnell und war kaum zu spüren.

»Ich kann mich nicht bewegen«, flüsterte sie kaum hörbar.

»Monique, ich bin bei dir.« Seine Finger rutschten über die Tasten des Telefons, das er aus seiner Jackentasche gezogen hatte. »Ich rufe einen Notarzt.«

»Ich kann dich kaum sehen ...«

Eine schier unerträgliche Ewigkeit wartete er, bis der Krankenwagen kam, doch als es klingelte, waren keine acht Minuten vergangen. Das leuchtende Orange der Trage und die reflektierenden Jacken der Rettungssanitäter, ihre gezielten Handgriffe und die Fragen des Notarztes waren Erleichterung und Schock zugleich. Sie verkörperten Ordnung und Kompetenz, gleichzeitig machte ihre Gegenwart ihm jedoch auch das Ausmaß der Tragödie bewusst, und er konnte nur stammelnd erklären, was geschehen war. »Wir hatten Streit ... sie ist gestürzt ...«

In einem Taxi folgte er dem Rettungswagen in das nächstgelegene Krankenhaus. Die Notaufnahme war überfüllt, vermutlich wie an jedem Freitagabend in Hamburg, aber Monique wurde an den Wartenden vorbeigeschoben. Türen schlossen sich vor ihm, eine Krankenschwester nahm seinen Arm und bat ihn um Moniques Daten und ihre Versichertenkarte. Wie ferngesteuert folgte er ihr zur Anmeldung.

»Wann kann ich zu ihr?«

»Wir rufen Sie auf. Warten Sie hier«, antwortete die Krankenschwester in einem resoluten, aber auch mitfühlenden Tonfall. »Nehmen Sie sich einen Kaffee.«

Er wartete lange. Und es war der behandelnde Arzt, der

schließlich zu ihm kam, ihn in ein kleines Besprechungszimmer führte, ihm ein Glas Wasser reichte und erklärte: »Ich weiß nicht, ob wir Ihre Frau retten können.«

»Wie bitte?«

»Ihre Frau hat eine schwere Fraktur an der Basis des Hinterkopfes. Nervenbahnen sind durchtrennt ...«

Sie war nur rückwärts gestolpert. Das konnte nicht sein. Er betrachtete den Arzt: blond und segelgebräunt, jung, zu jung für diesen Job.

»Kann ich zu ihr?«

»Wir haben sie auf die Intensivstation verlegt. Sie ist nicht bei Bewusstsein.«

»Bitte!«, bat Julian. »Lassen Sie mich zu ihr!«

Der Arzt faltete akribisch den Bericht, den er vor sich liegen hatte, steckte ihn in einen Umschlag. »Ist es richtig, dass Ihre Frau heute eine Abtreibung hat vornehmen lassen?«

Julian nickte. »Ich habe es dem Notarzt gesagt, wegen ...«

»Der Medikamente, ich weiß«, fiel ihm der Arzt ins Wort. Er reichte Julian den Umschlag. »Fünf Minuten«, willigte er schließlich ein. »Eine Schwester wird Sie begleiten.«

In der Schleuse zur Intensivstation musste er einen grünen Kittel, Überschuhe und eine Kappe für die Haare anziehen. Als er fertig war, reichte die Schwester ihm einen Mundschutz. »Bitte nehmen Sie Rücksicht«, ermahnte sie ihn leise. »Es liegen noch andere Patienten hier.«

Das Licht war gedimmt, das Summen und Piepsen der lebenserhaltenden Geräte erfüllte den langgestreckten Raum. Julian hielt den Blick gesenkt, bis sie zu dem hinter mobilen Trennwänden versteckten Bett gelangten, in dem Monique lag. Schläuche und Kabel schlossen ihren Körper an die Maschinen neben ihrem Bett an, Kanülen ragten aus ihren Handrücken, eine Beatmungsmaske lag über ihrem Gesicht.

»Monique«, flüsterte er, als er an ihr Bett trat und seine Hand auf ihren Arm legte.

»Sie befindet sich in einem künstlichen Koma«, erklärte die Schwester. »Sie kann Sie nicht hören.«

Sie kann spüren, dass ich hier bin, wollte Julian widersprechen, aber er schwieg. Zu diesem Zeitpunkt wusste er noch nicht, dass er nie erfahren würde, ob Monique seine Gegenwart tatsächlich gespürt hatte. Sie verstarb kurz vor Anbruch des nächsten Tages, ohne das Bewusstsein wiedererlangt zu haben. Nachdem er den Anruf aus dem Krankenhaus erhalten hatte, hatte er in der Dunkelheit des grauen Spätherbstmorgens in ihrer gemeinsamen Wohnung gesessen inmitten der Scherben und des Blutes und hatte sich immer wieder an den letzten Satz erinnert, den sie gesagt hatte. *Ich kann dich kaum sehen.*

Irgendwann war er ins Krankenhaus zurückgefahren.

In einem eigens dafür vorgesehenen Raum im Keller des Gebäudes war ihr Körper aufgebahrt, bis sie von einem Bestattungsunternehmen abgeholt werden würde. Zu seiner Überraschung stand ein Fremder an ihrer Bahre. Ein Mann mittleren Alters sah auf, als Julian hereintrat. Ein sauber gestutzter Bart bedeckte die untere Hälfte seines Gesichts, darüber begegneten ihm ungewöhnlich sanfte Augen.

»Herr Tahn?«, fragte er.

Julian nickte, angesichts Moniques Leichnam unfähig, etwas zu sagen. Er wollte allein mit ihr sein, mit niemandem sprechen.

»Ich bin der Gynäkologe, der gestern bei Ihrer Frau hier in diesem Krankenhaus die Abtreibung vorgenommen hat.«

»Sie!«, entfuhr es Julian. »Was wollen Sie hier?«

»Ich wollte mich von Ihrer Frau verabschieden. Wir haben in der letzten Zeit zahlreiche intensive Gespräche geführt.«

Julian rang um seine Beherrschung.

»Ich hatte ihr von der Abtreibung abgeraten, aber sie hatte einen Grund, von dem sie sich nicht abbringen lassen wollte.«

»Ich kenne ihren Grund«, entgegnete Julian scharf.

Der Gynäkologe, der ihm seinen Namen bislang nicht genannt hatte, sah ihn nachdenklich an. »Ich bezweifle, dass Sie den wahren Grund kennen.«

Julians Blick flog zu Monique. Sie sah aus, als ob sie schliefe. So sanft, so friedlich. Der Anblick zerriss ihm das Herz.

»Ich will ihn nicht wissen«, log er und kämpfte gegen die Tränen an.

»Nach allem, was mir Ihre Frau über Ihre gemeinsame Beziehung erzählt hat, ist es vermutlich besser, Sie erfahren es von mir und nicht vor Gericht.«

JULIAN TAHNS GESTÄNDNIS traf Samantha völlig unvorbereitet. Während sie versuchte, weiterhin professionell und distanziert zu wirken, begegnete sie Gills' Blick. Sie entdeckte weder Triumph noch Genugtuung darin, nur Resignation, und das war dasselbe, was sie auch empfand.

»Sie sagten, Sie wären gewalttätig gewesen«, brach der Detective schließlich das erdrückende Schweigen, das Julians letzten Worten gefolgt war. »Wie darf ich diese Formulierung verstehen?«

Seine Frage war eine Flucht in die Sachlichkeit, fort von der hochemotionalen Schwelle, auf der sie standen, fort von den Erinnerungen, die die Augen ihres Mandanten verdunkelten.

Sie erkannte die Anspannung in Julian Tahns Bewegungen, als er sich aufrichtete, und seinen leeren Blick, der sich langsam auf Gills richtete.

»Ich habe eine Therapie gemacht«, antwortete er, und seine Stimme klang rauh. »Eine Therapie zur Gewaltprävention.« Er atmete tief ein und aus. »Ein Jahr nach dem Tod meiner Frau habe ich damit begonnen.«

»Ein Jahr nach ihrem Tod?«, wiederholte Gills fragend. »Warum nicht früher?«

Julian Tahn strich unwirsch mit den Fingern über die Laken seines Bettes, auf dem er noch immer saß. Er räusperte sich, bevor er sprach. »Nachdem alles vorbei war, bin ich nach Nepal gereist und habe dort in der Abgeschiedenheit der Berge gelebt.«

»Ein ganzes Jahr?«

Vor Samanthas innerem Auge tauchten Bilder von der einzigartigen Bergwelt Asiens auf, Ahnungen von Askese und Einsamkeit, und ohne dass Julian Tahn eine weitere Erklärung geben musste, verstand sie. Er war nicht nach Nepal *gereist*. Er war *geflohen*.

Er hatte überlebt.

Aber hatte er auch an Willenskraft gewonnen?

Gewalt in der Beziehung, der Ehe, allgemein im häuslichen Umfeld war auch in Großbritannien ein Thema, mit dem sie als Strafverteidigerin immer wieder konfrontiert wurde. Es gab Männer, die lernten, mit ihrer Veranlagung zur Gewalt umzugehen, sie zu beherrschen. Aber das war ein langer, ein beschwerlicher Weg, der viel Einsicht erforderte und den Betroffenen stets aufs Neue den Willen und die Kraft zur Selbstreflexion abverlangte. Julian Tahn schien ihr nach wie vor zu labil und verwundet, um seine Gewaltausbrüche zu beherrschen. Wenn er unter Stress stand, brachen sie sich Bahn. Sein tätlicher Angriff auf Gills zeugte davon.

Sie sah zu dem Detective, der – die Ellbogen auf die Knie gestützt, die Akte aufgeschlagen in den Händen – Julian Tahn aufmerksam betrachtete, und sie fragte sich, ob ihn dieselben Gedanken beschäftigten.

»Mr. Tahn«, fuhr er jetzt fort, »Sie haben den Bruder Ihrer verstorbenen Frau erwähnt, einen gewissen Tom Noviak. Es handelt sich um denselben Mann, der den roten SUV gemietet hat, der auf dem Weg zur Sandwood Bay im Naturschutzgebiet gesehen wurde – zu dem Zeitpunkt, als Sie sich mit Ihrer Frau Laura dort aufgehalten haben. Können Sie mir diesen außerordentlichen Zufall erklären?«

Julian presste die Lippen aufeinander. Sein Unbehagen war plötzlich wieder greifbar, umhüllte ihn wie ein Schatten, und Samantha fürchtete schon, er würde sich erneut in den Schutz seines Schweigens zurückziehen, doch er begann zu reden. Stockend erst, dann immer flüssiger erzählte ihr Mandant, was er auch ihr schon gestanden hatte. Wie er Laura jahrelang seine Vergangenheit vorenthalten hatte, wie sie heimlich Nachforschungen angestellt und letztlich den Kontakt zu Tom Noviak gefunden hatte.

Gills lauschte konzentriert. In Absprache mit Samantha hatte er ein Diktiergerät aufgestellt, das das Gespräch aufzeichnete. »Was hat Ihre Frau veranlasst, über Ihre Vergangenheit zu recherchieren?«, wollte er wissen.

»Sie müssen diese Frage nicht beantworten, wenn Sie nicht möchten«, warf Samantha ein, bevor Julian reagieren konnte. »Sie ist sehr persönlicher Natur und hat weder etwas mit Ihrer damaligen Anklage noch dem aktuellen Fall zu tun.«

»Das ist so nicht ganz korrekt, Miss Merryweather, aber ...«, widersprach Gills.

»Ich werde dazu Stellung nehmen«, fiel Julian ihnen ins Wort. Seine Schultern strafften sich noch ein wenig mehr. »Ich habe nichts zu verbergen, auch wenn *Sie*«, und dabei sah er Gills direkt an, »anderer Ansicht sind.« Er griff nach der Flasche Wasser, die auf seinem Nachttisch stand, und schenkte sich ein. Samantha wandte betreten den Blick ab, als sie bemerkte, wie sehr seine Hand dabei zitterte.

»Lauras Anlass, sich mit meiner Vergangenheit zu beschäftigen, war ein hässlicher Streit, den wir vor etwa sechs Monaten hatten«, sagte er schließlich und trank einen Schluck Wasser. »Nach einer sehr verletzenden Bemerkung ihrerseits ist mir die Hand ausgerutscht.« Er stockte, nahm noch einen Schluck. »Ich habe ihr ins Gesicht geschlagen«, fuhr er fort, den Blick gesenkt und die Hand so fest um das Glas geschlossen, dass Samantha befürchtete, es müsse unter dem Druck bersten. »Laura war schockiert. Ebenso wie ich. Ich hatte mich all die Jahre unter

Kontrolle gehabt ... Ich habe mich bei ihr in aller Form entschuldigt, aber damit war es nicht getan. Nicht für Laura. Sie war sich sicher, dass es für mein Verhalten eine Ursache geben müsste, obwohl es nie wieder vorgekommen ist.« »Hat sie mit Ihnen über die Ergebnisse ihrer Recherche gesprochen?«

Julian nickte.

»Wann?«

»Vor etwa zwei Wochen«

Gills kombinierte schnell. »Da waren Sie bereits hier in Schottland. War das der Grund, warum Sie Ihrer Frau mit Trennung gedroht haben und sie Ihnen mit Selbstmord?«

»Ja.«

»Aber trotz dieser Differenzen haben Sie Ihren Urlaub nicht abgebrochen.«

»Wir haben versucht, weiterzumachen.«

»Das heißt, es gab vor dem Verschwinden Ihrer Frau in der Sandwood Bay keine weiteren nennenswerten Auseinandersetzungen zwischen Ihnen?«

Samantha horchte auf. Gills hatte die Frage wie beiläufig einfließen lassen. Für ihren Geschmack zu beiläufig.

Julian antwortete nicht sofort. »Es gab einige kleine Streitereien, aber nichts von Bedeutung.«

Gills runzelte kaum merkbar die Stirn. Dann rückte er mit einer Hand seinen Krawattenknoten zurecht. Julians Antwort befriedigte ihn offensichtlich nicht. Aber warum? Besaß er noch mehr Informationen?

»Es gibt zwei Dinge, die mich noch interessieren, Mr. Tahn.«

»Sicher«, erwiderte Julian, dem die Reaktion des Detective nicht aufgefallen zu sein schien.

»Als Erstes wüsste ich gern, worum es in dem Streit ging, der letztlich den Tod von Monique, Ihrer ersten Frau, zur Folge hatte.«

Julian wurde blass. »Ist das wirklich von Bedeutung?«

»Es rundet für den Detective Sergeant das Bild lediglich ab«, mischte sich Samantha ein. »Sie müssen nicht antworten.«

Julian atmete erleichtert auf. »Dann möchte ich dazu auch nichts sagen.«

»In Ordnung«, lenkte Gills ein. »Kommen wir dann noch einmal zu Tom Noviak zurück. Warum kam es zu diesem Treffen in der Sandwood Bay?«

»Tom ist uns nachgereist«, antwortete Julian ohne Umschweife, doch seine Stimme verriet die Anspannung, die jedes Mal, wenn der Name Tom Noviak fiel, hörbar war.

»Und woher kannte Herr Noviak Ihre Reiseroute?«

»Vermutlich wusste er über Lauras Facebook-Profil, wo wir uns aufhalten. Sie hat ihre Seite regelmäßig aktualisiert.«

»Hm«, murmelte Gills und blätterte in seiner Akte, »ich habe auf der Facebook-Seite Ihrer Frau keinen Eintrag zu dem geplanten Ausflug in die Bay gefunden.« Er reichte Julian einige Ausdrucke.

Der starrte darauf, aber Samantha war sich sicher, dass Gills ihm genauso gut ein leeres Blatt Papier in die Hand drücken könnte. »Dann hatten sie vielleicht Kontakt über SMS oder WhatsApp«, wich Julian aus. »Ich weiß es nicht.«

»Hat es Sie nicht interessiert, wie er …«

»Nein, das hat es nicht!«, fiel Julian ihm ungehalten ins Wort. Er zerknüllte die Ausdrucke in seiner Hand und warf sie zu Boden. »Es hat mir gereicht, ihn plötzlich zu sehen!«

Gills ließ sich nicht aus der Ruhe bringen. »Warum ist Tom Noviak Ihnen nachgereist?«

Julian antwortete nicht sofort. Die Muskeln in seinem Gesicht arbeiteten, während er um seine Beherrschung kämpfte. »Tom ist uns nachgereist, weil er meinte, Laura vor mir schützen zu müssen«, stieß er schließlich hervor.

DER MANN WAR eine tickende Zeitbombe. Das war der Schluss, zu dem John Gills immer wieder gelangte, wenn er Julian Tahn gegenübersaß. Und auch diesmal fragte er sich, was einen gebildeten und augenscheinlich kultivierten Menschen so unberechenbar reagieren ließ. Lag es in den Genen, rührte es aus der Erziehung, oder generierte es sich aus Kindheitserlebnissen? Ein flüchtiger Blick zu Samantha Merryweather zeigte ihm, dass das Verhalten ihres Mandanten sie ähnlich ratlos zurückließ.

Es machte nicht viel Sinn, ihn in dieser Situation weiter zu befragen. Solange nicht der DNA-Beweis vorlag, dass es sich bei der am Strand von Oldshoremore angetriebenen Toten tatsächlich um Laura Tahn handelte, würden sie nicht weiterkommen, obwohl alles, was Julian Tahn ihnen erzählte, den Verdacht erhärtete, dass er seine Frau getötet hatte. Gestehen würde er die Tat aber vermutlich erst unter der erdrückenden Last der Beweise, spätestens wenn er in der Rechtsmedizin mit der Leiche seiner Frau konfrontiert wurde.

Für einen Moment überlegte Gills, ob es hilfreich wäre, Tom Noviak für eine Befragung ausfindig zu machen, aber höchstwahrscheinlich war der Mann längst wieder in Deutschland. Allein wegen des Aufwands, den eine solche Ermittlung beinhaltete, bezweifelte er, dass der Chief Inspector ihm die nötige Genehmigung unterschreiben würde, zumindest nicht, bevor geklärt war, ob es sich bei der Toten tatsächlich um Laura Tahn handelte. Gills nahm das Diktiergerät vom Nachttisch und beendete die Vernehmung mit Angabe des Datums und der Uhrzeit. Er widerstand der Versuchung, sich zu recken und die Augen zu reiben, um so die Anspannung abzustreifen, die sich im Verlauf der letzten Stunde aufgebaut hatte, während er mit halbem Ohr zuhörte, wie Samantha Merryweather mit Julian sprach. »Haben sich aus der Vernehmung für Sie noch Fragen ergeben, die Sie mit mir allein besprechen wollen?«

Ihr Mandant schüttelte lediglich den Kopf, augenscheinlich noch immer zu aufgewühlt für Worte.

Der uniformierte Polizist auf dem Flur sah auf, als John gemeinsam mit Samantha Merryweather aus dem Zimmer trat.

»Schönen Tag noch, Officer«, verabschiedete sich John und reichte ihm seine Karte. »Benachrichtigen Sie mich bitte, wenn etwas sein sollte.«

Mit einem Lächeln tippte der schlanke Mann mit dem Finger an seine Schläfe. »Mach ich, Sir.«

In Gedanken vertieft, eilten der Detective und die Anwältin den langen Flur entlang und die Treppen hinunter dem Ausgang zu. Als die Eingangstür des Gebäudes hinter ihnen zufiel, blieb John stehen. »Ich muss mich noch bei Ihnen bedanken, Miss Merryweather. Sie haben großartige Vorarbeit geleistet.«

Ihre grünen Augen strahlten angesichts des Lobs, und er musste sich eingestehen, dass sie Charme besaß. »Ich denke, es ist in unser aller Interesse, so schnell wie möglich die Hintergründe zu erfahren.«

»Vor allem aber ist es im Interesse, Ihres Mandanten«, gab er zurück.

»Ja, ich bin erleichtert, dass er nicht mehr so verschlossen ist.« Sie strich sich eine Haarsträhne aus dem Gesicht. »Stimmen Sie zu, dass er vorerst in der Klinik bleibt?«

»Solange er sich kooperativ zeigt, steht dem nichts im Weg. Allerdings benötigen wir eine medizinische Begründung.«

Sie schenkte ihm einen vielsagenden Blick. »Das sollte kein Problem sein. Ich bin mit dem Psychologen im ständigen Austausch.«

Gills warf einen Blick auf seine Uhr. »Ich muss jetzt los. Kann ich Sie mitnehmen und irgendwo absetzen?«

»Danke, aber ich bin mit dem Fahrrad hier.« Sie wies auf ein beigefarbenes Retro-Rad, das nicht weit von ihnen entfernt mit einem überdimensionierten Schloss an einen Radständer gekettet war.

»Ach, natürlich«, Gills ärgerte sich über seine Unaufmerksamkeit. Sie hatte ihm schon in seiner Dienststelle davon berichtet. »Also, dann ...« Mit schnellen Schritten ging er zu seinem dunkelgrauen Audi.

»Warten Sie, Detective!«, rief sie ihm hinterher. »Fahren Sie noch nach Kinlochbervie? Oder hat sich das inzwischen erübrigt?«

Gills zögerte. Tatsächlich wäre er entgegen seiner ursprünglichen Planung lieber in Inverness geblieben, aber verwertbare Ergebnisse aus der Rechtsmedizin würde es vor Ablauf des kommenden Tages nicht geben. »Ich werde fahren, allerdings über Ullapool, weil ich dort noch etwas zu erledigen habe«, entgegnete er. »Ich plane, über Nacht in Kinlochbervie zu bleiben und erst morgen wieder zurückzukommen.«

»Wenn es Sie nicht stört, würde ich Sie wirklich sehr gern begleiten.« Sie lächelte flüchtig. »Ich war noch nie in Ullapool. Es soll sehr pittoresk sein, wie ich gehört habe.«

Er sah sie erstaunt an. »Das ist es in der Tat. Kennen Sie die Westküste nicht?«

Sie schüttelte den Kopf. »Ich komme aus Perth. Ich war nur einmal in Oban.«

»Dann wird es Zeit, diese Bildungslücke zu schließen«, erwiderte er trocken.

»Wann wollen Sie aufbrechen?«

»In etwa zwei Stunden. Schaffen Sie das?«

»Kein Problem«, beeilte sie sich zu versichern.

»Wirklich nicht? Müssen Sie nicht noch nach Hause, um etwas zu packen?«

»Ich habe alles, was ich für ein bis zwei Übernachtungen benötige, in meinem Büro. Man weiß ja nie, was kommt.«

»Das ist durchaus vorausschauend«, bemerkte er trocken. »Es wird das Beste sein, wenn wir uns auf dem Parkplatz des Northern Constabulary treffen.«

Als er ihr nachsah, wie sie mit wehendem Rock auf ihrem Rad davonradelte, fragte er sich, ob es klug war, sie mitzunehmen. Schließlich wollte er in Ullapool herausfinden, ob sich das, was Laura Tahn über ihren Aufenthalt dort geschrieben hatte, belegen ließ, und dabei wollte er nicht Samantha Merryweather in seinem Schlepptau haben, das würde er ihr freundlich, aber bestimmt beibringen müssen.

Zurück in seinem Büro las er gerade seine Mails durch, als der Chief Inspector in sein Büro trat. »Hat er gestanden?«

»Sir?«

»Der Deutsche, um den Sie so viel Wind machen. Wissen Sie eigentlich, was es unsere Abteilung kosten wird, einen offiziellen Übersetzer für dieses Online-Tagebuch zu bezahlen, das Sie entdeckt haben?« Mortimer Brown schnaufte verächtlich. Auf seiner Stirn standen Schweißperlen. »Seit vier Tagen beschäftigen Sie sich ausschließlich mit diesem Fall. Dabei brauche ich jeden verfügbaren Mann bei der Aufklärung dieses verfluchten Attentats auf die Bahnstrecke.«

Gills erinnerte sich, dass die tägliche Pressekonferenz zu dem

Anschlag gerade beendet sein musste. Der Stimmung des Chief Inspectors nach zu urteilen, war sie nicht gut gelaufen. »Geben Sie mir noch einen Tag, Sir, dann stehe ich Ihnen zur Verfügung«, bat er in der Hoffnung, dass Brown ihm in seinem Ärger nicht spontan eine Aufgabe überstülpte, die er jetzt überhaupt nicht gebrauchen konnte. »Ich bin kurz vor der Lösung des Falls.«

Sein Wunsch erfüllte sich nicht. »Das ist mir egal«, erwiderte Brown herrisch. »Melden Sie sich bei Campbell, damit er Sie einteilen kann.« Ohne eine Antwort abzuwarten, verließ er das Büro.

Gills verharrte reglos, bis seine schweren Schritte verklungen waren und am Ende des Ganges eine Bürotür ins Schloss fiel. Dann griff er zum Telefon und rief Greg Campbell an, einen Veteranen im Dienst der Polizei.

»Es gibt ein Problem«, sagte er und versuchte eine Ruhe in seine Stimme zu legen, die er nicht empfand, während er Greg mit wenigen Worten seine Situation schilderte.

»Lass dich von dem Alten nicht ins Bockshorn jagen«, beruhigte ihn Campbell. »Ich hab genug Leute. Schließ deinen Mordfall ab und melde dich, sobald du zur Verfügung stehst. Das kann ja nicht mehr so lange dauern.«

»Du hast was gut bei mir, Greg«, bedankte sich Gills.

»Ich weiß. Und ich werde es auch einlösen«, versprach Campbell, und Gills sah ihn vor sich, wie er sich in seinem Schreibtischstuhl zurücklehnte, sich über die glänzende Glatze strich und grinste.

Gills legte den Hörer auf und atmete erleichtert auf, auch wenn er wusste, dass er gerade seine Seele verkauft hatte. Greg Campbell besaß das Gedächtnis eines Elefanten. Er vergaß nie, wer ihm etwas schuldig war, und pflegte seine Schulden auch einzutreiben. Aber damit würde Gills sich beschäftigen, wenn es so weit war. Jetzt musste er die Frist nutzen, die ihm gewährt worden war. Er fuhr seinen Computer herunter, stand auf und nahm seine Tasche aus dem Schrank. Dabei musste er an Samantha Merryweather denken. Sie bewahrte also auch eine Notfallausrüstung für unvorhergesehene Übernachtungen in ihrem Büro auf. Der Gedanke amüsierte ihn.

Als er sie wenig später auf dem Parkplatz traf, stellte er fest, dass sie ihren Rock gegen eine Outdoor-Hose und ihre Pumps gegen robuste Wanderschuhe getauscht hatte. »Wir fahren in die Highlands, oder?«, verteidigte sie sich, als sie seinen Blick bemerkte.

»Genau«, erwiderte er spöttisch. »Es erwartet uns einsames, unwegsames Gelände. Haben Sie auch einen Fünf-Liter-Kanister Wasser und einen Gaskocher dabei, falls wir liegenbleiben?«

Zu seiner Überraschung fragte sie lediglich: »Sie kommen aus der Gegend, nicht wahr?«

»Ja.«

»Dann haben Sie Nachsicht mit einer romantischen Lowlanderin.«

Sie stellte ihre Reisetasche in den geöffneten Kofferraum.

Anderthalb Stunden später erreichten sie nach ereignislosen neunzig Kilometern Ullapool, und wie erwartet, betrachtete Samantha Merryweather fasziniert die Bucht des Loch Broom mit seinen kleinen weiß verputzten Häuschen, die in den vierziger Jahren schon Oskar Kokoschka zu zahlreichen Aquarellen inspiriert hatten. Seit jener Zeit hatte sich an dem malerischen Anblick kaum etwas verändert. Ullapool war noch immer ein Fischerdorf, einzig die Abgeschiedenheit war gewichen, seitdem von dort die Fähren zu den Äußeren Hebriden ablegten. Dennoch war die Anzahl der Fähr- und Rucksacktouristen an der Uferpromenade sehr überschaubar, als Gills Samantha Merryweather dort absetzte, um sich auf seine Erkundungstour zu begeben. Nach Laura Tahns Beschreibung hatte er eine ziemlich genaue Vorstellung, wo er nach der Bed-and-Breakfast-Unterkunft suchen musste, in der das deutsche Ehepaar untergekommen war.

Er fand sie in einer Seitenstraße nicht weit vom Ortszentrum. Eine ältere Dame öffnete auf sein Klingeln. Unter ihrem freundlichen Lächeln verborgen lag ein abschätzender Blick, der keinen Zweifel darüber ließ, dass sie bei weitem nicht jedem, der läutete, Unterkunft in ihrem Haus gewährte.

»Madam«, grüßte Gills höflich und zückte seinen Dienstausweis. »Detective Sergeant John Gills. Ich komme aus Inverness und habe ein paar Fragen zu Gästen, die Sie unter Umständen beherbergt haben. Darf ich eintreten?«

Ihre Augenbrauen fuhren nach oben, dessen ungeachtet trat sie einen Schritt zurück und öffnete ihm die Tür. »Selbstverständlich, Detective.«

Sie führte ihn in eine Küche, deren altmodische Einrichtung Gills an die seiner Mutter erinnerte.

»Hier sind wir ungestört«, sagte sie und schloss die Tür zum Flur.

Gills setzte sich an den abgewetzten Holztisch und zog die Fotografie von Laura Tahn aus seiner Aktentasche. »Kennen Sie diese Frau?«, fragte er.

Die Hauswirtin zog eine Brille aus der Tasche ihrer Strickjacke, nahm das Foto und hielt es in das Licht, das durch das Fenster fiel.

»Sie war hier. Mit ihrem Mann«, erklärte sie dann.

Eine Welle der Erleichterung durchflutete ihn. »Wann war das? Können Sie sich daran erinnern?«

Über den Rand ihrer Brille hinweg warf sie ihm einen vorwurfsvollen Blick zu. »Wenn ich das nicht mehr kann, junger Mann, dann sollte ich keine Zimmer mehr vermieten.« Sie zog eine Schublade des großen Küchenbüfetts heraus und entnahm ihr ein Notizbuch im DIN-A4-Format.

»Hier haben wir sie«, sagte sie nach einigem Blättern. »Julian und Laura Tahn aus München. Vor zwei Wochen haben die beiden in meiner Pension zwei Nächte verbracht.« Sie reichte ihm das Buch, und er las den Eintrag, den sie dort in ihrer altmodischen Handschrift vermerkt hatte.

»Danke, Madam«, antwortete er höflich, nachdem er ihn mit seinem Handy abfotografiert hatte. »Gab es irgendwelche Vorkommnisse während des Aufenthaltes?«

Sie ließ ihre Brille wieder in ihrer Strickjacke verschwinden und setzte sich ihm gegenüber auf eine Ecke des anderen freien Küchenstuhls. »Ich spreche normalerweise nicht über meine Gäste.«

»Das ist mir schon klar, Madam.«

»Aber Sie erkundigen sich sicher nicht ohne Grund.«

»Sicher nicht, Madam.«

Sie sah ihn aufmerksam an, und er fragte sich, ob sie tatsächlich erwartete, dass er ihr seine Beweggründe darlegte, doch dann begann sie zu sprechen. »Es passiert mir nicht oft, dass ich mich in Menschen täusche, aber in diesem Fall ...« Sie schüttelte den Kopf und zog ihre Strickjacke fester um ihre Schultern. »Sie schienen ein nettes Paar zu sein, aber tatsächlich haben sie sich in ihrem Zimmer so fürchterlich gestritten, dass sich die anderen Gäste über sie beschwert haben.«

Gills räusperte sich. »Können Sie mir sagen, worum es ging?«

»Nein, wie sollte ich? Sie haben Deutsch miteinander gesprochen.« Erneut schüttelte sie den Kopf. »Eine entsetzliche Sprache, wenn Sie mich fragen. Sie klingt so hart, vor allem wenn in ihr gestritten wird.«

»Haben die Tahns an beiden Abenden ihres Aufenthaltes gestritten?«

»Nein, nur am ersten.« Sie beugte sich etwas vor. »Ihnen kann ich es ja sagen, Detective. Es war so schlimm, dass ich daran gedacht habe, die Polizei zu rufen. Ich weiß nicht, ob er sie geschlagen hat oder was in diesem Zimmer vorgefallen ist ...« Sie seufzte. »Am nächsten Morgen war jedenfalls alles vergessen. Hand in Hand sind sie zum Frühstück heruntergekommen. Sie hat zwar kaum etwas gegessen, aber das hat ja nicht immer etwas zu bedeuten. Die beiden gingen so liebevoll miteinander um, dass ich mich schon gefragt habe, ob es dasselbe Paar war, das uns in der Nacht um den Schlaf gebracht hat.«

»Könnte es sein, dass die beiden bei ihrer Ankunft nicht ganz nüchtern waren?«

»Dann hätte ich ihnen überhaupt kein Zimmer gegeben.« Sie runzelte die Stirn. »Obwohl ... wenn Sie mich jetzt so fragen ... Die Frau war ausgesprochen still und nicht sicher auf den Beinen, was er damit begründete, dass sie sehr müde sei ...«

Gills schob seinen Stuhl zurück. »Madam«, sagte er, »Sie haben mir wirklich sehr geholfen. Ich danke Ihnen.«

Sie sah ihn erstaunt an. »Das war schon alles?«

»Ja, das war alles. Noch einmal herzlichen Dank für Ihre Zeit.«

Sie brachte ihn zur Tür, und er spürte die Fragen, die lauerten. Sie stellte sie nicht, im Gegensatz zu vielen anderen. Wenn sie in den nächsten Tagen vom Tod einer deutschen Touristin in der Zeitung lesen würde, würde sie sich an das Gespräch mit ihm erinnern. Bevor er in seinen Wagen stieg, wandte er sich noch einmal um und winkte. Sie hatte die Hände in den Taschen der Strickjacke vergraben, die viel zu groß wirkte für ihre schmale Gestalt, und blickte ihm besorgt hinterher, den Kopf mit dem sorgfältig frisierten Dutt ein wenig schiefgelegt wie ein kleiner, aufmerksamer Vogel. Er wünschte sich plötzlich, er könnte ihr die Alpträume nehmen, die die Nachricht mit Sicherheit auslösen würde.

PETER SAH VON seinem Bier auf, als die Tür der Schankstube des Kinlochbervie Hotel aufschlug. Es war schon spät, draußen war es längst dunkel, und nur er war noch hier, weil Fionna am Nachmittag mit dem Bus zu ihrer Schwester nach Ullapool gefahren war. Er war extra nach Hause gekommen, um sie und ihren Koffer zur Haltestelle am Hafen zu bringen und um sicherzustellen, dass sie einen Platz gleich neben Henry dem Busfahrer bekam, weil ihr während der Fahrt sonst schlecht wurde. Es gefiel Peter nicht, dass sie Carol besuchen wollte. Weniger weil er den schlechten Einfluss ihrer zänkischen Schwester fürchtete, sondern weil er sich, während er dem Bus nachgesehen hatte, plötzlich sehr einsam gefühlt hatte. Henry hatte es ihm schon angesehen und gelacht, aber es war kein hämisches Lachen gewesen. Henry verstand die Menschen auf eine ganz feine Art, und so mancher Fahrgast, der in seinem Bus von Inverness nach Durness gesessen hatte, vergaß die Begegnung mit ihm nicht.

Ja, Peter vermisste Fionna schon nach wenigen Stunden so heftig, dass ihm nicht einmal Emmas frisch gezapftes Bier richtig schmecken wollte, aber allein der Gedanke an das stille, dunkle Haus schreckte ihn so sehr, dass er noch ein weiteres Bier bestellte.

Als die Tür der Schankstube jetzt aufschwang, sah auch Emma von ihrer Arbeit am Tresen auf, und ein warmes Lächeln breitete sich beim Anblick des späten Gastes im Gesicht der Wirtin aus.

»John, was für eine seltene Überraschung«, begrüßte sie ihn. »Du suchst doch hoffentlich nicht ein Zimmer für die Nacht, da muss ich dich nämlich enttäuschen.«

Beim Anblick des jungen Gills erinnerte sich Peter wieder daran, dass er sich vorgenommen hatte, noch einmal mit ihm zu sprechen, aber dann bemerkte er, dass Franks Sohn nicht allein gekommen war. Eine keck wirkende rothaarige Frau war hinter ihm in den Schankraum getreten und blickte sich neugierig um. Peter hatte sie noch nie zuvor in Kinlochbervie gesehen.

»Kein Zimmer?«, fragte sie auf Emmas Bemerkung hin und trat näher an den Tresen heran. »Dann wird das wohl eine interessante Nacht.« Sie reichte der Wirtin die Hand. »Samantha Merryweather, freut mich, Sie kennenzulernen. Auf der Fahrt habe ich schon einiges von Ihnen gehört.«

»Emma McCullen«, erwiderte Emma, und ihr üppiger Busen wogte, als sie sich an John Gills wandte. »Was hast du über mich erzählt?«

Peters Blick blieb an Samantha Merryweather hängen. Was für ein Name. Was für eine Frau. Sie war keine klassische Schönheit, aber sie besaß etwas Bezauberndes, ja, das traf es wohl am ehesten.

»Du hast wirklich kein Zimmer mehr?«, hörte er John Gills fragen. »Das ist ja äußerst bedauerlich. Miss Merryweather ist Anwältin in Inverness. Sie hat die Pflichtverteidigung für den Deutschen übernommen, der hier bei dir gewohnt hat.«

»Julian«, bestätigte Emma nickend. »Wie geht es ihm?«

Peter horchte neugierig, doch John Gills sprach auf einmal in gedämpftem Tonfall.

»Es tut mir leid, aber wir sind wirklich voll«, hörte er Emma sagen, »wenn du willst, kann ich mal anfragen, ob in dem neuen Bed-and-Breakfast noch etwas frei ist, aber ich glaube nicht.«

John Gills winkte ab. »Ich werde Miss Merryweather mit zu meinen Eltern nehmen.«

»Wollt ihr vorher noch ein Bier?«

»Das ist vielleicht eine gute Idee«, stimmte er zu. »Dann kann ich schon einmal anrufen und meine Mutter auf den Besuch vorbereiten.«

Peter beobachtete, wie Samantha Merryweather leise auf John Gills einredete. Sie schien von der Idee, im Haus seiner Eltern zu schlafen, nicht begeistert, aber wie es aussah, ließ er sich nicht davon abbringen.

Zum Telefonieren verließ er die Schankstube. Es dauerte eine Weile, bis er zurückkam, aber er zeigte der jungen Frau einen erhobenen Daumen. Emma reichte zwei volle Gläser über den Tresen. Sie prosteten sich zu, und während John Gills das Bier ansetzte, kreuzten sich ihre Blicke. Er lächelte, sagte etwas zu der Anwältin, die bei Emma am Tresen stehen blieb, und kam dann auf ihn zu.

Peter spürte, wie er nervös wurde, weil ein Detective Sergeant der Scottish Police ihn ansprach. In seiner Hosentasche brannte der Ring.

»Mr. Dunn«, begrüßte der junge Gills ihn, »läuft das Geschäft noch mit den Bootstouren, oder geht die Saison langsam zu Ende?« Er war wirklich zum Städter geworden, wie Peter feststellte, während er den feinen grauen Anzug betrachtete, den der Detective trug. Ganz zu schweigen von den Schuhen. Schwarz und glänzend waren sie. Teures Leder. Peter hatte nur einmal in seinem Leben solche Schuhe getragen. Das war am Tag seiner Hochzeit gewesen. Fionnas Onkel hatte sie ihm damals geliehen. Sie hatten an den Zehen gedrückt.

»Ist ein bisschen weniger zurzeit mit den Bootstouren«, erwiderte er zurückhaltend. »Ich hab im Hafen die Arbeit von Angus übernommen. Vielleicht haben Sie ja von dem Unglück gehört.«

John Gills nickte betreten. »Ja, das haben wir. Schlimme Sache. Wie geht es Angus?«

Peter runzelte sorgenvoll die Stirn. »Die gebrochenen Rippen machen Probleme. Wachsen wohl nicht so gut zusammen, wie sie sollten.«

»Angus ist ja auch nicht mehr der Jüngste.«

»Richtig, das sind wir alle nicht mehr.«

Gills hob sein Glas. »Auf Angus und darauf, dass er bald wieder hier ist.«

Peter prostete ihm zu, Gills wies mit dem Kopf in Richtung Tresen, wo Samantha Merryweather ins Gespräch mit Emma vertieft war. Die junge Frau schien sich schnell akklimatisiert zu haben. »Ich habe die Anwältin von Julian Tahn mitgebracht.«

»Hab ich schon gehört.«

»Sie würde sich morgen Vormittag gerne mit Ihnen unterhalten. Hätten Sie etwas dagegen?«

Peter rieb sich die Nase. »Ich wüsste nicht, worüber wir sprechen sollten.«

»Nun ja, Sie sind einer der wenigen, die länger mit dem deutschen Ehepaar unterwegs waren. Und der Einzige, der Kontakt mit Laura Tahn hatte, bevor sie verschwunden ist.«

Peters Hand glitt von seiner Nase zu seinem Kinn, das an diesem Abend nicht ordentlich rasiert war, und dann zu seinem Glas. Er setzte es an und trank es in einem Zug leer. »Ich hab morgen Frühschicht«, murmelte er ausweichend und schmeckte dem Bier nach, das noch auf seiner Zunge lag.

»Sie könnte Sie bei der Arbeit aufsuchen«, schlug Gills vor. »Ich glaube nicht, dass sie Scheu vor frischem Fisch hat.«

Peter wand sich innerlich und sah zum Tresen hinüber. Samantha Merryweather war zweifelsohne eine reizende Person, aber Peter hatte seit jeher die Nähe zu Frauen gescheut. Einzig

Fionna war es gelungen, ihn aus seinem Schneckenhaus zu holen. »Ich kann während der Arbeit keine Pause machen«, wehrte er hilflos ab.

Gills ließ nicht locker. »Miss Merryweather war noch nie bei uns an der Westküste«, sagte er ermutigend. »Sie wird begeistert sein, wenn sie Ihnen über die Schulter schauen darf.«

Peter rutschte unruhig auf der Bank hin und her und machte Anstalten aufzustehen.

Doch Gills ließ nicht locker. »Schauen Sie sich die Anwältin an, sieht sie aus wie eine, die sich gleich erbricht, wenn sie ein paar Innereien riecht?«

Nein, so sah sie wirklich nicht aus. Peter seufzte ergeben. »Na, wenn Sie meinen.«

Gills lächelte, und Peter stellte fest, dass sein Lächeln die ausgeprägte Ähnlichkeit mit seiner Mutter noch unterstrich. Der junge Mann legte ihm kurz die Hand auf die Schulter. »Vielen Dank für Ihre Hilfsbereitschaft. Wir sehen uns dann morgen.« Mit diesen Worten verabschiedete er sich und wollte gehen, doch Peter hielt ihn zurück.

»Warten Sie«, bat er. »Haben Sie ...«, er räusperte sich, »haben Sie schon herausgefunden, wer die Tote ist, die in Oldshoremore angespült worden ist?«

Kaum dass er gefragt hatte, bereute er seine Frage auch schon, denn Gills' Blick blieb mit unerwarteter Wachsamkeit an ihm hängen. Langsam wandte sich der Detective wieder zu ihm zurück. Alle eben noch gezeigte Verbindlichkeit war hinter einer Fassade von kühler Professionalität verschwunden.

»Warum fragen Sie?«, wollte Gills wissen und blickte noch eindringlicher.

Peter fuhr nervös mit dem Finger über den Rand seines leeren Bierglases. Er erinnerte sich an seinen Besuch am Strand von Oldshoremore. An die Steine, die so beharrlich geschwiegen hatten, und an die Zweifel und Fragen, die seitdem in ihm brodelten. Konnte er mit Gills darüber sprechen?

Fionna hatte ihm davon abgeraten, als es ihm versehentlich herausgerutscht war.

Er wird es nicht verstehen, Peter, hatte sie ihn gewarnt.

Anfangs hatte sie es auch nicht verstanden. Hatte geglaubt, er hätte einen Knacks durch Marys Tod erlitten. Nach dem, was ihr Stiefvater ihr angetan hatte.

Hat er es auch bei dir versucht?, wollte sie irgendwann wissen.

Er war wütend geworden, hatte die Frage brüsk von sich gewiesen, bis er begriffen hatte, wie viel Mut sie diese Frage gekostet haben musste. Sie hatte Tränen in den Augen gehabt, die langsam über ihre Wangen gerollt waren. Wangen, die nicht mehr glatt und straff waren, wie damals, als sie sich kennenlernten. Ihre Haut war welk geworden, Falten waren darin eingegraben, von denen er jede einzelne in ihrem Ursprung zu kennen glaubte. So viele Jahre hatte sie gebraucht, um ihm diese Frage zu stellen. Jedes Mal, wenn er sich daran erinnerte, schmerzte sein Herz.

Seine Antwort war jämmerlich gewesen, dass er es nicht mehr wüsste, dass jene Jahre so verschwommen ... wie im Nebel lägen. Er erinnerte sich nur, dass er seinen Stiefvater gehasst hatte, dass sich seine Wut und seine Angst zu einem entsetzlichen Gefühl der Hilflosigkeit vermischt hatten, sobald er nur seine Stimme hörte. Dass er seine Schwester immer beschützen wollte, vergeblich. Und dass er sie noch immer schmerzlich vermisste. Er hatte seinem Stiefvater so verzweifelt den Tod gewünscht, dass er sich schuldig gefühlt hatte, als der Mann im Suff sein Boot auf die Klippen gelenkt und ertrunken war, beinahe als hätte er selbst Hand angelegt. Er hatte diesen Tod kommen sehen so wie bei allen anderen. Das Unglück gespürt. Aber es hatte Mary nicht retten können. Für sie war es bereits zu spät gewesen. Manchmal, wenn er tief in sich hineinhorchte, glaubte er, dass sie auch für ihn gestorben war und seine Erinnerungen an jene Zeit mitgenommen hatte. Das hatte er alles Fionna erzählt, und nach so vielen gemeinsamen Ehejahren hatte sie endlich verstanden.

John Gills' fragender Blick brachte ihn zurück in die Gegenwart. Fionnas Warnung hallte noch immer in ihm nach, er wird dich nicht verstehen.

Aber er musste reden. Er musste. Auch wenn er nicht wusste, warum. »Ich hab gefragt, weil ich draußen am Strand war«, gestand er seltsam ruhig. »In Oldshoremore. Und ich hab sie dort nicht gefunden.«

John Gills verstand ihn nicht. Peter erkannte es in seinen Augen. Aber zu gegebener Zeit würde er sich erinnern, und das war alles, was zählte.

NACHDEM JOHN GILLS und Samantha Merryweather gegangen waren, hatte Julian noch lange nachdenklich auf seinem Bett gesessen.

Die Schlinge zog sich unerbittlich zu.

Laura war fort, und unweit der Sandwood Bay war die Leiche einer Frau an den Strand gespült worden. Die Leiche *Ihrer* Frau, und *Sie* haben sie getötet, bedeuteten ihm die Blicke des Detective Sergeant.

Auch bei seiner Anwältin, der aufmerksamen, immer verbindlichen Miss Merryweather, bekamen die Bedenken an seiner Integrität allmählich die Oberhand. Sie verbarg ihre Zweifel sehr geschickt, aber es gelang ihr nicht immer. Nicht, wenn sie sich unbeobachtet fühlte. Dann verriet sie ein Zug um ihren Mund. Wie belastbar war ihre Loyalität tatsächlich? Und was besprach sie mit John Gills in seiner Abwesenheit?

Heute war er versucht gewesen, die Tat einfach zu gestehen. Einfach nur, damit sie ihn endlich in Ruhe ließen.

»Ja, ich habe meine Frau umgebracht. Ich habe sie bewusstlos geschlagen und dann ins Meer gestoßen, in der Hoffnung, sie würde nie wieder daraus auftauchen.«

Er hatte ihnen nicht alles erzählt über Monique. Sie wussten nichts von der Abtreibung. Nichts von der Schuld, die er trotz des Freispruches empfand. Das Schicksal hat einen langen Arm, hieß es. Er hatte Monique gestoßen, und sie war gestorben. Vielleicht holte ihn die Gerechtigkeit jetzt ein, und er büßte nun für die Tat von damals. Aber er würde nicht ins Gefängnis gehen. Eher brachte er sich um.

Immer wieder hatte er in den vergangenen zwei Tagen an die Zeit in der Untersuchungshaft gedacht. An die Enge. Die Gewalt. Und seine Angst. An die Strafgefangenen und ihre Blicke. Er würde in einem Gefängnis, egal ob britisch oder deutsch, nicht lange überleben. Er war das klassische Opfer für die unerfüllten sexuellen Begierden dieser Männer, und allein schon aus lauter Feigheit würde er sich fügen. Wie viele Jahre gab es für einen Totschlag? Fünf, zehn oder mehr? Er würde nicht einmal eins ertragen. Nicht einmal einen Monat.

Also hatte er geschwiegen.

Aber nicht nur deswegen. Ihm war klargeworden, dass er auch die Frage des Warum nicht zufriedenstellend beantwortet hätte.

»Wir hatten Streit«, war keine Aussage, mit der sich ein John Gills zufriedengab. So gut kannte er den Detective inzwischen. Aber was hätte er sonst sagen sollen? Er hatte keinen Grund gehabt, Laura zu töten.

Wieder wanderten seine Gedanken zurück zu jenem Nachmittag und Abend in Ullapool. Ziellos war er durch die Straßen des kleinen Ortes mit seinen malerischen Häusern gestreift, in der Hoffnung so seine Gedanken zu ordnen, um die richtige Entscheidung zu treffen. Wie sollte es weitergehen mit ihm und Laura? Gab es eine gemeinsame Zukunft, nach allem, was nun zwischen ihnen stand? Und er hatte sich die entscheidende Frage gestellt: Was verband ihn tatsächlich mit Laura? Liebte er *sie,* oder diente sie lediglich als Ersatz für die eine große, verlorene Liebe?

Es war ihm nicht gelungen, Antworten auf seine Fragen zu finden, und daraufhin hatte er entschieden, den Urlaub abzubrechen, nach München zurückzukehren, um dort die nötige Klarheit zu erlangen.

Als er dann zu dem vereinbarten Treffpunkt in einen der Pubs am Hafen ging, war Laura verschwunden.

»Ich glaube, sie wollte zum Fähranleger«, teilte ihm der Wirt auffällig höflich und reserviert mit, so dass Julian sofort ahnte, dass etwas nicht stimmte.

Seine Ahnung bestätigte sich, als er sie kurz vor dem Einschiffen auf die Fähre abfing. Laura war heillos betrunken und machte ihm auf dem Pier eine lautstarke Szene. Nein, sie wollte nicht mit ihm abreisen. Hysterisch hatte sie sich an die Absperrung geklammert und ihn beschimpft, und er hatte ihr in seiner Hilflosigkeit eine Ohrfeige verpasst, um sie wieder zur Besinnung zu bringen.

Niemand war eingeschritten. Tatsächlich war ein Aufatmen durch die anwesenden Passagiere gegangen, als Laura endlich verstummte und sich von ihm fortführen ließ.

Im Hotelzimmer hatte sie ihm später gestanden, dass sie sich durch den Nebel des Alkohols fürchterlich geschämt hatte und einfach nur in eine sichere Umgebung fliehen wollte. Allein aus diesem Grund hatte sie seine hastig formulierten Anweisungen schließlich schweigend befolgt, auch während er mit der misstrauischen Wirtin der kleinen Pension verhandelt hatte. Doch bereits nach einem zweistündigen komatösen Schlaf war es zu einem erneuten Ausbruch gekommen.

Er sah sie wieder vor sich, wie sie in jener Nacht völlig reglos auf dem Bett lag, in ihren Kleidern und Schuhen, das lange Haar zerzaust auf den Kissen, den Mund leicht geöffnet. Todesgleich, doch mit einem Mal schlug sie die Augen auf, starrte ihn an und fragte ruhig, so ruhig und klar, als hätten die vergangenen Stunden nie stattgefunden: »Wie machen wir weiter?«

»Wir nehmen morgen früh den Bus nach Glasgow und fliegen nach Hause«, gab er zur Antwort.

»Warum?«

»Weil es so nicht weitergehen kann, Laura.«

»Du willst dich von mir trennen«, stellte sie fest.

»Ich weiß es nicht«, gestand er. »Ich weiß überhaupt nichts im Moment.«

»Aber du denkst ernsthaft darüber nach.«

»Ja«, entgegnete er ehrlich. »Das tue ich.«

»Komm zu mir«, bat sie.

Er schüttelte den Kopf und starrte von seinem Platz auf dem Sessel am Fenster an ihr vorbei auf die mit Rosen bedruckte Bettdecke, auf der sie lag.

»Dann sieh mich wenigstens an«, forderte sie, und ihre Stimme bekam jenen scharfen Unterton, von dem er wusste, wohin er führte.

»Laura«, versuchte er sie zu beschwichtigen, »lass uns nicht schon wieder streiten. Du bist noch nicht einmal ganz nüchtern.«

»Ich bin so nüchtern wie noch nie in meinem Leben«, gab sie lauter als nötig zurück. »Und ich will, dass du mich ansiehst! Ich will, dass du mit mir sprichst!«

»Ich will«, äffte er sie nach, während er versuchte, die aufkeimende Wut über ihr Verhalten zu unterdrücken. »Ich will! Ist das alles, was dir einfällt?«

»Behandele mich nicht wieder wie eine verwöhnte Göre!«

»Bist du das nicht?«, brach es aus ihm heraus. »Zum Teufel, Laura, ich habe deine Kapriolen so satt.«

Gekünstelt lachte sie. »Es gab mal eine Zeit, und die ist noch gar nicht so lange her, da hast du sie als aufregend empfunden.«

»Ganz ehrlich? Ich fand deine Launen schon immer anstrengend.«

Sie setzte sich auf. »Soweit ich weiß, gab Monique auch gern die Diva.«

»Sprich nicht so von ihr!«, befahl er barsch.

»Warum?«, schrie sie plötzlich. »Sie ist doch der Grund für diesen ganzen Mist! Warum soll ich nicht von ihr reden?«

»Du sollst sie, verdammt noch mal, nicht in den Dreck ziehen! Das ist alles, was ich will!«, gab er in derselben Lautstärke zurück. Drohend baute er sich vor ihr auf.

»Willst du mich wieder schlagen? Ist es das? Geilst du dich daran auf?« Sie sprang vom Bett auf und kam ihm ganz nah. »Hast du es mit ihr auch so gemacht?«

Seine Hand traf sie, bevor er überhaupt wusste, was geschah. Tränen sprangen ihr in die Augen, aber sie ignorierte sie. Hieb ihm ihre Fäuste auf die Brust, stieß ihn zurück und schrie mit vor Zorn sprühenden Augen: »Na, los, komm, mach weiter. Das ist es doch, was du willst.«

»Fordere es nicht heraus«, warnte er sie atemlos.

Sie trat nach ihm. Er packte sie, schüttelte sie und zog sie grob zu sich heran. Vor Schmerz biss sie sich auf die Lippen.

»Wenn du schreist, bring ich dich um, das verspreche ich dir!«, zischte er.

Sie hatte nicht geschrien. Nicht Laura.

Hinterher hatte sie auf dem Bett gekauert und ihn stumm angesehen, während er sich stammelnd entschuldigte, weinte, bettelte wie ein geprügelter Hund.

Nichts hatte sie gesagt. Nicht einmal ihre Augen hatten ihre Gefühle verraten. Völlig unverhofft hatte sie ihn in den Arm genommen, hatte ihn gehalten und gewiegt, bis er sich beruhigt hatte.

Als sie mitten in der Nacht aufwachten, hatten sie Sex. Es war ein intensiver, unglaublich befreiender und erfüllender Akt gewesen. Er hatte nicht genug davon bekommen können, ihre

Haut auf seiner zu spüren, hatte ihre Lust in sich aufgesogen, ihren Schweiß, ihren Atem, und sich schließlich leer und erschöpft dem Flüstern ihrer Stimme an seinem Ohr ergeben.

»Ich will dich nicht verlieren, Julian.«

Er hatte ihr diese Kraft nicht zugetraut.

Diese Konsequenz.

»Ich weiß, was dich quält, Liebling«, fuhr sie leise fort, ihre Finger liebkosend in seinem Haar. »Es ist dein ungeborenes Kind, nicht wahr?«

Er stöhnte auf, drückte sich an sie, unfähig zu sprechen.

»Monique hat das Baby nicht wegen ihrer Karriere abgetrieben«, sprach sie so sanft weiter, als sänge sie ihm ein Wiegenlied. »Sie hat es aus Angst getan. Sie wollte kein Kind mit einem Mann, der zu unberechenbaren Gewaltausbrüchen neigt.«

Er konnte nur still ihren Worten lauschen, die so viel bittere Wahrheit enthielten. Er fragte nicht, woher sie es wusste. Es war nicht wichtig. Nicht mehr.

Bis in die frühen Morgenstunden hatte er wach gelegen und in die Dunkelheit gestarrt, bis schließlich das erste Licht des Morgens die Nacht vertrieb und sie sich erneut geliebt hatten.

Mit keinem Wort erwähnte Laura, was er ihr angetan hatte. Aber er sah die Spuren auf ihrem Körper, bemerkte die Steifheit in ihrer Bewegung, als sie unter die Dusche stieg. Zögernd und voller Scham legte er seine Hände auf die versehrten Stellen, als könne er sie durch die Berührung ungeschehen machen. Sie hielt inne und sagte dann zu ihm: »Du kannst lernen, damit umzugehen. Gemeinsam schaffen wir das.« Er war sich nicht sicher, aber er klammerte sich an den Strohhalm, den sie ihm bot, und vertraute ihr, alle Alarmsignale ignorierend.

Seine Erinnerung an diese Nacht verblasste, und jetzt, wo alles zu spät war, wusste er, dass er, seinem ersten Impuls folgend, den Urlaub sofort hätte abbrechen müssen. So vieles wäre dann anders gekommen. Aber Lauras Zuversicht war ansteckend gewesen. Ihre Hoffnung. Und die unerwartete Nähe zwischen ihnen hatte ihn überwältigt.

Vielleicht würde ihm Miss Merryweather seine Geschichte sogar glauben, wenn er sie ihr endlich erzählte. Sie spürte, dass so viel mehr verborgen lag unter der Oberfläche, an der er sie – und auch Gills – bislang nur kratzen ließ. Aber selbst wenn er mit ihr sprach, was änderte es? Was geschehen war, ließ sich nicht rückgängig machen, und sie konnte ihm auch nicht helfen.

Er stand auf und lehnte den Kopf gegen den Fensterrahmen. Ein Schauer durchlief ihn, bei dem Gedanken, dass man ihn über kurz oder lang in die Zelle des Untersuchungsgefängnisses zurückbringen würde. Spätestens dann, wenn sich herausstellte, dass es sich bei der Toten vom Strand von Oldshoremore tatsächlich um Laura handelte. Längst glaubte niemand mehr seinen Beteuerungen, dass er sie nicht getötet hatte.

SAMANTHA LAG IM Bett und lauschte auf das Dröhnen der Brandung, die nur wenige hundert Meter entfernt gegen die Felsen schlug. Draußen war es bereits hell, aber noch so früh, dass sich im Haus nichts regte. Nicht einmal der Hund, der sie am Abend zuvor so stürmisch begrüßt hatte, war zu hören. Sie fragte sich, wie es hier im Winter sein würde, wenn die Nächte lang waren, der Regen über das Land peitschte, und der Wind die Wellen vor der Küste zu grauen, schaumgekrönten Bergen anschwellen ließ. Dann würde vermutlich niemand mehr mit offenem Fenster schlafen, und der Geruch des Torffeuers würde das ganze Haus erfüllen. Am liebsten hätte sie gestern Abend noch das Cottage bis in den letzten Winkel erkundet und für sich in Besitz genommen. Von den dunklen, rauchschwarzen Deckenbalken über die alten Holzdielen und rauh verputzten Wände bis zu der Einrichtung, die von einer generationenübergreifenden Sammelleidenschaft für Schönes zeugte, fühlte sie sich von lebendiger Geschichte umgeben und konnte sich nur schwer den romantischen Gedanken entziehen, die dabei in ihr aufstiegen.

»Das macht diese Gegend mit den Menschen«, hatte John Gills ihr leise zugeraunt, der bemerkte, was in ihr vorging. Peinlich berührt, hatte sie versucht, ihre Gefühle zu kaschieren, und sich gleichzeitig gefragt, was die Gegend wohl mit *ihm* machte, oder ob er immun war, weil er hier aufgewachsen war.

Jetzt schob sie das Daunenbett zurück und schlich mit nackten Füßen ans Fenster. Gedankenverloren betrachtete sie die

Wiese, die sich hinter dem Haus bis an den Rand der Klippen erstreckte. Schafe waren darauf wie weiße Flecken verteilt, ein Raubvogel kreiste über der Herde, und Schwalben waren im Tiefflug nicht einmal einen Meter über dem Boden auf der Jagd nach Insekten unterwegs. Die Friedlichkeit der Szene überwältigte sie, so dass sie sich erneut einigen sehr romantischen Gedanken hingab, die jedoch abrupt von einer kauzigen, lauten Stimme beendet wurden, die auf Gälisch etwas rief.

Samantha war Johns Vater noch nicht begegnet. Er pflegte früh zu Bett zu gehen, das war das Einzige, was sie über ihn erfahren hatte. Jetzt lief er in das friedliche Bild hinein, ein leicht gebeugter älterer Herr mit einer dunklen Wachsjacke, das Haar unter einer Schiebermütze verborgen, den schwarz-weißen Hund auf den Fersen. Mit einem kurzen Kommando schickte er ihn die Schafe holen, die sich schwerfällig aus dem taufeuchten Gras erhoben.

Samantha trat vom Fenster zurück, zog sich hastig etwas an und griff nach ihrem Kosmetikbeutel, um ins Bad zu gehen. Als sie nach einer kurzen Dusche herauskam, begegnete sie im Flur Johns Mutter. Die Herzlichkeit, mit der sie von ihr empfangen worden war, hatte sie sofort für die attraktive Frau eingenommen und den Wunsch in ihr geweckt, sie näher kennenzulernen.

»Guten Morgen, Mrs. Gills.«

»Guten Morgen, Miss Merryweather. Haben Sie gut geschlafen?«

»Danke, Madam. Ganz wunderbar, wie ein Baby«, entgegnete Samantha und wünschte sich, Miriam Gills würde sie mit dem Vornamen ansprechen, um ihr durch diese Geste ein heimisches Gefühl zu vermitteln. Aber sie wagte nicht, sie darum zu bitten.

»Trinken Sie Tee oder Kaffee zum Frühstück?«

»Kaffee, wenn es keine Umstände macht. Kann ich Ihnen vielleicht behilflich sein?«

Miriam Gills lächelte. »Gern. Kommen Sie in die Küche, wenn Sie fertig sind.«

Beinahe hastig zog Samantha sich an, machte ihr Bett und räumte ihre Tasche ein, in der Hoffnung, ein paar Minuten allein mit Johns Mutter zu haben. Fragen zur Geschichte der Familie und des Hauses brannten ihr auf den Lippen, die sie jedoch nicht in seiner Gegenwart stellen wollte, um nicht neugierig zu erscheinen. Als sie wenig später in die Küche kam, saß er allerdings schon mit übereinandergeschlagenen Beinen am Küchentisch und nippte an einem Becher Kaffee.

»Ah! Guten Morgen, Miss Merryweather«, begrüßte er sie. »Mein Vater hat Sie mit seinem Gebrüll also auch aus dem Bett getrieben.«

»Nein, ich war schon wach.« Sie nahm die Teller entgegen, die seine Mutter ihr reichte und verteilte sie auf dem Tisch.

Johns Vater leistete ihnen auch beim Frühstück keine Gesellschaft, sie begegneten ihm erst, als sie sich bereits verabschiedet hatten und auf dem Weg zum Auto waren. Frank Gills zog gerade das Gatter der Schafsweide hinter sich zu. Der schwarz-weiße Hütehund drängte sich an ihm vorbei und kam mit hängender Zunge und wedelndem Schwanz auf sie zugetrabt.

»Guten Morgen, Vater«, sagte John Gills höflich, aber kühl.

Der alte Mann blieb stehen.

»Guten Morgen, John«, erwiderte er nahezu im gleichen Tonfall.

Die beiden Männer sahen einander schweigend an. Samantha beugte sich zu dem Hund hinunter und tat, als bemerke sie nicht, was vor sich ging.

Als sie den schmalen Weg zurück zur Straße entlangfuhren, kam ihnen in einer Kurve eine Frau mit einem Kinderwagen entgegen. John bremste so abrupt, dass Samantha hart in ihren Sicherheitsgurt gedrückt wurde.

»Entschuldigung«, murmelte er. Sie sah ihn an. Er war kalkweiß.

Die Frau mit dem Kinderwagen war stehen geblieben und starrte abwechselnd sie und John an. Sie war sehr schlank, groß und trug ihr rotblondes Haar in einem schlichten Zopf im Nacken zusammengefasst. Ihr Gesicht wäre trotz seiner Herbheit hübsch gewesen, wenn die plötzliche Ablehnung, die darin nun aufblitzte, es nicht entstellt hätte.

John schaltete in den Leerlauf und zog die Handbremse. »Ich bin gleich zurück«, sagte er, mit der Hand bereits am Türgriff.

»Hallo, Susan«, hörte sie ihn noch sagen, bevor die Autotür wieder ins Schloss fiel und das leise dudelnde Radio alle Geräusche von draußen übertönte. Samantha widerstand der Versuchung, es auszuschalten, und beobachtete stattdessen, wie John auf die Frau zuging. Unbehagen sprach aus jeder seiner Bewegungen. Susans Blick huschte zu Samantha, die sich beeilte, ihr mit einem freundlichen Lächeln zuzunicken. Susan nickte kühl zurück.

Der folgende Austausch zwischen ihr und John war, so man ihrer Körpersprache trauen konnte, nicht einer der freundlichsten. Das Gespräch war hitzig, und der Zug, der um Susans Mund lag, während sie ihm nachblickte, als er zum Auto zurückkehrte, bestätigte Samanthas Vermutung. Er bemühte sich um einen neutralen Gesichtsausdruck, aber es gelang ihm nicht, seine Anspannung zu verbergen.

Den restlichen Weg zur Sandwood Bay legten sie schweigend zurück. Samantha blickte interessiert aus dem Fenster auf die einsame, rauhe Landschaft. Bei ihrer gestrigen Ankunft war es bereits dunkel gewesen, und sie hatte die weitläufigen baumlosen Hügel nur erahnt, durch die sie die schmale Straße jetzt führte.

Zu ihrer Linken eröffnete sich zwischen den vereinzelten weißen Cottages hindurch immer wieder der atemberaubende Blick auf den Atlantik. Samantha fragte sich, warum es sie noch nie hierhergezogen hatte und warum sie dieses Erlebnis nun ausgerechnet mit einem Detective Sergeant teilen musste, dessen Missstimmung wie schlechte Luft den Innenraum des Wagens verpestete.

Wortlos stoppte er schließlich inmitten einer kleinen Ansammlung von Häusern vor einem Gatter, an dem ein Holzschild mit der Aufschrift *Walkers welcome* befestigt war. Hinter dem Gatter erstreckte sich ein unbefestigter Weg, der sich nach etwa fünfhundert Metern hinter der nächsten Anhöhe verlor.

»Das ist der Wanderweg zur Bay«, informierte er sie knapp. »Wenn Sie vielleicht aussteigen könnten und das Tor aufhalten, während ich durchfahre?«

Sie räusperte sich. »Haben Sie denn überhaupt den Kopf jetzt dafür frei, Detective?«

Er sah sie fragend an.

»Wenn Sie unterwegs jeden Stein aus dem Weg treten aus Ärger über die Begegnung, die Sie gerade hatten, werden wir nicht weit kommen.«

Betroffen senkte er den Blick.

»Miss Merryweather, es tut mir leid. Ich benehme mich wirklich unmöglich.«

»Schon gut.«

»Nein, das ist nicht zu entschuldigen.«

»Sie müssen sich nicht entschuldigen, wirklich! Ich habe doch gesehen, wie sehr Sie das unerwartete Zusammentreffen mit der jungen Dame aus dem Gleichgewicht gebracht hat.«

Er gönnte ihr das Vergnügen, zu sehen, wie er rot wurde. Aber anstatt das Gespräch hier abzubrechen, nahm er die Hände vom Lenker und drehte sich zu ihr.

»Sie ist meine Ex-Freundin.«

»Oh.«

»Ich habe mich von ihr getrennt, weil sie entgegen unserer Absprache schwanger geworden ist.«

»Oh«, entfuhr es Samantha erneut, sie war erstaunt über so viel Offenheit. »Dann war das Kind im Wagen ...« Sie brach den Satz ab, als sie merkte, dass sie ihre Gedanken laut aussprach, aber Gills nahm es ihr nicht übel.

»... mein Sohn«, vervollständigte er sachlich ihre Überlegung. »Er ist jetzt ein halbes Jahr alt.«

Er hatte dem Kind keine Beachtung geschenkt, und Samantha musste an die distanzierte Begegnung mit seinem Vater denken. John Gills hatte ganz offensichtlich das Aussehen seiner Mutter geerbt, aber auch die Sturheit seines Vaters.

»Sie haben keinen Kontakt zu Ihrer Ex-Freundin?«, fragte sie vorsichtig.

»Wir haben seit unserer Trennung nicht mehr miteinander gesprochen.«

»Nun«, bemerkte Samantha trocken, »im Interesse Ihres Kindes wäre das jetzt dann vielleicht der richtige Zeitpunkt, den Kontakt wieder aufzunehmen.«

Gills sah sie an. »Da spricht die Anwältin.«

Sie zuckte lächelnd mit den Schultern. »Tut mir leid, wenn ich Ihnen zu nahe trete, aber ich kann nicht aus meiner Haut.«

»Das ist schon in Ordnung.« Er seufzte. »Vermutlich haben Sie auch recht, aber es ist ...« Er suchte nach dem passenden Wort.

»Kompliziert?«, half sie, und er nickte.

»Kompliziert ist es in solchen Fällen immer«, sagte sie daraufhin. »Aber durch beharrliches Schweigen schaffen Sie das Problem nicht aus der Welt. Ebenso wenig wie den Zorn Ihres Vaters«, wagte sie einen weiteren Vorstoß, der, wie sie an seinem Gesichtsausruck ablesen konnte, ins Schwarze traf.

»Ist das so offensichtlich?«, fragte er beschämt.

»Auch für jemanden, der weniger Feingefühl besitzt.«

Er runzelte die Stirn. »Ich weiß nicht, warum ich Ihnen das alles erzähle.«

»Sie sind nicht der Erste«, beruhigte sie ihn und hätte ihm beinahe eine Hand auf den Arm gelegt. »Ich scheine solche Geständnisse zu provozieren.«

Sein Blick streifte sie von der Seite, und ein verlegenes Lächeln huschte über sein Gesicht. »Stimmt. Auch Julian Tahn konnte sich Ihnen nicht entziehen. Wie machen Sie das?«

»Keine Ahnung. Wahrscheinlich ist es meine Haarfarbe.«

Er lachte. »Rothaarige Frauen wurden hier vor zweihundert Jahren noch verbrannt.«

»Ich weiß. Vielleicht ist das der Grund, warum ich noch nicht hier war.«

Er wies auf den Wanderweg. »Dann wird es jetzt aber Zeit, dass Sie die schönste Bucht Schottlands kennenlernen. Sind Sie bereit?«

»Das bin ich. Wenn der Ort wirklich so spektakulär ist, wie Sie ihn beschrieben haben und auch nur annähernd den Fotos entspricht, kann ich es ehrlich gesagt kaum erwarten, ihn endlich zu sehen.«

In diesem Moment klingelte sein Handy.

Es lag zwischen ihnen in der Mittelkonsole, und sie konnte erkennen, dass der Anruf von einer Festnetznummer in Inverness kam, bevor Gills das Gespräch mit einer entschuldigenden Geste annahm. Er lauschte angestrengt, und seine Miene wurde immer ernster.

»Was ist passiert?«, fragte sie, kaum dass er aufgelegt hatte.

»Die Tote vom Strand ist identifiziert.«

JOHN SAH, wie Samantha Merryweathers Augen sich vor Aufregung weiteten und sie nervös schluckte.

Und er spürte, welche Bedeutung die Nachricht, die er soeben erhalten hatte, für ihn hatte. Für die geleisteten Ermittlungen. Für Julian Tahn.

»Und?«, hörte er Samantha Merryweathers Stimme wie von fern. »Ist es …?« Sie konnte es nicht aussprechen.

Langsam, ganz langsam schüttelte er den Kopf. »Es ist nicht Laura Tahn.«

»Gott sei Dank!«, stöhnte sie erleichtert.

Schweigend lehnte er sich gegen die Kopfstütze des Fahrersitzes und schloss die Augen. Und wieder sah er Lauras Bild vor sich, ihren in die Ferne gerichteten Blick, ihr kaum wahrnehmbares Lächeln. Erleichterung durchströmte auch ihn.

Samantha fasste sich als Erste wieder. »Dann könnte es also tatsächlich sein, dass sie noch lebt«, sagte sie hoffnungsvoll. »Aber wo ist sie? Kann man in dieser Gegend verlorengehen? Ist das realistisch? Hätte sie nicht irgendjemandem auffallen müssen, wenn sie noch am Leben ist?«

Gills runzelte die Stirn, als ihm bei ihren Worten Peter Dunns Bemerkung vom Vorabend im Pub wieder in den Sinn kam. *Ich hab gefragt, weil ich draußen am Strand war. In Oldshoremore. Und ich hab sie dort nicht gefunden.* Er hatte nicht begriffen, was der Alte ihm damit sagen wollte. Jetzt erhielt das Gehörte jedoch Bedeutung, und er erinnerte sich, was über Peter erzählt wurde.

Bislang hatte John diese mystischen Geschichten nie ernst genommen.

»Sie machen ein Gesicht, als hätten Sie einen Geist gesehen«, bemerkte Samantha.

»In der Tat«, entgegnete er konsterniert. »So was Ähnliches war es wohl.« Peinlich berührt darüber, dass er scheinbar so leicht zu durchschauen war, warf er einen Blick auf seine Armbanduhr. »Es ist gleich neun. In zwei Stunden können wir in Inverness sein, wenn wir jetzt aufbrechen. Allerdings können Sie dann nicht mehr mit Peter Dunn sprechen.«

Sie veränderte ihre Sitzposition. »Das hat durch diese Wendung meiner Meinung nach deutlich an Priorität verloren.«

»Ihnen ist aber schon klar, dass der Fall nicht abgeschlossen ist, oder?«

»Natürlich ist mir das klar, aber es wird Ihnen schwerfallen, Detective, den Haftgrund für Julian Tahn aufrechtzuerhalten, wenn Sie nicht einmal eine Leiche haben.«

Der unerwartete geschäftsmäßige Unterton ihrer Stimme erinnerte ihn, auf welch dünnem Eis er sich bewegte. »Stehen Sie jetzt wieder auf der anderen Seite?«, fragte er, seine Unsicherheit hinter vorsichtigem Spott verbergend. Er hatte den Chief Inspector nicht davon in Kenntnis gesetzt, dass er die Anwältin seines Hauptverdächtigen mit auf seine Landpartie nahm, denn er hatte sich bei Samantha Merryweather erkenntlich zeigen wollen für ihre Unterstützung. Letztlich war sie diejenige gewesen, die Julian Tahn zum Reden gebracht hatte. Nun konnte er nur hoffen, dass sie sein Entgegenkommen nicht gegen ihn ausspielte.

Zu seiner Erleichterung lächelte sie jedoch sogleich entschuldigend. »Ich war wieder zu harsch, es tut mir leid. Manchmal schieße ich über das Ziel hinaus.« Sein Gefühl sagte ihm, dass ihre Worte ehrlich gemeint waren.

»Okay«, erwiderte er und ließ den Motor an.

Schweigend fuhren sie durch das Hügelland, in dem an diesem Morgen nur durch den Rauch einzelner Torffeuer menschliche Anwesenheit bezeugt wurde. Als sie die letzte Kurve hinter sich ließen und die Mündung des Loch Inchard und Kinlochbervie mit seinem Hafen unter ihnen auftauchte, fragte Samantha: »Sie glauben nicht, dass Laura noch lebt?«

Gills starrte auf die Nebelfetzen, die zwischen den Bergen über dem Wasser hingen. »Ich wünsche mir, dass sie noch lebt«, bekannte er ehrlich. »Aber ich zweifle daran.«

»Warum?«

»Alle Indizien sprechen dafür, dass ihr Mann sie getötet hat.«

Sie schwieg, bis sie den Ortseingang erreicht hatten. »Kann es sein, dass Sie mehr Fakten kennen als ich?«, mutmaßte sie dann.

»Gut möglich«, gab er zurückhaltend zu.

Aus dem Augenwinkel beobachtete er, wie sie abwägend die Lippen schürzte. »Haben Sie ... Lauras Tagebuch gelesen?«

Vor Überraschung hätte er fast einen Bordstein mitgenommen. »Woher wissen Sie davon?«

»Julian hat mir erzählt, dass seine Frau ihre Reiseerlebnisse regelmäßig dokumentiert hat.« Sie wandte sich ihm zu. »Wie sind Sie daran gekommen? In welcher Form liegt es Ihnen vor?«

»Wir haben es durch Zufall gefunden.« Er versuchte, es unaufgeregt klingen zu lassen.

Sie sagte nichts weiter dazu, aber er spürte, dass sie ihm nicht glaubte, und auch seine Hoffnung, dass sie das Thema als erledigt ansah, erfüllte sich nicht.

»Ullapool«, fing sie nach einer Weile wieder davon an. »Sie haben dem Ort einen Besuch abgestattet, weil Julian und Laura Tahn auf ihrer Reise dort gewesen sind. Etwas muss dort passiert sein, woraus Sie Ihre Gewissheit ableiten.«

Er antwortete nicht.

»Helfen Sie mir, Detective.«

Es war nicht leicht, ihrer Bitte zu widerstehen. »Tut mir leid, Miss Merryweather. Da gibt es nichts, was ich mit Ihnen besprechen dürfte, selbst wenn ich es wollte.«

Schweigend akzeptierte sie seine Antwort, blieb aber während der weiteren Fahrt nach Inverness recht einsilbig. Ihm war das nur recht. So konnte er seinen eigenen Gedanken nachhängen, die jedoch kehrten nach Umwegen über das weitere Vorgehen im Fall Tahn und seinen fälligen Bericht an den Chief Inspector immer wieder zu der unerwarteten Begegnung mit Susan zurück.

Er hätte nicht gedacht, dass ihn die Begegnung so schmerzen würde. Allein ihre Stimme zu hören, einen Hauch ihres Geruchs wahrzunehmen in der stillen Morgenluft. Und der Schmerz war begleitet gewesen von dem plötzlichen Bewusstsein seiner Einsamkeit, seit er sich von ihr getrennt hatte.

Er hatte es sich verboten, in den Kinderwagen zu sehen, hatte kein Bild mitnehmen wollen von seinem Sohn.

Susan war wütend gewesen über ihr unverhofftes Aufeinandertreffen. Sie wollte ihn weder sehen noch mit ihm reden. »Warum musstest du anhalten und aussteigen? Hättest du nicht einfach weiterfahren können?«, hatte sie bissig gefragt.

»Was erwartest du? Dass ich dich einfach ignoriere?«, war seine Antwort gewesen. »Vergiss es!«, hatte sie ihn angefahren. »Hau ab! Und lass mich in Ruhe!«

Ihre unerwartete Kälte hatte ihn völlig aus dem Konzept gebracht. Er war auf Vorwürfe vorbereitet gewesen, selbst Tränen. Aber das?

»Susan, bitte!«, hatte er sich selbst sagen hören, »lass uns in Ruhe reden.«

»Hier?«

»Nein, natürlich nicht. Ich dachte, wir könnten ...«

»Nein, John. Können wir nicht«, war sie ihm ins Wort gefallen. »Geh zurück zu deiner Freundin.«

»Sie ist nicht meine Freundin. Sie ist Anwältin und ...«

»John, es interessiert mich nicht.«

Sie war laut geworden, und vermutlich hatte deshalb das Baby angefangen zu weinen.

»Geht jetzt, verdammt!«, hatte sie ihn angefaucht.

Er hatte sich ihrem Wunsch gebeugt, aber seither kreisten seine Gedanken um sie. Samantha Merryweather war das nicht entgangen. Als sie ihn darauf angesprochen hatte, war er ihr beinahe dankbar für die Chance gewesen, ihr sein Herz auszuschütten, auch wenn das nicht seine Art war. Doch trotz ihrer gut gemeinten Mahnung wusste er nach wie vor nicht, wie er die Situation lösen sollte. Es war mehr als nur kompliziert. Es war verfahren.

In Inverness angekommen, setzte er die Anwältin bei ihrer Wohnung ab. Zu seiner Überraschung lebte sie in unmittelbarer Nachbarschaft seines Freundes Liam am linksseitigen Ufer des River Ness.

»Wohnen Sie schon lange hier?«, fragte er mit Blick auf das gepflegte, alte Reihenhaus.

»Nein, ich bin vor etwa zwei Monaten hier eingezogen. Das Haus gehört meinem Lebensgefährten.«

»Er ist Staatsanwalt, nicht wahr?«

»Das wissen Sie also auch schon«, konterte sie leicht errötend.

»Ich mache mir immer ein genaues Bild von den Menschen, mit denen ich zusammenarbeite«, sagte er augenzwinkernd.

»Sicher. Was auch sonst«, erwiderte sie mit einem Lächeln. »Danke, dass Sie mich mitgenommen haben.«

Er sah ihr nach, wie sie zur Eingangstür ging, und wartete, bis sie im Haus verschwand, wobei sie sich noch einmal umdrehte und winkte. Er winkte zurück und bedauerte, dass ihre Zusammenarbeit nun beendet war. Sie hatte ihn gefordert, auch wenn sie nicht immer einer Meinung gewesen waren. Vielleicht war sie deswegen eine so angenehme und anregende Gesellschaft gewesen.

Im Anschluss fuhr er nicht direkt ins Northern Constabulary, sondern machte einen Umweg über die Rechtsmedizin. Als er den Obduktionsraum betrat, begrüßte ihn der diensthabende Mediziner, ein hagerer, graugesichtiger Mann, der schon seit Jahren die Abteilung leitete. »Detective Sergeant Gills! Ich hatte nicht vor heute Nachmittag mit Ihnen gerechnet. Waren Sie nicht an der Westküste?«

Gills zögerte den Bruchteil eine Sekunde, bevor er die ihm entgegengestreckte Hand nahm. »Ihre Nachricht hat alle Ermittlungen dort überflüssig gemacht«, gestand er dann.

»Ja, in der Tat, eine Überraschung, wenn ich das richtig verstanden habe. Wollen Sie die Leiche dennoch sehen?«

Gills nickte und folgte dem Rechtsmediziner an zwei Obduktionstischen vorbei, auf denen sich unter grünem Tuch die Umrisse menschlicher Körper abzeichneten. An einem dritten Tisch blieb der Pathologe stehen.

»Kein schöner Anblick«, bemerkte er, bevor er das Tuch zurückschlug. »Aber darauf sind Sie ja vorbereitet.«

Ja, er hatte die Fotos gesehen, aber die direkte und ungefilterte Realität war weitaus schwerer zu ertragen. Er starrte auf die verstümmelten Füße, die nackten, von vielen Abschürfungen entstellten Beine und den aufgerissenen Torso.

Er zwang sich, den Blick weiter nach oben wandern zu lassen, blickte in das fehlende Gesicht, das umrahmt war von feinem blondem Haar, glänzend und glatt – die lebendigste Erinnerung an den Menschen, der hier vor ihm lag.

»Wie lange lag die Leiche im Wasser?«, fragte er schließlich.

»Nur ein paar Tage, es hätte zeitlich mit der von Ihnen vermissten Frau tatsächlich perfekt gepasst. Auch andere Schlüsselfaktoren wie Alter, Haut- und Haarfarbe stimmten überein, und diese Frau war ebenfalls tot, bevor sie im Wasser landete.«

Gills sah den Rechtsmediziner fragend an.

»Sie hat einen Schlag auf den Hinterkopf bekommen, der ihr das Genick gebrochen hat.«

»Ein Verbrechen?«

Der Mediziner schüttelte den Kopf. »Das wissen wir noch nicht mit endgültiger Sicherheit, aber wir gehen nicht davon aus. Wir konnten sie noch nicht identifizieren, aber höchstwahrscheinlich handelt es sich um eine französische Einhand-Seglerin. In der Wunde an ihrem Hinterkopf haben wir Holzsplitter gefunden. Die Laboruntersuchung wird zeigen, ob sie zum Mastbaum des Bootes passen, das gestern verlassen vor Lewis aufgebracht worden ist.« Er blätterte in dem Block, den er in der Hand hielt. »Ihr Name ist Marie Fouré, falls Sie das interessiert. Die Familie hat schon vor einigen Tagen eine Vermisstenmeldung bei der Polizei aufgegeben. Wir haben heute die DNA-Proben zum Abgleich weitergeschickt.«

Gills nickte langsam. »Informieren Sie mich bitte über das Ergebnis.«

»Natürlich.«

»Vielen Dank. Wie immer gute Arbeit!«, bedankte sich Gills.

»Wir tun, was wir können«, bemerkte der Mediziner lächelnd und zog das Tuch wieder über die Leiche

Gills atmete erleichtert auf, als er wieder draußen an der frischen Luft war. Der Umgang mit den Toten stresste ihn. An die Gerüche im Obduktionsraum hatte er sich bis heute nicht gewöhnen können, und auch nicht an die abgeklärte Haltung mancher Rechtsmediziner. Der Leiter der Abteilung war eine angenehme Ausnahme.

Die nun bevorstehende Aufgabe erhöhte seinen Adrenalinspiegel genauso wie der eben getätigte Besuch in der Rechtsmedizin, der den unvermeidlichen Rapport beim Chief Inspector noch etwas hinausgezögert hatte.

Es war Betsy gewesen, Browns Assistentin, die ihm mitgeteilt hatte, dass die Tote von Oldshoremore nicht Laura Tahn war. »DCI Brown ist informiert, wo Sie sind«, hatte sie nur hinzugefügt. »Er erwartet Sie nach Ihrer Rückkehr umgehend in seinem Büro.«

Er hatte während der gesamten Rückfahrt verdrängt, dass Brown ihm ein Disziplinarverfahren anhängen konnte, weil er sich nicht an seine Anweisungen gehalten hatte.

Nervös fingerte er an seinem Krawattenknoten, als Betsy ihn ankündigte. Doch Brown war in unerwartet gelassener Stimmung: »Wenn Sie nicht bis zu Ihrer Pension auf dem Posten eines Detective Sergeant bleiben wollen, müssen Sie lernen, Anweisungen zu befolgen und nicht zu umgehen. Da Ihr Fall nun aber schneller abgeschlossen ist als erwartet, stellen Sie Ihre Arbeitskraft sofort DI Campbell zur Verfügung und bügeln damit Ihren Fehler wieder aus.« Gills wollte widersprechen, aber Mortimer Brown ließ ihn nicht einmal zu Wort kommen. »Strapazieren Sie meine Gutmütigkeit nicht noch weiter, Gills. Sie haben den Bogen bereits deutlich überspannt. Ihre Indizien und Beweise reichen nicht aus, den Deutschen weiter in Haft zu halten.« Er richtete sich auf seinem Stuhl auf und fixierte Gills scharf. »Der Fall ist erledigt. Damit sich Ihre Ermittlung nicht zu einer unerfreulichen Affäre auf diplomatischer Ebene ausweitet, habe ich bereits mit dem zuständigen Richter gesprochen.«

»Das heißt?«, fragte Gills aufgebracht.

»Das heißt, dass Julian Tahn wieder auf freiem Fuß ist. Der Fall liegt nicht mehr in unserer Zuständigkeit. Wie auch Sie während Ihrer Ausbildung gelernt haben dürften, fallen vermisste Personen erst dann in unser Ressort, wenn sie tot aufgefunden werden und nachweislich einem Verbrechen zum Opfer gefallen sind.«

Gills ließ diese Tirade schweigend über sich ergehen. Obwohl er eigentlich erleichtert sein müsste, dass der Chief Inspector ihn nur mit einer Mahnung entließ, schnürte ihm der Ärger die Kehle zu. Als Brown ihm vor wenigen Tagen den Fall übertragen hatte, war seine Haltung noch eine ganz andere gewesen, aber ihn darauf hinzuweisen hätte seine Situation nur verschlimmert. Gills hatte längst gelernt, dass Prioritäten in seinem Beruf bisweilen so schnell wechselten wie das Wetter.

JULIAN STARRTE AUF die Papiere in seiner Hand, dann auf den Psychologen, dessen Augen hinter der schwarzen Hornbrille einfühlsam auf ihn gerichtet waren.

»Das war es?«, fragte Julian ungläubig. »Ich kann gehen?«

»Wohin Sie wollen.«

»Aber ...«

»Die Tote, die gefunden wurde, ist nicht Ihre Frau.«

»Ja, das weiß ich.«

Sie hatte es auch nicht sein können. Niemals hätte sie am Strand von Oldshoremore angespült werden können. Zweifellos hielt John Gills nach wie vor daran fest, dass er Laura getötet hatte, denn offiziell galt sie immer noch als vermisst, und niemand wusste, ob sie lebte. Trotzdem ließen sie ihn gehen. Überrascht und erleichtert zugleich verstaute Julian seine Entlassungspapiere in seinem Rucksack, der vor ihm auf dem Boden stand.

»Was werden Sie jetzt machen?«

»Ich habe keine Ahnung.« Julian konnte sich noch nicht vorstellen, dass er hinter der Tür des Krankenzimmers tatsächlich in Freiheit sein würde.

Der Psychologe verabschiedete ihn mit den Worten: »Ich wünsche Ihnen alles Gute und hoffe, dass sich das Geheimnis um Ihre Frau so schnell wie möglich positiv aufklärt.«

Julian schulterte seinen Rucksack.

»Danke für alles!«, sagte er ehrlich und reichte dem Mann die Hand.

Mit langen Schritten eilte er gleich darauf den Krankenhausflur entlang. Als er sich noch einmal umwandte, sah er den Psychologen mit besorgter Miene noch immer in seiner Zimmertür stehen. Er fragte sich, ob der Mann jeden seiner Patienten so betrachtete. Dann stieß er die Tür auf und eilte die Treppen hinunter, in der Hoffnung, weder den Psychologen noch das Gebäude je wiedersehen zu müssen.

Vor dem Krankenhaus warteten einige Taxis. Einer spontanen Eingebung folgend, ging er auf das erste zu. »Fahren Sie mich zur nächstgelegenen Autovermietung«, bat er den übergewichtigen Fahrer, der neben seinem Wagen stand und rauchte.

»Da bringe ich Sie am besten zum Bahnhof«, schlug dieser vor und warf seine Zigarette in den Rinnstein. Als der Fahrer sich hinter das Steuer quetschte, bereute Julian schon seine Wahl, denn der Geruch nach Qualm umgab den Mann wie eine Wolke.

Aber die Fahrt war kurz. Nach nicht einmal zehn Minuten hielt der Wagen vor dem Bahnhofsgebäude. Als Julian einige Pfundnoten aus seinem Portemonnaie herauszog, rutschte eine Visitenkarte heraus. Es war John Gills' Karte, die dieser ihm im Kinlochbervie Hotel während ihrer ersten Begegnung überreicht hatte. Als Julian aus dem Wagen stieg, zerknüllte er die Karte in seinen Fingern und ließ sie achtlos fallen.

Keine halbe Stunde später lenkte er bereits seinen Mietwagen auf die A9 Richtung Norden. Es war ein silberfarbener Vauxhall Astra, so spießig in Form und Ausstattung, dass Laura ihn vermutlich ausgelacht hätte. Sie machte sich nichts aus Autos, kannte aber seine Vorlieben und Abneigungen. Als er nun die Straße entlangfuhr, auf der er vor nicht allzu langer Zeit mit ihr gemeinsam unterwegs gewesen war, überwältigten ihn die Erinnerungen. Seine Sehnsucht nach Laura und die gleichzeitige Ernüchterung, verursacht durch die Entwicklung der Geschehnisse, warfen ihn in ein Wechselbad der Gefühle, das er nur schwer ertrug.

Nach ihrem Aufenthalt in Ullapool war zwischen ihnen alles gut gewesen und ihr Miteinander beinahe von der gleichen Leichtigkeit erfüllt wie in den Anfangsmonaten ihrer Beziehung. Dass er vor Laura nichts mehr verbergen und zum ersten Mal sein Geheimnis nicht mehr hüten musste, hatte ihn geradezu beflügelt. Er hatte Glück gespürt. Zerbrechliches, leichtes Glück, wie seit Jahren nicht mehr. Aber sie hatten es nicht halten können. Ein weiterer Tropfen hatte genügt, das Fass zum Überlaufen zu bringen und auf dem Boot des Fischers einen weiteren Streit zu provozieren. Er hatte erneut gezweifelt und über Trennung gesprochen. Aus rationalen Gründen.

»Seit wann agieren wir rational, Julian?«, hatte sie ihn gefragt. Ruhig zunächst, doch wie immer hatte sie schnell die Kontrolle über ihre Emotionen verloren.

»Du darfst mich nicht verlassen!«, hatte sie erst gefleht und dann gedroht. »Wenn du mich verlässt, tötest du mich!«

Er hatte die alarmierten Blicke des Fischers gespürt. Der Alte hatte mehr verstanden, als gut war, und er hatte *es* gesehen.

Julian wusste, dass Peter Dunn John Gills nicht die ganze Wahrheit erzählt hatte, sonst hätte der Detective ihn mit allen zur Verfügung stehenden Mitteln in der Untersuchungshaft behalten.

Julian seufzte erleichtert. Ja, Peter Dunn hatte geschwiegen, aber würde er auch schweigen, wenn die Leiche gefunden wurde?

Für einen Moment bereute Julian seinen Entschluss, zurück zur Küste zu fahren. Wäre es nicht klüger, sich einfach in ein Flugzeug zu setzen und das Land schnellstmöglich zu verlassen? Der Wagen wurde langsamer, als sein Fuß vom Gaspedal glitt. Aber was würde aus Laura, wenn er einfach so ging? Er durfte sie nicht zurücklassen. Egal, was geschehen war. Egal, was sie getan hatte.

Er zuckte zusammen, als die weibliche Stimme des Navigationssystems ihn plötzlich aus seinen Gedanken riss.

»Wenn möglich, bitte wenden«, forderte sie ihn auf Englisch auf und wiederholte die Anweisung stoisch, als er nicht sofort reagierte.

Julian starrte auf die Straßenschilder. Er hatte die Abzweigung nach Nordwesten verpasst. War das ein Zufall? Oder eine Mahnung?

Unschlüssig fuhr er weiter, bis er schließlich bei der nächsten sich bietenden Gelegenheit den Astra wendete. Der Motor heulte auf, als er heftig beschleunigte. Einhundertdreißig Kilometer und zwei Stunden Fahrt trennten ihn von dem Ort, an dem vor elf Tagen alles begonnen hatte. Er konnte die Zeit nicht zurückdrehen, nicht ungeschehen machen, was passiert war. Aber vielleicht konnte er doch noch etwas retten, das er schon für verloren gehalten hatte. Als er endlich auf die A836 Richtung Nordwesten einbog, die ihn zurück nach Kinlochbervie führen würde, war ihm, als falle eine Tür unwiderruflich hinter ihm zu.

PETER DUNN LIESS den Besen sinken und beobachtete mit zusammengekniffenen Augen das Auto, das sich langsam der großen Fischverarbeitungshalle näherte. Seit der junge Gills ihn gebeten hatte, mit der Anwältin aus Inverness zu reden, hatte er keine ruhige Minute mehr gehabt. Seit Beginn seiner Schicht gleich um sechs erwartete er, dass sie jeden Augenblick hinter ihm stehen müsste. Mehr als alles andere befürchtete er, dass er in ihrer Gegenwart anfing zu plappern. Irgendwelches blödes Zeug, nur um sich reden zu hören. Und damit sie keine Fragen stellen konnte. Aber bis jetzt war sie nicht gekommen, und inzwischen war es schon nach zwölf. Er würde gleich Mittag machen. Solange Fionna noch in Ullapool war, aß er in der kleinen Mitarbeiterkantine. Die *Fish and Chips* waren hier besonders gut und die Portionen groß genug für die Hafenarbeiter, die den ganzen Tag draußen arbeiten mussten.

Aber das Letzte, was er wollte, war diese Frau zur Gesellschaft, während die Kollegen am Nachbartisch mit großen Ohren lauschten. Deshalb beäugte er misstrauisch das heranrollende Fahrzeug. Erleichtert erkannte er am Kennzeichen, dass es nur Touristen vom europäischen Festland waren. Ein Mann und eine Frau, die sich fragend umblickten, bis sie ihn im Tor der Halle entdeckten. Der Wagen hielt, und der Mann stieg aus.

»Entschuldigen Sie«, rief er über sein Autodach hinweg, »Können Sie uns helfen? Wir wollen zur Sandwood Bay.« Er trug typische Outdoor-Kleidung, graubraun, zweckmäßig, wetterfest.

»Fahren Sie Richtung Oldshoremore auf der anderen Seite in die Berge hinauf nach Norden«, rief Peter und nahm seine Arbeit wieder auf, ohne dem Paar weiter Beachtung zu schenken. Vor zwei Wochen noch hätte er sie nicht einfach so fahren lassen, sondern ihnen von dem schwierigen Fußmarsch bis in die Bay erzählt, sie vor dem unsteten Wetter gewarnt und ihnen dann den Vorschlag gemacht, sie mit dem Boot zu ihrem Ziel zu bringen. Bei dem Gedanken seufzte er wehmütig, denn er meinte, den Wind zu spüren und die Gischt zu schmecken, die in sein Gesicht spritzte, wenn sein Kutter sich stampfend seinen Weg durch die Wellen bahnte. Unwillig schüttelte er die Erinnerungen ab und vermied es, zu seinem Boot hinüberzublicken, das jenseits des Anlegers für die großen Fischereischiffe fest vertäut lag. Solange er hier im Hafen Arbeit hatte, konnte er von solchen Touren nur träumen. Er sah zum Himmel, der an diesem Tag von strahlendem, wolkenlosem Blau war. Vielleicht hielt sich dieses ruhige Spätsommerwetter bis zum Wochenende, dann könnte er mit Fionna eine kleine Bootstour machen. Samstag hatte er frei, und bis dahin würde sie auch aus Ullapool zurück sein.

Während er noch darüber nachdachte, rollte ein weiteres Fahrzeug auf das Hafengelände, und schon von weitem konnte Peter das leuchtende Blau-Gelb von Ian Mackays Dienstwagen ausmachen. Peter verzog sich in die Halle, aber Mackay hatte ihn schon entdeckt und kam hupend näher.

»Was gibt es denn?«, fragte Peter mürrisch, als Mackay ausstieg und in seiner Westernmanier breitbeinig und mit wichtiger Miene auf ihn zuging.

»Neuigkeiten aus Inverness.«

»Hm«, murmelte Peter vorsichtig.

Mackay war also auf seiner Runde. Wenn er sonst nichts zu tun hatte, trug er den Klatsch sorgfältiger durch die Region als die Tageszeitung. Und wenn er zum Hafen hinunterkam und sogar bereit war, mit ihm, Peter, zu sprechen, was er sonst tunlichst vermied, dann musste es schon ziemlich wichtig sein, was er zu berichten hatte. Aber Peter gab vor, nicht interessiert zu sein. Er stellte seinen Besen in die Ecke und zog seine Handschuhe aus. Es war Zeit für das Essen.

Mackay ließ sich nicht so leicht abschütteln. Akribisch wich er den Pfützen aus, während er Peter zur Kantine folgte. »Was steht denn heute auf der Karte?«, wollte er wissen.

Peter stöhnte genervt. Als ob Jacob eine Karte hatte.

»*Fish and Chips*, wie immer, was soll es hier schon anderes geben?« Er blieb stehen und sah Mackay direkt an. »Das weißt du doch.«

Mackay maß ihn von oben bis unten. »Dass dir die Arbeit hier nicht zu Kopf steigt, Peter. Die bist du schneller wieder los, als du Pfund sagen kannst, und dann kannst du zurück in deine Hütte auf dem Pier ziehen, oder was meinst du, warum Fionna dich wieder ins Haus gelassen hat?«

Peter spürte, wie sich seine Hand in der Hosentasche zur Faust ballte. Es wäre nicht das erste Mal, das er versucht war, Ian Mackay das überhebliche Grinsen aus dem Gesicht zu prügeln, aber er wusste sehr wohl, dass er dabei den Kürzeren ziehen würde. Nicht nur, weil Ian sofort seine Macht als Ordnungshüter und Staatsorgan ausspielen würde, nein, Ian war auch deutlich größer und stärker als er. Also schwieg er und ging weiter.

Die Kantine war gut besetzt. Es war warm, laut und verqualmt. Niemand hielt sich an das offizielle Rauchverbot. Auch Mackay zog, während er am Tresen auf sein Essen wartete, eine Schachtel aus der Jackentasche und zündete sich eine Zigarette an.

»Die Tote von Oldshoremore ist vermutlich identifiziert«, erklärte er dann in den Raum hinein.

Augenblicklich war Stille.

»Ach was«, entfuhr es einem der Arbeiter. »Wer ist es denn? Kennen wir sie?«

Peter hielt den Atem an.

Ian lehnte in seiner großtuerischen Geste am Tresen, wohl wissend, dass er jetzt ein Publikum hatte. »Vermutlich ist es eine Französin. Hatte vor Lewis einen Segelunfall.«

Peter erinnerte sich an das Schweigen der Steine. Seine Unfähigkeit, irgendetwas zu fühlen. »Ist das sicher?«, entfuhr es ihm.

Mackays Blick streifte ihn. »Sicher ist nur, dass es sich nicht um die vermisste Deutsche handelt«, erwiderte er, ohne Peter weiter zu beachten.

Peter war der Appetit schlagartig vergangen. »Ich muss noch mal raus«, murmelte er und überließ Mackay seine Portion, die Jacob soeben über den Tresen schob.

Die Stimmen verklangen hinter ihm, als die Tür zur Kantine ins Schloss fiel und er allein zurück durch die verlassene Halle nach draußen ging. Die Bank neben seiner Hütte lag in der Sonne. Schwerfällig setzte er sich auf das verwitterte, graue Holz, zog den Ring aus seiner Hosentasche und beobachtete, wie er das Licht auffing und zurückwarf, als wäre Leben in ihm.

Er sah die deutsche Frau vor sich. Ihr blondes Haar und ihre vor Wut blitzenden Augen. War sie womöglich gar nicht tot? Aber welches Unglück hatte er gespürt? Die Gefahr, die gelauert hatte? Und nicht das erste Mal verfluchte er seine Gabe, die nie Konkretes, immer nur Mögliches offenbarte. Hatte er sich fehlleiten lassen?

Er schloss die Finger um den Ring und die Augen vor dem Licht der Sonne und wünschte, Fionna wäre da, so dass er zu ihr nach Hause gehen und mit ihr reden könnte. Nur sie konnte ihn beruhigen. Nur sie wusste, was ihm guttat.

»Mr. Dunn?«

Erschrocken riss er die Augen auf. Er hatte niemanden kommen hören und schnappte entsetzt nach Luft, als er erkannte, wer vor ihm stand.

»Mr. Dunn, ich würde gerne mit Ihnen reden«, begrüßte ihn Julian Tahn.

Peter starrte ihn wie eine Erscheinung an. Und die Vorahnung eines drohenden Unheils überfiel ihn mit solcher Intensität, dass ihm schwindlig wurde, der Kopf leicht und das Herz schwer – war das der Tod? Kam er in Gestalt dieses Deutschen, der nach allem, was Peter wusste, seine Frau auf dem Gewissen hatte? War das das Ende?

Vor Schreck fiel ihm der Ring aus der Hand. Mit leisem Klirren schlug er auf dem Teer auf und rollte auf das Wasser zu, bis Julian Tahn einen Fuß daraufsetzte.

Peter hielt den Atem an.

Julian Tahn bückte sich, hob ihn auf und wollte ihn Peter zurückgeben, doch dann erkannte er, was er in der Hand hielt.

»Woher haben Sie diesen Ring?«, fragte er tonlos.

Peter suchte nach Worten. »Er ... er war ... ich hab ihn auf meinem Boot gefunden. Gestern zufällig«, er lächelte verlegen, »er hatte sich in einer Ritze im Holz verklemmt.«

Julian Tahn bedachte ihn mit einem Blick, bei dem es Peter kalt den Rücken hinunterlief. »Sie sind ein ziemlich schlechter Lügner.«

»Mister ...«, begann Peter, doch Julian fiel ihm mit einer barschen Geste ins Wort.

»Wo ist meine Frau?«, fragte er eisig.

Peter starrte ihn entgeistert an. »Woher soll ich das wissen?«

»Ich glaube, Sie wissen noch viel mehr«, fuhr Julian ihn an, packte ihn am Arm und zog ihn von seinem Platz auf der Bank hoch.

Peter zögerte nicht. Mit all seiner Kraft stieß er Julian, der beinahe einen Kopf größer war als er selbst, von sich. Der Deutsche verlor das Gleichgewicht, und als er sich abzustützen versuchte, fiel ihm der Ring aus der Hand, sprang einmal glitzernd im Sonnenlicht auf dem Teer auf und dann mit einem leisen Aufklatschen in das Hafenbecken, wo er kurz eine Qualle streifte bevor er in der Tiefe verschwand.

Peter wartete nicht, schnell lief er zu seinem Fahrrad, das an seiner Hütte lehnte. Seine Angst verlieh ihm ungeahnte Kräfte. Er wandte sich nicht um, aber er spürte Julian Tahns Blick in seinem Rücken, und er fragte sich, wie er der unbändigen Wut, die er in den Augen des Mannes gesehen hatte, entgehen konnte.

JOHN GILLS STAND in der Tür des Lagezentrums und versuchte, sich einen ersten Überblick zu verschaffen. Einer der Drahtzieher des Anschlags auf den Regionalzug zwischen Inverness und Tain war am Morgen kurz vor Gills' Rückkehr nach einer spektakulären Verfolgungsjagd durch den halben Distrikt von einer Sondereinheit auf einem verlassenen Industriegelände am Stadtrand von Inverness gestellt und verhaftet worden. Jetzt lief die Suche nach den Mittätern, von denen zuvor nichts bekannt gewesen war, auf Hochtouren. Die meisten der anwesenden Mitarbeiter der SOKO »Train« arbeiteten fieberhaft an ihren Terminals, auf einem zentralen Tisch waren Karten ausgebreitet, und die Wände waren bedeckt mit Skizzen und Lageplänen. Die Stirnseite des Raumes nahm ein modernes Whiteboard ein, das Fotos und Diagramme zeigte. In der Luft hing der Geruch nach verbranntem Kaffee und belegten Brötchen. Als Gills genauer hinsah, entdeckte er auf einem Tisch in einer Ecke unter der Fensterfront eine große Kaffeemaschine mit einer leeren Kanne und einige Tabletts mit Essensresten eines vermutlich hastig während einer Besprechung verzehrten Lunches.

»John«, begrüßte ihn Greg Campbell, der gerade aus seinem Büro auf der gegenüberliegenden Seite des Flurs trat. »Wie ich höre, hat DCI Brown deinen Fall als abgeschlossen erklärt und deinen Hauptverdächtigen nach Hause geschickt.«

Gills lächelte gequält.

»Nimm es nicht so tragisch«, tröstete Campbell ihn und

klopfte ihm jovial auf die Schulter. »Wir haben das alle schon einmal erlebt. Aber wir werden Brown nicht mehr lange als Vorgesetzten haben.« Er grinste, und seine Glatze schimmerte im Neonlicht. »Ich bin mir sicher, er stirbt demnächst an Fettsucht.«

Gills war noch immer zu gereizt, um auf Campbells Späße einzugehen. »Sag mir einfach, wer mich einweist, damit ich mit der Arbeit beginnen kann«, bat er kurz angebunden.

Er wollte nicht mehr an seine Niederlage erinnert werden, und er wollte auch nicht mehr über Julian und Laura Tahn nachdenken. Ärger überkam ihn, wenn er daran dachte, dass wegen kurzsichtiger, opportunistischer Entscheidungen ein Mann, der seine Frau getötet hatte, straffrei davonkommen würde. Aber dann rief er sich selbst zur Räson. Solange er dem Chief Inspector keine Leiche präsentieren konnte, hatte dieser das Recht, den Fall einzustellen.

Es fiel ihm schwer, sich auf die Listen möglicher Verdächtiger zu konzentrieren, die er abzuarbeiten hatte. Immer wieder ertappte er sich dabei, dass seine Gedanken abschweiften, zurück nach Kinlochbervie. Und er fragte sich, wo zum Teufel Laura Tahn stecken mochte? Wo ihr Mann sie vergraben hatte, wenn er sie nicht doch einfach ins Meer gestoßen hatte in einem seiner Wutanfälle. Gills fasste sich unwillkürlich an den Hals, wo die Blutergüsse, die er von Julian Tahns tätlichem Angriff vor drei Tagen zurückbehalten hatte, noch immer empfindlich schmerzten. Waren seither tatsächlich erst drei Tage vergangen? In diesem Moment klingelte sein privates Handy. Auf dem Display erkannte er Mackays Nummer.

»*Latha Math,* Ian«, begrüßte er ihn. »Was gibt es?«

»*Hòigh,* John«, erwiderte Mackay, und Gills erkannte am Klang seiner Stimme, wie sehr er sich über die gälische Begrüßung freute. »Ein alter Bekannter von dir ist nach Kinlochbervie zurückgekehrt.«

»Ein alter Bekannter?«, wiederholte Gills begriffsstutzig. »Du meinst nicht Julian Tahn, oder?«

»Doch, genau den. Er hat sich wieder im Hotel eingemietet. Emma war ganz außer sich vor Freude.«

Gills ließ den Kugelschreiber, den er in der Hand hielt, auf seine Schreibtischplatte aufprallen. »Er holt sicher nur seine Sachen ab. Hatte er nicht den Rucksack seiner Frau dort gelassen?«, überlegte er laut, um sich selbst zu beruhigen.

»Wenn er nur seine Sachen abholen würde, hätte ich dich nicht angerufen.«

Gills starrte ins Leere.

»Warum?«, fragte er schließlich.

»Laut Emma will er auf die Rückkehr seiner Frau warten.«

»Er will – was?«, entfuhr es Gills, während er gleichzeitig aus seinem Bürostuhl emporschnellte.

»Im Gegensatz zu dir scheint er fest davon überzeugt zu sein, dass seine Frau noch am Leben ist«, bemerkte Mackay trocken.

»Hast du mit ihm gesprochen, oder hast du nur Informationen aus zweiter Hand?«, fragte Gills gereizt.

Er merkte plötzlich, dass sein Verhalten die Aufmerksamkeit der anderen auf sich zog, und verließ mit einer entschuldigenden Geste eilig den Raum.

»Ich habe heute Mittag kurz mit dem Deutschen gesprochen. Er hatte Streit mit Peter.«

»Mit Peter Dunn? Warum?«

»Peter hatte angeblich den Ehering seiner Frau.«

»Himmel«, stöhnte Gills und lehnte sich gegen die Wand im Flur. »Und nun?«

»Der Ring ist während des Streits ins Hafenbecken gefallen, daher habe ich erst einmal nichts unternommen. Es gibt schließlich kein Beweismittel.«

»Da lässt sich auch nichts machen«, stimmte Gills ihm zu.

Mackay räusperte sich. »Hat der Deutsche irgendwelche Auflagen bekommen?«

»Nein, er darf sich frei bewegen. Sogar das Land verlassen.«

»Willst du noch mal rauskommen zu uns?«

»Warum?«

»Ich weiß nicht, John«, gestand Mackay, »die Angelegenheit gefällt mir nicht. Die stinkt zum Himmel.«

Ja. Das war auch Gills' Empfinden. Aber er konnte nichts tun. »Mir sind die Hände gebunden, Ian. Der DCI hat den Fall für abgeschlossen erklärt und mich in die SOKO ›Train‹ abkommandiert. Ich kann jetzt aus Inverness nicht weg.«

»Okay, versteh ich«, sagte Mackay. »Ich behalte den Deutschen im Auge.«

»Das ist vermutlich das Beste. Hältst du mich auf dem Laufenden?«

»Werde ich. Halt die Ohren steif, Kleiner.«

Frustriert ließ Gills das Telefon sinken. Julian Tahn war nach Kinlochbervie zurückgekehrt. Das war das Letzte, was er erwartet hätte. Er war davon ausgegangen, dass der Deutsche den nächstbesten Flug nach München nehmen würde.

Laut Emma will er auf die Rückkehr seiner Frau warten.

Als ob Laura Tahn noch lebte! Was ging im Kopf dieses Mannes vor sich? In welcher Parallelwelt lebte er?

Gills kämpfte gegen seine Verzweiflung an. Was würde er darum geben, jetzt vor Ort sein zu können. Julian Tahn ins Gesicht sehen zu können. Mit Peter Dunn zu sprechen. Warum hatte der Deutsche ihn aufgesucht?

So viele offene Fragen.

Er ballte seine Faust und hieb damit gegen die Wand. »Verdammt!«, fluchte er. »Verdammt! Verdammt! Verdammt!«

Dann richtete er sich auf und ging schweren Herzens zurück in das Lagezentrum.

Greg Campbell sah von dem Monitor auf, hinter dem er stand, als Gills den Raum betrat. »Wie weit bist du mit deiner Auswertung?«, fragte er.

»Fast fertig«, log Gills.

Campbell kam zu ihm herüber. Der Detective Inspector war gut zehn Jahre älter als er, in seinen frühen Vierzigern, und in ausgesprochen guter physischer Verfassung. Bei Campbell spannte kein einziger Hemdknopf. Gills hatte gehört, er sei Veganer, aber sie waren nicht so vertraut miteinander, dass er gewagt hätte, ihn danach zu fragen. Jetzt lehnte sich Campbell auf seinen Schreibtisch und scrollte die Liste durch, an der Gills seit mehr als zwei Stunden saß. Mit gerunzelter Stirn richtete er sich schließlich wieder auf.

»Du weißt schon, dass das ziemlicher Mist ist, was du hier machst«, bemerkte er.

Gills schluckte.

»Ich habe dich beobachtet, John. Die meiste Zeit hast du hier gesessen und Löcher in die Luft gestarrt.« Campbell sagte es so leise, dass die anderen es nicht hören konnten, und dafür war Gills ihm mehr als dankbar.

»Greg, es tut mir leid, aber der Sandwood-Bay-Fall will mir nicht aus dem Kopf.«

»Ich brauche hier jeden Einzelnen mit voller Aufmerksamkeit, John. Wenn wir diesen Anschlag nicht innerhalb der nächsten vierundzwanzig Stunden aufgeklärt haben, reißt mir der DCI den Arsch auf.«

Gills nickte angespannt.

»Hör zu, du bist ein guter Polizist«, fuhr Campbell fort. »Ich weiß, was du erreichen kannst, wenn du dich in eine Ermittlung reinhängst. Du konzentrierst dich jetzt auf diesen Job und schlägst dir alles andere aus dem Kopf. Und dann verspreche ich dir, dass du meine volle Unterstützung bekommst, um danach noch einmal diesen Mord ohne Leiche zu untersuchen.« Er sah Gills gewinnend an. »Vierundzwanzig Stunden, John. Sind wir im Geschäft?«

Gills atmete tief durch.

»Sind wir«, versprach er.

Er beobachtete Campbell, wie er durch die Reihen ging und bei jedem Mitglied seines Teams kurz stehen blieb, ein paar Worte wechselte oder aufmunternd eine Hand auf die Schulter legte. Auch wenn er bisweilen für die Gefälligkeiten, die er erwies, unnachgiebig eine Gegenleistung forderte, so waren die meisten doch sofort bereit, diesen Dienst auch zu leisten.

Entschlossen machte sich auch Gills an die Arbeit und vertrieb jeden Gedanken an das, was in den nächsten vierundzwanzig Stunden in Kinlochbervie geschehen könnte, aus seinem Gedächtnis. Er musste auf Ian Mackays Gespür vertrauen und darauf, dass sein ehemaliger Vorgesetzter Wort hielt und ihn informierte, wenn tatsächlich etwas geschah. Er brauchte jetzt seine gesamte Konzentration, um seinen Teil dazu beizutragen, dass Mortimer Brown am nächsten Tag zur Pressekonferenz die Ergebnisse vorlegen konnte, die vonnöten waren, den Chief Inspector vor allen glänzen zu lassen.

ES WAR EIN warmer Tag, keine Wolke trübte das Blau des Himmels, und vom Atlantik her wehte eine kräftige Brise, die ihr das Haar aus dem Gesicht blies und das Shirt gegen den Körper drückte. Wie ein dichter grüner Teppich erstreckte sich das Gras vor ihr. Die kurzen Halme waren noch feucht und kitzelten sie zwischen den Zehen. Barfuß über eine Wiese zu laufen war für sie seit ihrer Kindheit ein Gefühl von Freiheit, das vor der Weite des Meeres und den fast senkrecht abfallenden Felsen noch intensiver war.

Sie wagte sich vor bis an die Abbruchkante, wo der Wind wie durch Zauberhand plötzlich abflaute, und blieb lauschend stehen. Tief unter ihr schäumte donnernd das Wasser gegen die Felsen, Möwen kreisten schwerelos über der spritzenden Gischt – kleine weiße Punkte vor dem dunklen Braun der Felsen und dem tiefen Blau des Atlantiks, dessen Untiefen türkisgrün schimmerten.

Sie nahm das Fernglas aus der Tasche über ihrer Schulter und hielt auch heute Ausschau nach Walen. Orcas wurden hier am Eingang des Minches oft beobachtet, hatte Maggie ihr erzählt, doch sie hatte noch keinen zu Gesicht bekommen. Auch heute entdeckte sie keine Flosse in den Wellen, das Einzige, was sie sah, war ein Containerschiff am Rand des Horizonts. Und einen Frachter, der aus dem Pentland Firth langsam näher kam.

Sie ließ das Fernglas sinken, und ihr Blick wanderte nach Süden. Die Luft war so klar, dass sie jedes Detail der mächtigen

Klippen erkannte, die hier die zerklüftete Linie der Küste bildeten. In der Ferne ragte *Am Buachaille*, der hohe schmale Brandungspfeiler am südlichsten Punkt der Sandwood Bay, wie eine Nadel aus dem Wasser. Der Anblick war faszinierend, und doch fröstelte es sie, als ob die Sonne unversehens an Kraft verlor. Sie schlang die Arme um ihren Körper, und der Felsen verschwamm vor ihren Augen, als ihr die Tränen kamen.

Die Zeit, die ihr geschenkt worden war, war zu kurz gewesen, um zu heilen, was in ihr zerbrochen war. Alles in ihr wehrte sich gegen den drohenden Abschied.

Sie wollte nicht zurück!

Sie wollte nicht fort aus dieser geschützten Umgebung, in der sie so unverhofft Zuflucht gefunden und wieder zu sich gefunden hatte. Und in der sie schließlich begriffen hatte, was geschehen war.

Und welchen Anteil sie daran hatte.

Sie wischte sich die Tränen weg und verstaute das Fernglas wieder in der Tasche. Nicht einmal mehr eine Stunde, dann würde der Bus kommen. Maggie hatte bereits mit dem Fahrer telefoniert.

Langsam ging sie zurück zum Leuchtturm. Die drahtige Wirtin stand wie so oft neben dem roten Nebelhorn. Ihr kurzes graues Haar schimmerte in der Sonne wie ein Silberhelm. Maggie hatte nichts gefragt, sondern schweigend akzeptiert, dass der Zufall ihr eine durchnässte junge Frau ohne Gepäck und mit Entsetzen in den Augen auf die Türschwelle spülte. »Hier draußen«, hatte sie erklärt »gibt es keine unnötigen Fragen. So haben wir es schon immer gehalten.«

Der Tag ihrer Ankunft war dunkel und regenverhangen gewesen, und der Anblick des weißen Leuchtturms am nordwestlichsten Zipfel des Festlandes, der sich so trotzig in den grauen Himmel gereckt hatte, war ihr wie ein Sinnbild erschienen.

Nun musste sie Maggie jedoch verlassen, ohne dass diese wusste, wer eine Woche unter ihrem Dach gelebt hatte. Und was diese Frau getan hatte. Sie wünschte sich sehnlichst, dass Maggie es auch nie erfahren würde. Dass sie nicht zu einer ihrer Geschichten werden würde, die sie den Touristen erzählte, die auf den acht Stühlen in ihrem kleinen Café Platz fanden, Cola tranken und über den Leuchtturm und seinen Erbauer, den Großvater von Robert Louis Stevenson, dem Erfinder der Schatzinsel, sprachen.

Maggie kannte so viele Geschichten. Über die Bewohner, die hier lebten und gelebt hatten. Über die Tiere. Und über das Militär, das seit bald einhundert Jahren in dieser menschenleeren Gegend seine Manöver abhielt.

»Normalerweise erst wieder im Herbst«, hatte sie gemurmelt, als sie bei ihrer Ankunft die Tür hinter ihr zugezogen hatte. »Aber was ist schon normal heutzutage? Zeitverschwendung, auch nur darüber nachzudenken.«

Sie wollte es zunächst nicht glauben, was Maggie ihr eröffnete. Dass sie Gefangene waren auf dem Gelände des Leuchtturms. Eingesperrt innerhalb eines Gebietes, das von See aus beschossen wurde. Doch dann hatte sie durch das Fernglas mit eigenen Augen die Kriegsschiffe vor der Küste gesehen und das Krachen der Explosionen gehört, die das Land erschütterten.

Eine Woche lang hatte es gedauert, bis an diesem Morgen die letzten grauen Schiffe die Gewässer verlassen hatten und die Sperrung von Cape Wrath aufgehoben wurde.

Nun würden die Touristen zurückkehren, wie Maggie erleichtert festgestellt hatte. Die Saison währte nicht mehr lang, nur noch einen Monat. Ab Oktober würden keine Besucher mehr kommen, und Maggie würde den langen Winter allein verbringen.

Als sie nun den kleinen Bus um die letzte Kurve biegen sah

und die erwartungsvollen Gesichter der fünfzehn Menschen erblickte, beneidete sie Maggie um ihr abgeschiedenes Leben.

Als sie es Maggie zum Abschied anvertraute, lachte diese. »Keine vierzehn Tage würdest du es aushalten, wenn die Stürme um den Turm fegen und die Dunkelheit sich über Tage nicht hebt. Dafür, mein Kind, bist du zu jung.« Ein Finger hatte ihre Wange berührt. »Und zu unschuldig.«

Sie lehnte sich in diese flüchtige Liebkosung, sog die Worte begierig auf. *Unschuldig.* Strahlte sie das tatsächlich aus? Sie konnte es nicht glauben und wurde so heftig von Scham überwältigt, dass ihr übel wurde. Was würde Maggie von ihr denken, wenn sie erfuhr, was geschehen war?

Fast hätte sie Maggie gebeten, bleiben zu dürfen, doch sie wusste, nun, da der Kontakt zur Außenwelt wiederhergestellt war, würde sich, in dieser dünn besiedelten Gegend, die Nachricht von einer jungen Deutschen auf Cape Wrath schnell verbreiten. Es würde Fragen geben, auf die sie keine Antworten hatte.

Und dann war es so weit, sie saß im Bus.

Maggie hatte für sie den Platz in der ersten Reihe neben dem Fahrer erkämpft, der das Gefährt im Schneckentempo über holperige Wege durch das Schießgelände lenkte. Maggies Silberhelm schrumpfte sehr schnell zu einem kleinen leuchtenden Punkt in der Einfahrt zum Leuchtturm.

Der Fahrer war ein jovialer, rotgesichtiger Mann, der neugierig Fragen stellte, aber sie tat, als verstünde sie ihn nur schlecht, und so wandte er sich schließlich den anderen Fahrgästen zu. Es dauerte fast eine Dreiviertelstunde, bis sie endlich den Anleger erreichten, wo ein kleines offenes Boot auf sie wartete, um sie auf die andere Seite des Kyle of Durness zu bringen. Dort würde, das hatte Maggie für sie bereits telefonisch arrangiert, bei ihrer Ankunft ein Taxi für sie bereitstehen.

»Es wird dich zurückbringen«, hatte Maggie gesagt. Und ihr Blick sagte, wo auch immer du hergekommen sein magst.

Sie tastete nach dem Geld in ihrer Jackentasche. Zwanzig Pfund. Es war das Einzige, was sie mitgenommen hatte, weil es zufällig in der Tasche ihrer Wetterjacke gesteckt hatte. Sie hatte das Geld Maggie geben wollen, doch die hatte ihre Finger wieder darum geschlossen und den Kopf geschüttelt. »Du warst mein Gast. Mehr konnte ich nicht tun.«

Sie hatte sich verzweifelt gewünscht, ihr alles anvertrauen zu können, um Schutz zu finden vor den düsteren Träumen, die sie quälten, und der entsetzlichen Schuld, die sie verspürte. Rat zu finden. Aber sie hatte es nicht gewagt. Jetzt beobachtete sie gemeinsam mit den anderen Passagieren, wie sie sich dem anderen Ufer näherten. Sie sah das wartende Taxi und sehnte sich nach dem Gefühl von feuchtem Gras unter ihren nackten Füßen, nach dem Anblick des Wassers, das tief unter ihr gegen die Felsen brandete, und dem schwerelosen Tanz der Möwen.

Der Taxifahrer, ein bulliger Mann mit einem Tattoo auf dem rechten Unterarm, stieg aus, als sie den niedrigen Pier erreichten, legte mit Hand an, um das Boot festzumachen und beim Aussteigen zu helfen. Suchend glitt sein Blick über die Männer, Frauen und Kinder, bis er sie bemerkte.

»Sind Sie Laura Tahn?«, fragte er in breitem schottischem Dialekt.

Sie nickte beklommen.

»Ich soll Sie nach Kinlochbervie fahren.«

»Ja«, entgegnete sie leise. »Dahin muss ich zurück.«

PETER WAGTE SICH nicht aus dem Haus. Das Entsetzen, das der Deutsche in ihm ausgelöst hatte, als er plötzlich vor ihm aufgetaucht war, steckte ihm noch immer in den Knochen, ebenso wie das Gefühl des drohenden Unheils, das ihn so unvermittelt überfallen hatte. In seiner Verzweiflung tat er etwas, wozu er sich noch nie zuvor hatte hinreißen lassen. Er rief Fionna bei ihrer Schwester an.

Und Carol war nicht begeistert, als sie seinen Anruf annahm. »Kann sich Fionna nicht einmal ein paar Tage erholen, ohne an ihre Pflichten erinnert zu werden?«, giftete sie ihn an.

Peter antwortete nicht darauf, hörte aber, wie sie nach Fionna rief und etwas von »dem unnützen Mann« schimpfte, und hätte beinahe wieder aufgelegt, aber dann war Fionna auch schon am Telefon. Allein ihre Stimme zu hören richtete ihn wieder auf. Ihre schlichte Frage: »Hallo, Peter, was gibt's?«, rührte ihn so sehr, dass er kaum antworten konnte.

»Ach, nichts«, erwiderte er verlegen.

»Na, wegen nichts rufst du doch nicht an.«

Er lachte unsicher. »Ich wollte nur mal hören, wie es dir geht.«

Einen Moment lang war es still am anderen Ende der Leitung.

»Es geht mir gut«, sagte Fionna schließlich. »Und dir?«

»Alles bestens«, log Peter heiser. »Bin gerade von der Arbeit heimgekommen.«

Erneut ließ sich Fionna mit ihrer Antwort Zeit, so dass er schon dachte, die Verbindung wäre unterbrochen. »Weißt du, Peter«, hörte er sie dann aber sagen, »ich glaube, ich komme heute nach Hause.«

»Ach wirklich?« Er versuchte, unaufgeregt zu klingen, obwohl ihm das Herz vor Freude und Erleichterung bis zum Hals schlug.

Fionna schien es nicht zu bemerken. »Ja, ich habe heute Morgen Gordon McCullen im Hafen getroffen. Er hat ein paar Besorgungen für Emma gemacht«, erzählte sie im Plauderton. »Er hat mir vorgeschlagen, mich mitzunehmen, wenn er am späten Nachmittag zurückfährt. Ich habe gesagt, ich überleg es mir noch.«

»Du würdest das Geld für den Bus sparen, wenn du mit ihm fährst«, bemerkte Peter und war stolz, wie gelassen er diese Worte hervorbrachte.

»Richtig. Das hab ich mir auch gedacht«, stimmte Fionna ihm zu. »Er wollte vorbeikommen, bevor er sich auf den Heimweg macht, und ich werde sein Angebot wohl annehmen.« Sie räusperte sich. »Zumal ich mir den Wintermantel gekauft habe. Du weißt schon, den, von dem ich dir erzählt habe. Ich dachte, das können wir uns leisten, jetzt, wo du wieder Arbeit hast.«

Als er nicht antwortete, fügte sie hinzu: »Du bist doch nicht ärgerlich, dass ich dich nicht vorher gefragt habe?«

Peter dachte an das Geld, das er für diesen Mantel auf die Seite legen wollte. Und an den Ring, der jetzt im Hafenschlick lag. Sofort waren seine Gedanken auch schon wieder bei Julian Tahn. Er atmete tief durch. »Es ist gut, dass du nach Hause kommst«, erwiderte er. »Und das mit dem Mantel war genau richtig.«

Nachdem sie sich verabschiedet hatten, legte er das Telefon zurück auf die Station. Das Telefonat hatte ihn beruhigt, und er war froh, dass er ihr nichts von der Begegnung im Hafen erzählt hatte. Was sollte sie von ihm denken, wenn er sich so gehenließ? Und was konnte der Deutsche ihm schon anhaben? Er war gerade erst aus der Haft entlassen und würde sich vorsehen, nicht gleich wieder Ärger mit der Polizei zu bekommen.

Peter trat ans Fenster und sah hinaus. Das Haus, in dem sie lebten und das Fionna von ihren Eltern geerbt hatte, lag oberhalb der Straße nach Rhiconich. Der wolkenlose Himmel spiegelte sich im Wasser des Loch Inchard, in das die Hafenanlage wie eine Halbinsel hineinragte. Die Kollegen von der Spätschicht waren gerade dabei, einen Lkw zu beladen. Im Winter, wenn die Wolken tief hingen, konnte er oft tagelang nicht hinübersehen, dann war es, als ob die Straße unterhalb des Hauses direkt am Ende der Welt lag. Dennoch schien ihm diese Zeit, wenn die Zugvögel und mit ihnen auch die Touristen wieder gen Süden verschwunden waren, bisweilen die schönste Jahreszeit zu sein. Dann sind wir wieder unter uns, pflegte Fionna zu sagen, wenn er es ansprach, und sie lachten beide.

Er wollte sich gerade abwenden, als sein Blick auf die Rosen fiel, die vor dem Haus wucherten. Erschrocken erinnerte er sich, dass er seiner Frau versprochen hatte, sie anzubinden, während sie fort war. Noch beim Einsteigen in den Bus hatte sie geklagt, dass der Wind im September ihr die Rosen zerreißen würde.

Während er überlegte, wo er den Bindedraht fand, stellte er seufzend fest, dass der alte Holzzaun, der ihren kleinen Garten einfasste, nicht nur dringend Farbe, sondern auch ein paar neue Bretter benötigte. Während der vergangenen Monate, die er in seiner Hütte im Hafen gehaust hatte, war dafür keine gute Zeit gewesen.

Peter ließ die Gardine fallen. Fionna würde nicht vor dem Abend zurück sein, und im Schuppen stand noch ein Farbeimer. Ein paar passende Latten fanden sich bestimmt in der Ecke, wo er das Holz lagerte. Ein Zaun war vielleicht kein Mantel, aber repariert und weiß gestrichen würde er ihre Rosen viel besser zur Geltung bringen.

Der Nachmittag war schon fortgeschritten, die Rosen hochgebunden und der Zaun fast fertig. Peter wischte sich den Schweiß von der Stirn. Seit er damals das alte Boot seines Schwiegervaters wieder auf Vordermann gebracht hatte, hatte er nicht mehr so intensiv gearbeitet. Zumindest fühlte es sich so an. Er betrachtete seine schwieligen und mit Farbe bekleckerten Hände. Jetzt könnte er ein kaltes, frisch gezapftes Bier vertragen und sah sehnsüchtig zum Hotel hinüber, das nur wenige hundert Meter entfernt den Hang hinauf lag. Aber vermutlich war der Deutsche dort abgestiegen. Peter befürchtete, dass Julian Tahn nicht nach Kinlochbervie gekommen war, um gleich wieder zu verschwinden. Also würde es heute kein Bier für ihn geben, es sei denn, er fuhr zum Laden. Dann würde er jedoch nicht mit dem Zaun fertig werden. Peter rieb sich die Nase. Fionna freute sich sicher auch über einen zur Hälfte gestrichenen Zaun, wenn er ihr versprach, den Rest noch in dieser Woche fertigzustellen.

Keine Viertelstunde später saß er auf seinem Fahrrad und rollte vorsichtig den Berg hinunter. Die Straße hatte Schlaglöcher genau vor der alten Kirche, an dieser Stelle wäre er schon einmal fast gestürzt. Und täglich kamen neue Schlaglöcher dazu. So zumindest erschien es ihm, seit er hier wieder regelmäßig vorbeifuhr. Der Asphalt im Ort war eben nicht dafür ausgelegt, ständig schwere Sechsunddreißigtonner auszuhalten.

In dem kleinen Supermarkt, der aus nicht mehr als zwei Regalreihen und einer großen Tiefkühlbox bestand, war nicht viel los.

Peter nahm sich einen Sixpack Bier aus dem Regal und ging damit zur Kasse, hinter der die beiden Söhne des Inhabers gelangweilt ihr Taschengeld aufbesserten.

»Hallo, Mr. Dunn«, begrüßte ihn der jüngere der beiden und tippte den Preis für das Sixpack ein.

»Hallo Tony«, entgegnete Peter, und nachdem er einen Blick auf den Kassenzettel geworfen hatte, den dieser ihm reichte, fügte er hinzu: »Du hast vergessen, das Pfand zu berechnen.«

Tony wurde rot, bekam von seinem älteren Bruder einen Schlag auf den Hinterkopf und nahm Peter eilig den Bon wieder ab, um seinen Fehler zu korrigieren.

Beim Hinausgehen warf Peter einen Blick auf die Tageszeitung, die in einem Ständer neben der Tür hing. Er überlegte gerade, eine zu kaufen, als einer der Jungen hinter der Kasse rief: »Die sind von gestern. Heute gab es keine Lieferung.«

Peter hob eine Hand zum Gruß, verließ den Laden und prallte dabei mit einer Frau zusammen, die die wenigen Stufen von der Straße heraufkam.

»Entschuldigung«, murmelte sie und wollte sich an ihm vorbeidrängen.

Peter starrte ungläubig ihr glattes blondes Haar, den zu breiten Mund und ihre dunklen Augen an.

Sein Kiefer klappte herunter, und das Sixpack fiel ihm aus der Hand.

Mit lautem Klirren zerschellten die Flaschen auf dem Boden, und das Bier spritzte über ihre Wanderstiefel.

Sie war es!

Sie war nicht tot!

Sie stand hier vor ihm in Fleisch und Blut und starrte ihn genauso sprachlos an.

»Sie sind der Mann, der uns auf seinem Boot mitgenommen hat«, sagte sie schließlich mit seltsam rauhem Unterton.

Er konnte nur wortlos nicken.

»Warum starren Sie mich so an?«

Er schluckte, nicht sicher, ob ihm seine Stimme gehorchen würde. »Alle ... alle denken, Sie sind tot.«

»Tot? Ich?«

Wieder nickte er.

»Ihr Mann hat Sie als vermisst gemeldet, und dann wurde eine Leiche an Land gespült ...«

»Eine Leiche?«, unterbrach sie ihn, und er spürte ihre Atemlosigkeit, ihre plötzliche Panik. »Was für eine Leiche?«

»Die einer Frau. Einer blonden langhaarigen Frau.«

Sie schüttelte irritiert den Kopf. »Ist das möglich?« Sie betrat den Laden, und für einen Moment wanderte ihr Blick in die Ferne, und sie glich jenem Bild, das der junge Gills ihm gezeigt hatte.

Dann trat sie beiseite, weil Tony herauskam, Feger und Schaufel in der Hand. »Mr. Dunn, wollen Sie ein neues Sixpack haben?«

Peter schüttelte den Kopf. Die Lust auf Bier war ihm vergangen. »Hast du die Frau gesehen?«, fragte er den Jungen.

Der nickte überrascht.

»Hast du sie auch gehört?«

Tony bedachte Peter mit einem misstrauischen Blick, nickte aber erneut. Erleichtert klopfte Peter dem Jungen auf die Schulter. »Schönen Tag noch, Tony.«

»Schönen Tag noch, Mr. Dunn.«

Erst als Peter zu Hause war, begriff er, warum er Laura Tahn für einen Geist gehalten hatte, der vor ihm auftauchte wie eine Ausgeburt seiner überreizten Phantasie. Er hatte nichts gefühlt in ihrer Gegenwart. Beinahe, als wäre sie tot.

SIE ENTDECKTE IHN, bevor er sie sah. Er saß in der verlassenen Gaststube mit dem Rücken zu ihr allein an einem Tisch. Seine Schultern bildeten unter dem dunklen Shirt eine breite gerade Linie, und sein Haar wirkte wie immer ungekämmt. Bei seinem Anblick wurde ihre Sehnsucht so groß, dass sie nicht anders konnte, als auf ihn zuzulaufen und ihn zu umarmen.

Er hörte sie nicht kommen und wandte sich ruckartig um, als er die Berührung spürte.

»Laura!!!«, rief er überwältigt.

So unendlich viel Erleichterung lag in seiner Stimme, dass sie sofort an die Worte des alten Skippers dachte.

Alle denken, Sie sind tot.

»Laura …«, wiederholte Julian noch immer fassungslos.

Sie lächelte unsicher. »Hast du auch geglaubt, dass ich tot bin?«, fragte sie aufgewühlt.

»Nein, Süße«, flüsterte er und zog sie in seine Arme. »Ich wusste, dass du lebst. Ich wusste, dass du wiederkommen wirst. Ich habe ganz fest daran geglaubt.« Er vergrub sein Gesicht in ihrem Haar. Alle Spannung, aller Streit waren in dieser ersten Wiedersehensfreude vergessen.

Aber das Entsetzen lauerte gleich dahinter. Sie spürte es, meinte es zu sehen, zu hören. Es wartete nur auf die Gelegenheit, das Zepter zu übernehmen.

»Was ist passiert?«, fragte sie.

»Wo, zum Teufel, warst du?«, wollte er wissen.

Es sprudelte gleichzeitig aus ihnen heraus. Sie lachten, aber es war ein nervöses Lachen, oberflächlich und eine Spur zu laut.

»Hast du hier ein Zimmer gebucht?«, fragte sie.

Er nickte.

»Dann lass uns gehen.«

Julian legte ihr seinen Arm um die Schultern und drückte sie fest an sich, als könne sie sich wieder verflüchtigen, sobald er sie losließ.

Sie begegneten niemandem.

»Bist du hier ganz allein?«, fragte sie irritiert.

»Die Wirtin kauft Fisch im Hafen ein, sie müsste jeden Augenblick zurückkommen.«

»Und andere Gäste gibt es nicht?«

Er schüttelte den Kopf und führte sie durch einen langen Flur. Seine Finger zitterten, als er den Schlüssel ins Schloss seines Hotelzimmers steckte. Unruhig blickte sie sich um. Sie wollte keinem Menschen begegnen, mit niemandem sprechen außer mit Julian.

Ihr Mann hat Sie als vermisst gemeldet, und dann wurde eine Leiche an Land gespült.

Sie wollte keine Erklärungen abgeben.

Endlich öffnete Julian die Tür.

Es war ein Doppelzimmer.

»Du hast tatsächlich auf mich gewartet«, sagte sie, während sie mit dem Rücken an der Zimmertür lehnte, als könne sie so verhindern, dass jemand ungebeten hereinkam. Der Raum war ebenerdig, das einzige Fenster bot einen grandiosen Ausblick auf das Meer.

»Ich habe nichts anderes getan, als auf dich zu warten«, erwiderte er und strich ihr über die Wange. Seine Stimme war sanft, doch etwas in seinem Tonfall verriet ihr, dass er ihr nur die halbe Wahrheit erzählte. »Wo warst du?«, fragte er erneut.

Sie zögerte. Konnte sie es ihm erzählen? Würde er ihr glauben? Obwohl sie bei ihrer Ankunft noch erleichtert gewesen war über das menschenleere Hotel, erschreckte der Gedanke sie nun. Niemand würde sie schreien hören.

»Was ist?«, wollte er wissen. »Wovor hast du Angst?«

Er kannte sie zu gut.

»Vor deiner Reaktion«, gestand sie und klammerte sich an das Versprechen, das sie sich vor zwei Wochen in Ullapool gegeben hatten.

Unbedingte Offenheit.

Er räusperte sich. »Ich hatte viel Zeit zum Nachdenken, Laura.«

»Die hatte ich auch«, beeilte sie sich zu sagen, bevor er mit seinen Wörtern Tatsachen schuf, die sich nicht rückgängig machen ließen. »Was vorbei ist, ist vorbei. Wir können gewisse Dinge nicht ändern. Wir müssen ...« Sie formulierte den Satz nicht zu Ende, als sie seinen Gesichtsausdruck sah.

»Sag nicht, wir müssen nach vorne schauen«, warf er ein. »Es ist etwas passiert, das ...«

Sie legte ihm ihre Finger auf den Mund. »Lass uns packen und nach Hause fliegen. Lass uns vergessen, was passiert ist.«

»Ich kann nicht einfach von hier weg, Laura. Ich war mehrere Tage in Untersuchungshaft, weil ein Detective der Scottish Police sich darauf versteift hatte, dass ich dich umgebracht habe.«

Sie biss sich auf die Lippe. »Ich habe von der Leiche gehört, die gefunden wurde.«

»Wann?«

»Gerade eben, als ich gekommen bin. Ich habe unten im Laden den Skipper getroffen, der uns auf seinem Boot mitgenommen hat.«

»Wo warst du, Laura?«, drängte er.

»Julian, bitte glaub mir, wenn ich gewusst hätte, dass du verhaftet wurdest ...«

»Wo in dieser Gegend konntest du dich verstecken, ohne *davon* etwas mitzubekommen?«, fragte er ungläubig und, wie sie meinte, leicht gereizt. »Es dürfte tagelang das Gespräch der Region gewesen sein.«

Sie nahm all ihren Mut zusammen. »Cape Wrath«, gestand sie endlich.

Fassungslos starrte er sie an. Aber der befürchtete Wutausbruch blieb aus. »Du warst *dort?*«, erwiderte er verblüfft.

Es war ihr gemeinsames Ziel gewesen für jenen Tag, aber wie hätten sie diesen Ausflug machen können, als wäre nichts geschehen?

»Es war der einzige Ort, von dem ich wusste, dass ich ihn ohne Karte finden würde«, erklärte sie. »Ich war so durcheinander, Julian. Ich wollte einfach nur weg.«

»Weg von mir«, stellte er fest.

»Weg von allem«, gab sie zu. »Und ja, auch von dir. Die ganze Nacht habe ich im Zelt wach gelegen und die ganzen entsetzlichen Ereignisse wieder und wieder erlebt. Ich hatte so fürchterliche Angst, Julian. Überleg dir, was wir getan haben! Wir haben ... «

»Sag es nicht«, fiel er ihr ins Wort. »Sprich es nicht aus. Nicht zwischen uns.«

Sie wollte etwas erwidern, doch er ließ sie nicht zu Wort kommen. »Hast du nicht gerade gesagt, wir sollten vergessen, was passiert ist?«

»So hab ich es nicht gemeint.«

Er ging nicht darauf ein. »Wie lange warst du auf Cape Wrath?«

»Die ganze Woche.«

»Warum hast du dich nicht gemeldet?«

»Das Gelände um den Leuchtturm wurde kurz nach meiner Ankunft wegen militärischer Schießübungen gesperrt, und Maggie ...« Sie stockte, als das Bild der drahtigen Frau mit dem kurzen grauen Haar vor ihrem inneren Auge auftauchte.

»Maggie?« Julian sah sie fragend an.

»Ihr gehört das Café. Sie telefoniert nicht gern. Und andere Medien nutzt sie nicht.«

»Aber du!«, entfuhr es ihm, und er ergriff ihre Schultern und schüttelte sie. »*Du* hättest anrufen können!«

Sie kämpfte gegen die Angst, die sie erneut zu überwältigen drohte. »Ich konnte nicht, Julian.« Ihre Anspannung entlud sich in Tränen. »Ich konnte einfach nicht mit dir sprechen«, fuhr sie weinend fort. »Nicht nach dem, was geschehen ist. Oder was glaubst du, warum ich einfach weggegangen bin? Ich musste erst einmal allein damit klarkommen.«

»Das kann keiner von uns beiden allein bewältigen.«

»Ich habe die Zeit aber gebraucht«, widersprach sie und löste sich aus seinem Griff.

Er hielt sie am Arm zurück. »Laura, wir können das hier nur hinter uns lassen, wenn wir zusammenhalten.«

»Dann komm mit mir nach Hause!«, flehte sie. »Geh mit mir fort! Seitdem ich die Sandwood Bay verlassen habe, wache ich jede Nacht schweißgebadet auf!«

Er atmete tief durch. »Alpträume habe ich auch, Laura.«

Schweigend musterten sie sich.

»Ich muss den Detective in Inverness darüber informieren, dass du wieder da bist«, brach er schließlich das Schweigen.

»Ich will aber keine Erklärungen abgeben.«

»Ich weiß. Aber er darf auch keinen Verdacht schöpfen«, sagte er mit eiskalter Stimme.

Laura schauderte. Es war nicht vorbei. Es war noch lange nicht vorbei. Wie hatte sie das nur glauben können?

JOHN GILLS ließ den Telefonhörer sinken.

Laura Tahn war tatsächlich zurück.

Er hatte es nicht glauben wollen – nicht glauben können –, als Julian Tahn es ihm am Telefon vor gut einer Stunde mitgeteilt hatte. Deshalb hatte er Ian Mackay um eine offizielle Bestätigung gebeten.

»Sie ist es«, hatte dieser ihm soeben versichert. »Ich habe ihren Ausweis verlangt. Das Foto ist aktuell, erst ein paar Monate alt.«

Gills kam sich vor wie ein Idiot. Der Deutsche hatte die ganze Zeit über seine Unschuld beteuert, dennoch hatte er ihn in Untersuchungshaft nehmen lassen. Er hatte sich mit dem Chief Inspector angelegt, hatte seine eigentliche Arbeit vernachlässigt ...

Entnervt lehnte er sich auf seinem Bürostuhl zurück und schloss für einen Moment die Augen.

Am meisten beschäftigte ihn, dass seine Erleichterung über Laura Tahns offensichtlich unversehrte Rückkehr überschattet wurde von zahlreichen unbeantworteten Fragen, die ihr plötzliches Auftauchen aufwarf. Sie hatte ihren Mann ohne Vorwarnung in der Sandwood Bay zurückgelassen. Was veranlasste eine Frau zu einem solchen Schritt? Warum hatte sie sich während ihrer Abwesenheit nicht gemeldet, und was hatte sie letztlich bewogen zurückzukehren? Wie ging es ihr? Wie ihrem Mann? Das Verhältnis der beiden war alles andere als unbelastet. Was war vorgefallen in der Sandwood Bay?

Gills runzelte die Stirn. Was hatte er falsch gemacht, wovon hatte er sich in die Irre leiten lassen? Was bedeutete das für seine Position im Northern Constabulary? Die Fotografie von Laura Tahn hatte ihn gefangengenommen, seit er den ersten Blick darauf geworfen hatte. Hatte sein Beschützerinstinkt seine Urteilsfähigkeit vernebelt? *Oder steckte mehr dahinter?* Mit einem Ruck setzte er sich auf, zog seine Schreibtischschublade auf und nahm das Telefonverzeichnis heraus. So ging es nicht weiter. Er musste Abstand gewinnen. Loslassen. War es nicht das, was jedem Polizisten während der Ausbildung immer wieder eingebleut wurde?

»Hallo, Miss Merryweather«, sagte er, als die Verbindung hergestellt war. »DS John Gills.«

»Oh, Detective Gills. Sie haben Glück, dass Sie mich noch erreichen, ich wollte gerade nach Hause fahren«, begrüßte sie ihn.

»Ich kann Ihnen vermutlich Ihren Feierabend versüßen«, bemerkte er. »Es geht um Ihren Mandanten Julian Tahn.« Er machte eine kleine Pause. »Seine Frau ist heute überraschend in Kinlochbervie aufgetaucht.«

»Ach«, entfuhr es ihr erstaunt. »Wie ... ich meine, wo ...«

Gills lachte. Das erste Mal an diesem Tag. Samantha Merryweather sprachlos zu erleben war schon ein Erfolg an sich. »In etwa so war auch meine Reaktion.«

Bei dieser Bemerkung lachte sie ebenfalls. »Das ist aber auch eine wirklich unerwartete, wenn auch sehr erfreuliche Wendung. Wie geht es ihr? Wo war sie? Und warum ist sie verschwunden?«

Gills seufzte. »Ich fürchte fast, diese Fragen lassen sich nicht zur vollen Zufriedenheit beantworten. Mr. Tahn behauptet weiterhin, dass ihre Streitigkeiten wegen seiner Vergangenheit und Mrs. Tahns Nachforschungen letztlich dazu geführt haben, dass sie Zeit allein verbringen wollte. Um in Ruhe über alles nachdenken zu können, ist sie spontan zum Leuchtturm von Cape Wrath gewandert, was die beiden ursprünglich als gemeinsamen Ausflug geplant hatten.«

»Und da ist sie eine Woche geblieben?« In Samantha Merryweathers Ton schwang Unglauben mit.

Gills hüstelte. »Ja, nun. Ich gebe nur wieder, was mir erzählt wurde. Der Leuchtturm liegt inmitten eines militärischen Schießgebietes, und während der Übungen ist das Gelände ausnahmslos gesperrt. Normalerweise finden diese Übungen im Frühjahr und im Herbst statt. Das weiß ich aus eigener Erfahrung. In diesem Jahr gab es wohl eine Ausnahme, weil ein NATO-Verband vor Ort zeitlich nicht anders planen konnte. Die Sperrung dauerte genau diese eine Woche.«

»Ich nehme an, das haben Sie überprüft«, warf sie ungläubig ein.

»In der Tat«, bekannte er. »Das habe ich.«

»Sicher hätte man von Cape Wrath aus telefonieren können.« Sie räusperte sich. »Aber es ist, wie es ist. Die nicht ganz unkomplizierte Beziehung der Eheleute Tahn geht letztlich nur einen Paartherapeuten etwas an und nicht die Krone Britanniens und ihre Gerichtsbarkeit. Es kommt nicht oft vor, dass sich ein Fall auf so harmlose Weise mehr oder weniger in Luft auflöst. Vielleicht sollten wir einfach dankbar dafür sein.«

»Miss Merryweather, manchmal beneide ich Sie um Ihren Pragmatismus.«

»Aus der Not geboren, Detective. Wer weiß, in was wir unsere Nasen noch stecken würden, wenn wir nur die Zeit dafür hätten.«

Natürlich hatte Samantha Merryweather recht. Nur Laura Tahns gesunde Rückkehr zählte. Was sich zwischen ihr und ihrem Mann abspielte, war ihre private Angelegenheit und nicht die der Polizei. Was aber verursachte diese nagenden Zweifel in ihm? Warum ließ ihn der Fall nicht los? *Und warum war er so misstrauisch?*

Er ließ die Ereignisse der vergangenen Tage noch einmal Revue passieren. Seine erste Begegnung mit Julian Tahn im Hotel in Kinlochbervie. Das Gespräch mit Peter Dunn. Seine Fahrt mit Ian und Brian in die Sandwood Bay, wo sie das Zelt geborgen hatten.

Das Zelt.

Gills stockte.

Die Blutspuren, die sie im Zelt gefunden hatten und die weder mit Julian noch Laura Tahns DNA übereinstimmten. Er hatte diese Fährte nicht weiterverfolgt. Das Zelt hatte zwei Nächte unbewacht am Strand gestanden, und die Befürchtung, dass weitere Nachforschungen zur Suche der oft zitierten Nadel im Heuhaufen werden könnten, hatte ihn dazu verleitet, die Blutspuren zu ignorieren. Andere Aspekte waren drängender gewesen. Und die Zeit kostbar. Und der Chief Inspector in seinem Nacken.

Alles nur Entschuldigungen.

Er spürte ein vertrautes Kribbeln in seiner Magengegend, wie immer, wenn die vermeintliche Lösung eines Problems greifbar nahe schien. Er öffnete die Akte Tahn, die noch immer auf seinem Schreibtisch lag, doch in diesem Moment hörte er durch das geöffnete Fenster eine Kirchturmuhr schlagen. Seine Pause war gleich zu Ende, und er musste zurück ins Lagezentrum. Aber die Zeit würde reichen, Mackay noch einmal anzurufen.

»Hast du heraushören können, was die Tahns jetzt vorhaben?«, fragte er ohne weitere Einleitung.

»Sie wollen heute noch nach Glasgow. Sie fliegen morgen Mittag zurück nach Deutschland. Warum fragst du?«

»Ich weiß nicht, Ian. Ich habe das Gefühl, dass ich etwas

übersehe. Mir scheint, der Fall Tahn ist noch nicht restlos geklärt, auch wenn es im Moment so aussieht.«

»Meinst du nicht, dass du dich da verrannt hast?«

»Hast du nicht selbst heute Vormittag noch gesagt, dass die ganze Sache stinkt?«, erinnerte Gills ihn leicht gereizt.

»Ich kann die beiden nicht ohne triftigen Grund festsetzen«, gab Mackay zurück.

»Das erwarte ich auch nicht«, wiegelte Gills ab. »Du würdest mir schon helfen, wenn du mir sagst, wie deine Begegnung mit den beiden war? Wie war deren Stimmung? Erleichtert? Aufgebracht? Gelassen?«

»Nervös«, erwiderte Mackay spontan. »Vor allem sie war nervös und angespannt.«

»Haben sie etwas zu verbergen, Ian?«, fragte er, einer plötzlichen Eingebung folgend.

»Ich weiß nicht«, entgegnete Mackay vage. »Was sollten sie zu verbergen haben?«

Eine Menge, lag es Gills prompt auf der Zunge, aber er sagte es nicht, sondern verabschiedete sich von Mackay. Was hatte Julian Tahn während der Vernehmungen nicht alles preisgegeben und welche Abgründe hatten sich dabei aufgetan. Warum sollte da nicht noch mehr sein? Aber wie sehr es ihm auch unter den Nägeln brannte, jetzt hatte er nicht die Zeit, dem nachzugehen. Campbell zählte auf ihn, und er wollte ihn nicht enttäuschen. Gills rückte seinen Krawattenknoten zurecht und verließ eilig sein Büro.

Die nächsten Stunden ließen ihm keinen gedanklichen Raum mehr für weitere Überlegungen, dann um 21.48 Uhr konnte Campbell die Verhaftung der Drahtzieher hinter dem Anschlag vermelden, die sich als eine Gruppe politisch Verirrter herausstellten. Bilder der Festnahme flimmerten beinahe zeitgleich über alle Sender: Männer, die mit Jacken über den Köpfen abgeführt wurden von vermummten Polizisten einer Sondereinheit, und ein strahlender Chief Inspector, der den gesamten Bildschirm ausfüllte.

»Großartige Leistung!«, lobte Campbell sein Team und stellte zwei Kisten Bier auf den Tisch.

Er reichte Gills eine geöffnete Flasche. »Du bist wieder frei.«

Gills stieß mit ihm an. »Die vermeintlich Tote ist heute zurückgekehrt.«

»Oh!«, bemerkte Campbell und bedachte ihn mit einem prüfenden Blick. »Du wirkst nicht so zufrieden, wie der Anlass es rechtfertigen würde. Wo hakt es?«

Gills nahm einen großen Schluck. Campbells Anteilnahme setzte sofort wieder die gedankliche Mühle in seinem Kopf in Bewegung. Warum hatte Julian Tahn ihm mitgeteilt, dass seine Frau zurück war? Warum hatte er es nicht einfach dem Zufall überlassen, ob Gills es erfuhr oder nicht?

Mit wenigen Worten informierte er Campbell über den aktuellen Stand.

Der DI betrachtete ihn nachdenklich. »Angriff ist die beste Verteidigung, pflegte mein Vater immer zu sagen.«

Gills starrte seinen Kollegen an.

Natürlich.

Angriff ist die beste Verteidigung.

Es war, als ob Campbells Worte eine Schleuse öffneten. Plötzlich lag in aller Deutlichkeit vor ihm, was er übersehen hatte. Das Blut im Zelt war nicht die einzige Spur, die er nicht weiterverfolgt hatte. Wenn das Bild stimmte, das er vor Augen hatte, war es nur *ein Teil* der Spur.

»Greg, du hast was gut bei mir«, versprach er aufgeregt. »Wir sehen uns!« Er eilte in sein Büro und blätterte die Akte auf. Dann griff er zum Telefon.

Er telefonierte die halbe Nacht. Als er gegen halb drei Uhr

morgens endlich das Licht in seinem Büro ausschaltete, war er vor Müdigkeit grau im Gesicht, gleichzeitig aber auch erfüllt von einer Entschlossenheit, die seinen Körper entgegen aller biologischen Forderungen, weiter antrieb.

Er trat in den Flur hinaus und stellte fest, dass auch in Campbells Büro und in einigen anderen, die am entgegengesetzten Ende lagen, noch Licht brannte. Es verwunderte ihn nicht. Schließlich leitete Campbell mit seinen engsten Mitarbeitern auch die Vernehmungen der am Abend Festgenommenen. Die Detectives saßen vermutlich noch an der Auswertung der ersten Befragungen.

Als er an die geöffnete Tür klopfte, sah der Detective Inspector auf. »Ja?«

»Ich bräuchte noch eine Genehmigung für eine Dienstreise an die Westküste.«

»Jetzt sofort?«

Gills nickte. »Ich habe den Antrag schon vorbereitet.«

»Gib ihn mir und fahr los, ich mach das fertig und klär es später persönlich mit Brown ab, wenn er wieder im Haus ist«, versprach Campbell.

»Danke!«

Wenig später saß Gills in seinem Auto, einen XXL-Becher Kaffee neben sich, den er im Drive-in eines Fastfood-Restaurants gekauft hatte, und fuhr Richtung Nordwesten. Inzwischen war es halb vier Uhr morgens. Er würde Laura und Julian Tahn zwar nicht mehr in Kinlochbervie antreffen, aber wenn sich der Verdacht, den er hegte, bestätigen würde, konnte er sie am Glasgower Flughafen festhalten. Er hatte Mackays Angaben überprüft. Die beiden standen tatsächlich auf der Passagierliste eines Fluges nach München via London am Nachmittag des kommenden Tages.

Der Morgen dämmerte bereits, als er die Kreuzung in Rhiconich erreichte und auf die Straße nach Kinlochbervie abbog. Einen Kilometer weiter war seine Fahrt jedoch unerwartet zu Ende. Vor ihm blinkten gelbe Warnlichter. Dahinter erkannte er die Umrisse eines Lkws, dessen Auflieger quer zur Straße stand, während die Zugmaschine sich an einem Felsvorsprung verkeilt hatte.

Fluchend fuhr Gills seinen Audi an den Straßenrand, wo bereits drei weitere Fahrzeuge abgestellt waren. Er war müde und unter Zeitdruck. Solche Zwischenfälle waren das Letzte, was er jetzt brauchte. Er zog sein Handy aus der Tasche.

»John, verdammt, weißt du, wie spät es ist?«, fluchte Mackay.

»Ich stehe bei dem havarierten Lkw und komme nicht weiter«, entgegnete Gills. »Kannst du mich abholen?«

Mackay war unausgeschlafen und mürrisch, als er zwanzig Minuten später in seinem Dienstwagen die Stelle erreichte.

Gills tat, als ob er es nicht bemerke. »Wann ist das hier passiert?«, fragte er, und wie erwartet lenkte sein ehemaliger Vorgesetzter schnell ein. Mackay ließ nur selten die Gelegenheit aus, von seiner Arbeit zu erzählen.

»Nicht lange nachdem wir telefoniert haben«, berichtete er. »Kurz vor achtzehn Uhr. Ein entgegenkommendes Fahrzeug hat in der Kurve die Spur geschnitten, und der Lkw-Fahrer hat versucht auszuweichen.«

»Ist der Fahrer verletzt?«

»Soweit wir das auf den ersten Blick beurteilen konnten, ist alles okay. Einen Abschleppwagen mit Kran bekommen wir in etwa zwei Stunden. Dann haben wir die Straße hoffentlich gegen neun wieder frei.« Er streifte Gills mit einem Seitenblick. »Und was willst du schon wieder hier?«

»Laura und Julian Tahn lassen mir keine Ruhe«, erwiderte Gills und berichtete Mackay von seinen jüngsten telefonischen Ermittlungen.

Mackay pfiff anerkennend. »Dann hat dich dein Gefühl tatsächlich nicht getrogen«, bemerkte er und grinste mit einem Mal. »In diesem Zusammenhang wird es dich freuen zu hören, dass das deutsche Ehepaar noch hier ist.«

»Sie sind noch hier?« Gills' Müdigkeit war wie weggeblasen.

»Sie wollten gerade aufbrechen, als der Unfall passierte.«

JOHN GILLS STIEG vor dem Haus seiner Eltern aus Mackays Dienstwagen aus, ging den kurzen Weg durch den Vorgarten zur Haustür und holte den Ersatzschlüssel unter dem Stein neben der Tür hervor. Drinnen bellte aufgeregt der Hund, der ihn natürlich längst gehört hatte.

»Ssssch«, machte er, während er den Schlüssel ins Schloss steckte. »Ich bin es doch nur.«

Das Bellen ging in ein freudiges Jaulen über, doch seine Ankunft war längst bemerkt worden. Bevor er den Schlüssel drehen konnte, wurde die Tür von innen geöffnet, und er stand seinem Vater gegenüber.

Frank Gills war zu dieser frühen Stunde bereits angezogen. In der Hand hielt er eine dampfende Kaffeetasse, und seine buschigen Augenbrauen fuhren beim Anblick seines Sohnes erst erstaunt nach oben, dann zogen sie sich ärgerlich zusammen. »Was …«, begann er polternd. Er wurde nicht gern überrascht, und ebenso wenig schätzte er es, aus seiner täglichen Routine gerissen zu werden. Je älter er wurde, desto schwieriger wurde der Umgang mit ihm. Das wusste niemand besser als sein Sohn, der deswegen mit seinem Vater nicht nur einmal in Streit geraten war. Doch trotz dieser Sturheit besaß Frank Gills die Fähigkeit zu erkennen, wenn jemand wirklich in Not war.

Darauf baute John, als er ihm nun ins Wort fiel: »Bitte, Vater, hör mir zu, bevor du anfängst zu toben. Ich hab nicht geschlafen und bin gegen vier Uhr in Inverness losgefahren, um so schnell wie möglich hier zu sein.«

»So siehst du auch aus«, brummte der Alte und ließ die Tür aufschwingen. »Komm rein und sei leise. Deine Mutter schläft noch.«

John stellte seine Tasche im Flur ab und folgte seinem Vater in die Küche. Behutsam zog er die Tür hinter sich ins Schloss.

»Was ist passiert?«, wollte der alte Mann wissen und drückte ihm einen Becher Kaffee in die Hand. »Setz dich und erzähl.«

»Ich brauch deine Hilfe, Vater.« So präzise wie möglich schilderte er die Gründe für sein Kommen. Frank Gills mochte keine weitschweifigen Erklärungen.

»Hm«, erwiderte er wortkarg. »Hunde brauchst du also.« Er fuhr sich mit der Hand über das Kinn. »Die werden dir nicht viel nützen, ohne die entsprechenden Führer.«

John sah seinen Vater abwartend an. »Wer käme denn in Frage?«

»Der alte Bristol hat Jagdhunde und Gordon McCullen und ich natürlich.« Er sah seinen Sohn von der Seite an. »Reicht das?«

»Ja.«.

»Gut«, sagte sein Vater. »Dann iss jetzt was. Ich kümmere mich derweil um die Hunde. Wenn wir uns sputen, können wir in einer Stunde in der Bay sein.« Er stand auf, um in den Flur zu gehen, wo das Telefon stand. In der Tür wandte er sich jedoch noch einmal um. »Bevor ich es in der Aufregung, die uns womöglich noch bevorsteht, vergesse: Ich hab gestern Susan getroffen. Sie hat mir erzählt, dass ihr euch während deines letzten Besuchs zufällig begegnet seid und kurz miteinander gesprochen habt.«

»Nun, ich hab es zumindest versucht«, gab John vorsichtig zu, »aber ich war nicht sonderlich erfolgreich.«

»Das hat sie mir auch gesagt«, bemerkte sein Vater. »Allerdings hat sie gesagt, es sei ihre Schuld gewesen, sie wäre nicht bester Laune gewesen.«

»Nein, das war sie nicht«, bestätigte John.

»Wie dem auch sei.« Sein Vater hielt kurz inne und schnaufte kurzatmig. »Sie bat mich, dir bei nächster Gelegenheit mitzuteilen, dass es ihr leidtut. Sie würde sich freuen, wenn du sie anrufst«, sagte er und verließ die Küche. Sein Sohn sah ihm erstaunt hinterher. Er konnte sich nicht daran erinnern, dass sein Vater *dieses* Thema jemals zuvor so emotionslos und beiläufig behandelt hatte. Er erinnerte sich, wie Samantha Merryweather ihm ins Gewissen geredet hatte und wie er sich gefühlt hatte, und beschloss, den Anruf nicht zu lange hinauszuzögern.

Damit verbannte er die Angelegenheit vorerst aus seinem Gedächtnis. In den nächsten Stunden würde er seine ganze Konzentration brauchen. Er nahm sich eine Scheibe Toast, doch er war zu angespannt, um zu essen. Er kaute noch immer darauf herum, als sein Vater wieder zurück in die Küche kam und den Daumen hochreckte.

Eine Dreiviertelstunde später erreichten vier Männer und fünf Hunde die Sandwood Bay. Die Sonne war inzwischen aufgegangen und warf orangerotes Licht auf die Dünen, über dem verlassenen Strand waberte Morgennebel und verlieh dem dahinterliegenden Meer einen mystischen Anblick. Der Herbst lag in der Luft. Gills schloss fröstelnd den Kragen seiner Jacke.

»Wo sollen wir anfangen zu suchen?«, wollte Gordon McCullen wissen. Der wortkarge Schäfer hielt seinen graubraunen Jagdhund fest an einer kurzen Leine.

»Das Zelt stand im Süden der Bucht«, erklärte Gills. »Wir sollten dort beginnen.«

»Was suchen wir genau?«, wollte der alte Bristol wissen und schob seine Brille auf der Nase zurecht.

Frank Gills stöhnte leise. »Das müsstest du doch am besten wissen, Georg«, erwiderte er spöttisch, »du warst es doch, der alle wegen des Autos verrückt gemacht hat.«

»Ach ja, ich erinnere mich.« Bristol tätschelte einen seiner Hunde. »Haben wir etwas für die Tiere, womit sie die Spur aufnehmen können?«

»Das, was wir suchen, werden sie auch so riechen«, knurrte Frank Gills. »Wenn deine Hunde das nicht mehr können ...«

»Schon gut, schon gut, Frank«, lenkte Bristol eilig ein. »Reg dich nicht gleich wieder auf.«

Die beiden alten Männer schnauften, als sie hinter McCullen und Gills durch den tiefen Sand ihrem Ziel zustrebten. Als sie die Stelle erreichten, wo nach Gills' Erinnerung das Zelt gestanden hatte, ließ Gordon McCullen als Erster seinen Hund los. Die Nase dicht am Boden rannte das Tier im Zickzack über den Strand. Frank Gills und Georg Bristol ließen ebenfalls ihre Hunde los.

Gills blies sich warme Luft in die Finger, während er die Männer und ihre Tiere beobachtete. Er ärgerte sich, dass er in seiner Hektik gestern Nacht nicht an seine Winterjacke gedacht hatte. Ende August konnte es hier oben an der Küste empfindlich kalt werden.

Zunächst geschah nichts. Dann begann einer der Hunde aufgeregt im Sand der Dünen im äußersten Süden der Bucht zu graben. Gills wäre beinahe gestürzt, als er eilig darauf zulief. Aber es war nur eine verweste Möwe, die sie zutage förderten.

»Was ist, wenn wir hier nichts finden?«, fragte sein Vater.

»Dann müssen wir unsere Suche ausweiten.«

Frank Gills machte eine ausholende Armbewegung. »Willst du das komplette Hinterland umgraben? Weißt du, wie viele Acres das sind?«

»Und wenn, dann machen wir es eben. Aber dazu wird es nicht kommen.«

Der Alte kniff die Augen zusammen, als er seinen Sohn gegen das allmählich heller werdende Licht betrachtete. »Deine Mutter hat recht. Du bist tatsächlich genauso stur wie ich.«

Wieder schlug einer der Hunde an. Diesmal war es der Rüde seines Vaters. Das kräftige, dunkelbraune Tier hatte sich schon bis zur Hüfte eingegraben. Sand flog in einer Fontäne hinter ihm empor.

»Aus!«, befahl Frank Gills. »Hier!«

Der Hund sprang zurück an die Seite seines Herrn und kläffte aufgeregt. Sie waren nicht weit von der Stelle entfernt, wo sie die Möwe gefunden hatten.

Gills und Gordon McCullen nahmen die Spaten, die sie mitgebracht hatten, und fingen an zu graben. Die beiden alten Männer stützten sich auf ihre Wanderstöcke und beobachteten sie. Nach nur wenigen Stichen stieß Gills gegen Widerstand.

»Warte!«, sagte er zu Gordon, zog ein paar dünne Latexhandschuhe aus der Jackentasche und zog sie über.

»Hast du für mich auch ein Paar?«, fragte McCullen.

»Willst du das wirklich?«

»Gib schon her«, entgegnete der Schäfer nur.

Wenig später hatten sie eine menschliche Hand freigelegt. Gills sah, wie sich McCullens Gesichtsmuskeln anspannten.

»Danke, Gordon«, sagte er. »Den Rest mach ich alleine.«

Die Aufregung der vergangenen Stunden war mit einem Schlag verflogen. Er war plötzlich völlig ruhig, als er die Lage der Hand abmaß, um herauszufinden, wo sich das Gesicht befinden musste, und blendete dabei seine Umgebung aus. Er hörte weder das Rauschen der Brandung noch die leisen Gespräche der Männer, die ihn aus gebührender Entfernung beobachteten, noch nahm er das leise Fiepen der Hunde wahr, die nervös auf den Geruch der Leiche reagierten.

Vorsichtig legte er das Gesicht des Toten frei.

Die Augen waren geschlossen, der Mund leicht geöffnet. Wäre nicht jede Öffnung des Kopfes mit feuchtem Sand verklebt gewesen, hätte man annehmen können, der Mann, der dort lag, schliefe. Gills atmete tief durch, als er sich langsam aufrichtete, die Handschuhe auszog und den Sand von seiner Hose klopfte.

»Ist er das?«, wollte sein Vater wissen.

Gills erinnerte sich an die Fotografie, die er vor wenigen Stunden noch in der Akte betrachtet hatte. Er hatte eine Kopie dabei, aber er musste sie nicht aus seiner Jacke nehmen. Das Gesicht hatte sich ihm in allen Einzelheiten förmlich ins Gedächtnis gebrannt.

»Was machen wir jetzt?«, fragte Gordon McCullen.

Gills zögerte. Sie hatten keinen Empfang in der Bay, aber Mackay musst so schnell wie möglich über ihren Fund informiert werden, damit er alles Weitere wie abgesprochen in die Wege leiten konnte. Allerdings konnte er den Toten auch nicht unbewacht zurücklassen.

»Ich werde hierbleiben«, entschied er. »Ihr müsst zurück und Ian informieren. Er weiß, was zu tun ist. Unter anderem wird er DI Campbell in Inverness benachrichtigen. Wir brauchen die Spurensicherung und weitere Beamte, um das Gelände abzusichern.«

Sein Vater bestand darauf, ihm den Rüden, der die Leiche gefunden hatte, dazulassen. Gills sah den Männern und den übrigen Hunden nach, wie sie in den Dünen verschwanden, Gordon McCullen, mit seinen fast fünfzig Jahren der Jüngste, vorweg, um so schnell wie möglich Ian Mackay die Nachricht zu schicken.

In weniger als zwei Stunden würde dieser verlassene Strandabschnitt vor Beamten wimmeln. Gills blickte auf die Stelle, wo der Helikopter der Polizei vermutlich landete und meinte zu sehen, wie uniformierte Polizisten gemäß ihren Vorschriften Absperrband zogen und die Beamten der Spurensicherung sich in ihren weißen Overalls und mit ihrer Ausrüstung bepackt durch den tiefen Sand kämpften. Und er meinte fast die Enttäuschung und das Entsetzen jener Wanderer zu verspüren, die sich früh aufgemacht hatten und nun an diesem wunderschönen Flecken Erde statt mit der Einsamkeit, die sie hier suchten, mit einem Verbrechen konfrontiert wurden.

Entgegen aller Logik empfand er dasselbe Entsetzen. Er hatte den Beweis gefunden, den er gesucht hatte, und konnte so seine Vermutungen als richtig und sein Misstrauen als gerechtfertigt ansehen. Doch wenn er an Julian und Laura Tahn dachte, diese beiden Menschen, die so sehr Gefangene ihrer selbst waren, deprimierte ihn sein Erfolg eher, als dass er ihn mit Genugtuung oder Triumph erfüllte. Alles wäre ihm in diesem Moment lieber gewesen, als seinen Verdacht mit einem Leichenfund zu bestätigen.

Müde zog er sich mit dem großen Jagdhund an seiner Seite in den Windschatten eines nahen Felsens zurück, spürte, wie die Sonne allmählich an Kraft gewann und seine verspannten Glieder wärmte. Nur einen Moment Ruhe, bevor das Chaos erneut losbrach. Der Hund würde anschlagen, sollte sich jemand nähern. Er hatte den Gedanken noch nicht zu Ende gedacht, da war er bereits eingeschlafen.

IN DEM ALLMÄHLICH heller werdenden Licht betrachtete Julian das Gesicht seiner Frau. Noch nicht einmal im Schlaf waren ihre Gesichtszüge entspannt. Die halbe Nacht hatte sie sich unruhig hin und her geworfen, erst in den Stunden vor dem Morgengrauen, war sie in einen vergleichsweise ruhigen Schlaf gefallen. Ihm war es nicht besser ergangen. Immer wieder war er aus beklemmenden Träumen hochgeschreckt und hatte vergeblich versucht, sich zu beruhigen. Am Abend zuvor hatten sie sich gegenseitig in eine Hysterie hineingeredet, die er auch jetzt nicht von sich abschütteln konnte.

Auch wenn er vermeiden wollte, dass ihre Abreise wie eine Flucht aussah, so hatte er sich von Laura doch überzeugen lassen, das Schicksal nicht unnötig herauszufordern und nicht länger als nötig zu bleiben. Telefonisch hatte er ihre Flüge auf die erste freie Maschine umgebucht.

»In vierundzwanzig Stunden sind wir wieder in München«, hatte er Laura versprochen. Sie hatte sofort ihre Sachen gepackt.

Doch als sie ihre Rucksäcke im Mietwagen verstauten, war Emma McCullen gekommen, um sie zu informieren, dass die einzige Straße, die Kinlochbervie mit dem übrigen schottischen Straßennetz verband, wegen eines Lkw-Unfalls voraussichtlich bis zum Morgen gesperrt sein würde.

Laura hatte entsetzt, geradezu panisch reagiert. »Wir können nicht bleiben, Julian! Wir müssen einen Weg finden, von hier fortzukommen!«

»Laura, es gibt nur diese eine Straße.«

»Dann ... dann müssen wir ein Boot nehmen. Sprich mit dem Skipper, dass er uns irgendwohin bringt ...«

»Es wird bald dunkel, und bis wir mit dem Boot einen Ort erreichen, von dem aus wir weiterkommen, können wir genauso gut bis morgen früh hierbleiben.«

Laura hatte sich mit der Ausweglosigkeit ihrer Situation nicht abfinden wollen. »Dann lass uns mit dem Mietwagen bis zur Unfallstelle fahren und von dort ein Taxi nehmen.« Hektisch hatte sie in ihrer Jacke gekramt und schließlich eine Visitenkarte hervorgezogen. »Die hab ich von dem Taxiunternehmer aus Durness, der mich hergefahren hat.«

Beinahe hätte er sich von ihr anstecken lassen.

Doch dann hatte sich sein Verstand zurückgemeldet. »Laura, niemand verdächtigt uns, etwas getan zu haben. Aber wenn wir derart überstürzt und kopflos jetzt diesen Ort verlassen, wird sich selbst das schlichteste Gemüt wundern und fragen, warum.«

Er hatte sie festgehalten, bis das Zittern, das ihren Körper erfasst hatte, endlich aufhörte. Er war so unendlich erleichtert gewesen, dass sie zu ihm zurückgekommen war, dass er ihr alles nachsah, sogar die unsinnigsten Ideen. Solange sie nur bei ihm blieb. Aber wie lange würden sie es friedlich miteinander aushalten, wie lange dieses peinigende Geheimnis ertragen, das sie, ihre Beziehung, aber auch ihr weiteres Leben beeinflusste und unwiderruflich veränderte?

Entgegen allem, was Laura ihm in Ullapool versichert hatte, allem, was sie dort geplant hatten, erkannte er nun jedes Mal das Entsetzen in ihren Augen, wenn sie ihn betrachtete. Zweimal hast du die Grenze schon überschritten, las er dort. Wann wird es das nächste Mal passieren? Und – werde ich das Opfer sein?

Angst war ein gefährlicher Trigger.

Sie wusste es, und er wusste es.

Doch trotz der heftigen Emotionen, die seit ihrem Aufenthalt in Ullapool immer wieder zwischen ihnen aufgelodert waren, hatte er nicht einmal diese unkontrollierbare Wut verspürt. Nicht auf sie. Es gab nur den Wunsch, sie zu beschützen vor dem, was sie bedrohte. In jener Nacht in der kleinen Pension war es Laura gelungen, bisher unbekannte, aber ebenso schwer steuerbare Gefühle in ihm auszulösen. Das war beruhigend und beängstigend zugleich. Und vielleicht war genau das auch der Grund gewesen, warum er auf dem Boot des Skippers einen letzten Versuch unternommen hatte, sich von ihr zu lösen. Die Angst vor der Abhängigkeit, in die er so schnell so tief hineingezogen wurde, war groß. Sie tatsächlich zuzulassen erforderte mehr Vertrauen, als er gegenwärtig aufbringen konnte. Vertrauen war etwas, das wuchs, es brauchte Zeit, und er hatte nie wirklich gelernt, damit umzugehen, das war ihm in dem emotionalen Auf und Ab erst richtig bewusst geworden.

Laura regte sich neben ihm. Ihr blondes Haar fiel ihr ungeordnet ins Gesicht, und er strich es behutsam zurück. Sie öffnete die Augen.

»Julian«, flüsterte sie und lächelte.

Doch einen Moment später verdunkelte auch schon die einsetzende Erinnerung ihre Augen, und ihr Lächeln wich jenem gehetzten Blick, den sie seit ihrer Rückkehr hatte. Ruckartig setzte sie sich auf, als sie bemerkte, dass es bereits hell war und erste Sonnenstrahlen das Meer zum Glänzen brachten. »Wir müssen aufstehen!«

»Wir haben bereits alles gepackt, Laura. Wir müssen nur noch ins Auto steigen und losfahren.«

Sie schlug die Decke zurück. »Ich werde fragen, ob die Straße frei ist.«

Es war noch zu früh, gerade erst sieben Uhr durch. Er fragte sich, ob Emma schon wach war.

Tatsächlich saß sie bereits mit einem Kaffee in ihrer Küche, berichtete Laura, als sie zurückkam. Und die Straße war noch gesperrt.

Julian zog sich an. »Hast du gefragt, ob wir schon Frühstück bekommen können?«

»Ja, sie macht uns etwas.« Laura ging ins Bad, um ihre restlichen Waschutensilien zusammenzusuchen.

Gleich darauf saßen sie in der Gaststube. Es war kühl in dem großen Raum so früh am Morgen. »Ich habe vergessen, die Heizung anzustellen«, entschuldigte sich Emma, als sie den Kaffee brachte und sah, wie Laura fröstelnd die Arme um den Körper schlang. »Wollen Sie eine Strickjacke haben?«

»Danke, es geht schon«, versicherte Laura.

»Die Straße soll gegen neun wieder passierbar sein«, erzählte Emma. »Wann geht Ihr Flug?«

»Um halb vier. Das wird knapp«, erwiderte Julian, und mit einem Seitenblick auf Laura fügte er hinzu: »Aber ich denke, wir werden es pünktlich schaffen.«

»Du musst etwas essen«, raunte er ihr zu, nachdem die Küchentür hinter Emma zugefallen war.

»Ich kann nicht. Ich krieg einfach nichts runter.« Unruhig zerkrümelte sie eine von Emmas frisch gebackenen Waffeln auf ihrem Teller, während sie aus dem großen Fenster hinaus auf das Meer sah. Sie war blass unter der leichten Bräune ihres Gesichts, und im Licht des Morgens fiel ihm auf, dass ihre Wangenknochen deutlicher hervortraten als noch vor einer Woche.

»Lass uns spazieren gehen«, schlug sie nach einer Weile vor. »Es macht mich verrückt, hier einfach nur herumzusitzen und zu warten.«

Vom Hotel aus gab es einen schmalen Trampelpfad über eine Schafsweide, der an den Klippen entlangführte. Die Klippen waren zwar nicht so hoch wie bei Cape Wrath, fielen aber ebenso steil in den Ozean hinab, wie Laura ihm erzählte, als sie einen Blick hinunterwarfen. Es war Ebbe, und das Meer hatte einen schmalen Streifen Kies und Steine freigegeben. Die Sonne stand inzwischen schon so hoch am Himmel, dass ihre Strahlen die feuchten Morgennebel auflösten, die weiter landeinwärts über dem Gras hingen, und ihre Wärme war bereits auf der Haut zu spüren.

»Das Wetter ist zu schön für Schottland«, versuchte er zu spaßen, doch Laura lächelte nur matt.

Ihre Nervosität war ansteckend. Ohne dass er es verhindern konnte, wanderten seine Gedanken in die Sandwood Bay, und er fragte sich, ob jene Stelle ganz im Süden auch schon von der Sonne beschienen wurde und wie weit ihre Wärme durch den Sand drang. Er schluckte unwillkürlich und wischte seine Hände an der Hose ab.

Laura bemerkte die Geste und wusste sofort, was sie zu bedeuten hatte. »Spürst du es auch immer noch?«, fragte sie mit belegter Stimme.

Er konnte nur wortlos nicken.

Sie machten sich auf den Rückweg. Blinzelten gegen die Sonne und hörten das aufgeregte Kläffen eines Hundes, als sie das Hotel erreichten.

»Klingt wie ein Jagdhund«, stellte Laura fest.

»Gordon hat nur Hütehunde«, bemerkte Julian irritiert, als er sich an die schwarz-weißen Border Collies erinnerte, die bei seinem Ausflug mit Emmas Mann die Schafe zusammengetrieben hatten.

»Das glaub ich nicht«, widersprach sie und lief los.

Froh, dass es etwas gab, das sie ablenkte, folgte er ihr.

Hinter dem Haus war ein Zwinger, und er musste feststellen, dass Laura natürlich recht gehabt hatte. Sie war als Tochter eines leidenschaftlichen Jägers mit Jagdhunden groß geworden. Sie konnten gerade noch beobachten, wie Gordon McCullen einen langbeinigen, graubraunen Vorstehhund hineinließ und ihm eine Schüssel mit Futter hinstellte. Gleich darauf hörte Julian, wie der Schäfer mit seinem Pick-up davonfuhr.

Emma klapperte in der Küche. Die Tür zum Hof stand auf, deshalb gesellte er sich zu ihr. »Gibt es schon Neuigkeiten?«

Sie ließ das Gemüsemesser sinken. »Der Abschleppwagen ist gerade gekommen. Das letzte Mal hat es eine Dreiviertelstunde gedauert.«

»Ich wusste gar nicht, dass Ihr Mann einen Jagdhund hat. War er heute Morgen schon mit ihm unterwegs?«

»Ja, ja, er bereitet ihn auf die kommende Saison im Herbst vor«, antwortete Emma. Sie widmete sich wieder ihren Bohnen.

Julian runzelte die Stirn. Emmas ungewohnte Zurückhaltung alarmierte ihn. »Wo trainiert er ihn denn?«

»Im Moor und an den Seen.«

Nachdenklich ging er zum Zwinger zurück und betrachtete den Hund, der sogleich ans Gitter kam und Julian freundlich beschnupperte. Mit einem kurzen Blick über seine Schulter versicherte sich Julian, dass Emma ihn nicht sehen konnte, dann öffnete er die Zwingertür. Der Hund kam schwanzwedelnd auf ihn zu. Julian tätschelte ihn, ging in die Hocke und nahm eine seiner Vorderpfoten auf. Zwischen den Ballen fand er Sand. Er rieb ihn zwischen seinen Fingern und leckte dann daran. Der Schweiß brach ihm aus, als er das Salz schmeckte.

Unauffällig verließ er den Zwinger wieder. Emma stand noch immer über ihr Gemüse gebeugt. Als sie bemerkte, dass er sie beobachtete, lächelte sie flüchtig.

Laura war zwischenzeitlich an den Rand der Klippe gegangen und starrte auf das Meer hinaus. Er rief nach ihr, während er auf sie zueilte.

Sie drehte sich um. »Wo warst du? Ich hab dich gesucht!«

»Ich war noch einmal am Hundezwinger.« Er versuchte ruhig zu klingen, aber es misslang.

Alarmiert begegnete sie seinem Blick. »Was ist?«

»Gordon war mit dem Hund am Strand.«

»Am Strand?«, wiederholte sie. »Aber Emma hat doch gesagt ...«

»Der Hund hat Sand an den Pfoten. Es gibt im Moor und an den Seen keinen Sand, der salzig schmeckt. Sie hat uns angelogen.«

Laura wurde blass, als sie die Zusammenhänge begriff. »Oh, Julian, sie haben ihn gefunden! O nein, das darf nicht wahr sein!«

»Sssch«, zischte er. »Wir müssen sofort verschwinden.«

»Aber die Straße ist doch gesperrt!« Aufgeregt trat sie von einem Fuß auf den anderen, während ihre Hände sich zu Fäusten ballten. »Verdammt, wenn wir gestern gleich nach meiner Rückkehr losgefahren wären, dann wären wir jetzt längst in Glasgow!«

»Laura, beruhig dich, bitte!«

»Ich will mich nicht beruhigen!«, stieß sie hervor und packte ihn an seinem Shirt. »Wir haben alles falsch gemacht, von Beginn an.« Sie schlug ihre Faust gegen seine Brust. »Wir hätten ihn nie dort eingraben dürfen. Wir hätten ...«

»In dem tiefen Sand der Bay hätten wir ihn nicht weit tragen können. Das weißt du.«

Sie hielt inne und starrte ihn an. »Du hast, verdammt noch mal, immer tausend kluge Ausreden, dabei hast du uns doch in diesen ganzen Scheiß reingeritten!« Aufgebracht hieb sie erneut gegen seine Brust.

Er wehrte sich nicht.

War es so? War es alles seine Schuld? Ja, er hatte es letztlich getan, aber war es nicht sie gewesen, die ihn angetrieben hatte? Bevor er etwas sagen konnte, ging sie schon wieder auf ihn los.

»Du!«, schrie sie und trat mit den Füßen nach ihm. »Du bist an allem schuld!« Ihre Stimme schnappte plötzlich über.

Wie schon am Abend zuvor zitterte sie am ganzen Körper. Er kannte diese Anzeichen und wollte sie in seinen Arm ziehen, um sie zu beruhigen, auch wenn er selbst bis ins Innerste erschüttert und durcheinander war, doch wieder stieß sie ihn von sich. »Fass mich nicht an, Julian! Wag es bloß nicht, mich anzufassen!«

Er sah ihren irren Gesichtsausdruck, hörte die Hysterie in ihrer Stimme. Sie verlor die Kontrolle, so wie in Ullapool. Sie würde nicht aufhören, bis er ihr eine Ohrfeige gab, aber er durfte sie nicht schlagen, dennoch musste er sie schnellstens wieder zu sich bringen. Abwehrend hob er seine Hände und machte einen Schritt zurück.

»Laura, hör mir zu...«

Sein Fuß trat ins Leere. Steine prasselten in die Tiefe. Er ruderte mit den Armen, versuchte verzweifelt, sein Gleichgewicht zu halten, sich zu stabilisieren, irgendwie, doch es war aussichtslos.

Laura erstarrte, als sie begriff, was geschah.

»Julian, nein!«, schrie sie plötzlich ernüchtert.

Sie sprang auf ihn zu. Panisch streckte er ihr eine Hand entgegen. Mit ihren beiden Händen griff sie danach, in der Hoffnung, ihn zu halten und zurückzuziehen. Ihr Gesicht verzerrte sich vor Anstrengung. Zu spät, blitzte es durch sein Hirn. Vorbei!

»Julian!«

Ihre Blicke hielten sich, und für den Bruchteil einer Sekunde erlebte er Schwerelosigkeit, verspürte er Hoffnung, doch dann löste sich ihr Griff. Ihre Finger rutschten ab und glitten auseinander. Es gab keine Gedanken, nur Entsetzen. Wirbelnde Luft. Das Letzte, was er hörte, war Lauras langgezogener Schrei, der sich verlor wie das Licht der Sonne, das über der Klippe zurückblieb.

»JULIAAAAN!!!«

Emma McCullen ließ das Gemüsemesser fallen und rannte hinaus. Wer die üppige Wirtin kannte, hätte es nicht für möglich gehalten, dass sie sich derart schnell bewegen konnte. Doch tatsächlich erreichte sie innerhalb kürzester Zeit die Frau, die dort fassungslos am Rand der Klippe stand und mit weit aufgerissenen Augen hinunterstarrte. Sie packte Laura an den Schultern und zog sie von der brüchigen Kante zurück.

»Nicht!«, wehrte sich Laura. »Lassen Sie mich! Ich muss ihm helfen!«

»Mädchen«, herrschte Emma sie an, ihr eigenes Entsetzen ignorierend, »du kannst nicht mehr helfen.«

Ein kurzer Blick hatte genügt. Der Körper von Julian Tahn lag mit verrenkten Gliedern auf dem schmalen Kiesstreifen, den die Ebbe am Fuß der Steilküste freigegeben hatte. Sie kannte diesen Anblick. Genauso sahen die Kadaver der Schafe aus, die von den Klippen stürzten. Es passierte immer wieder.

»Julian ...!«, Laura drängte zurück zum Rand.

»Laura, nicht. Sie können ihm nicht mehr helfen.« Emma hielt sie fest.

Laura sah sie an, als würde sie erst jetzt ihre Gegenwart wahrnehmen. »Der Boden unter seinen Füßen hat einfach nachgegeben ...«

»Ja, Kind.« Mehr brachte Emma nicht heraus. Ihre eigene Betroffenheit brach sich Bahn und machte sie sprachlos, und aus alter Gewohnheit floh sie ins Praktische. Sie musste die junge Frau ins Haus bringen. Sie musste Ian Mackay anrufen. Und den Arzt.

»Kommen Sie«, sagte sie zu Laura.

Doch die junge Frau rührte sich nicht von der Stelle. Die Trauer in ihrem schmalen Gesicht mit dem zu breiten Mund verwandelte sich plötzlich in Zorn. »Warum gibt es hier keine Warnschilder? Keinen Zaun?«, schrie sie Emma an. »Mein Mann wäre nicht von dieser Klippe gestürzt, wenn es irgendwo einen Hinweis gegeben hätte!« Sie versuchte, sich aus dem festen Griff der Wirtin zu befreien. »Und lassen Sie mich, verdammt noch mal, los!«

Emma hielt sie stoisch fest, bis der Ausbruch vorbei war und Laura schluchzend in ihren Armen zusammenbrach.

»Wir werden Ihren Mann holen«, beruhigte Emma sie sanft. »Dann können Sie zu ihm.«

Laura saß teilnahmslos an Emmas Küchentisch, als der Arzt hereinkam, in ihren Fingern ein Taschentuch, das sie zu einem kleinen Ball geknetet hatte.

Dr. Allistar Munroe war ein schlanker, älterer Herr mit einem Schopf weißen unordentlichen Haars. Er war längst im Ruhestand, aber die Praxis seines Nachfolgers lag im zwanzig Meilen entfernten Durness, weshalb er in Notfällen nach wie vor zur Verfügung stand.

»Mrs. Tahn, mein Beileid«, sprach er Laura behutsam an. »Es ist ganz entsetzlich, was Ihrem Mann geschehen ist.«

Sie reagierte nicht.

Er setzte sich zu ihr an den Tisch. »Kann ich etwas für Sie tun? Möchten Sie vielleicht ein Beruhigungsmittel?«

»Ich möchte zu ihm«, entgegnete sie, ohne aufzusehen.

Allistar Munroe räusperte sich. »Es wird noch einen Moment dauern, bis er geborgen ist.«

»Dann brauch ich nichts.« Ihre Stimme war so emotionslos wie die eines Automaten.

»Eine typische Reaktion bei einem solchen Verlust«, erklärte Munroe Emma, die ihn auf seinen Wunsch hin hinausbegleitet hatte, damit er allein mit ihr sprechen konnte. »Es ist noch nicht wirklich bei ihr angekommen, was passiert ist.«

»Ich weiß«, erwiderte Emma. »Ich habe das schon einmal bei einer Freundin erlebt, die ihren Bruder verloren hat. Diese Stimmung kann aber sehr schnell umschlagen.«

»Ich lasse dir ein starkes Beruhigungsmittel für sie da«, erklärte er. »Wer informiert ihre Angehörigen? Es muss sich jemand um sie kümmern. In diesem Zustand kann sie die Rückreise nach Deutschland nicht allein antreten.«

»Ich werde das mit John Gills besprechen«, schlug Emma vor.

»Oh, ist er hier? Das ist natürlich die beste Lösung. Er verfügt über ganz andere Möglichkeiten als die örtliche Polizei.« Durch die angelehnte Küchentür warf er noch einen Blick auf Laura Tahn, dann sah er Emma ernst an. »Es wäre gut, wenn sie in den nächsten vierundzwanzig Stunden nicht allein ist. Kann ich dir das zumuten?«

»Natürlich. Wenn es nicht anders geht, übernimmt Gordon heute Abend den Pub.«

Munroe nickte. »Gut. Beschäftige sie, vielleicht kann sie dir in der Küche helfen. Alles ist besser, als einfach nur herumzusitzen.«

»Ich wollte mit ihr in den Hafen hinuntergehen, wenn Ian und Brian zurückkommen. Sie sind bereits mit dem Schlauchboot unterwegs, um die Leiche ihres Mannes noch rechtzeitig vor Einsetzen der Flut zu bergen.«

»Das ist in Ordnung, aber du solltest vorher mit den beiden Kontakt aufnehmen. Bei einem Sturz aus dieser Höhe ...«

Er sprach nicht weiter, aber Emma wusste auch so, was er meinte.

Er reichte ihr die Hand. »Ruf mich an, wenn du etwas brauchst.«

Emma ließ die Medikamente in die Tasche ihrer Schürze gleiten und schrieb eine kurze SMS an Ian Mackay. Dann ging sie zurück in die Küche. Laura saß regungslos am Tisch.

»Laura, könnten Sie mir vielleicht mit den Vorbereitungen für das Essen heute Abend helfen?«, fragte sie. »Es ist viel zu tun, und ich weiß ehrlich gesagt nicht, wo mir der Kopf steht, zumal mein Mann, der mich sonst immer unterstützt, unterwegs ist.«

Bei der Erwähnung von Gordon sah Laura das erste Mal auf.

»Ihr Mann hat einen schönen Jagdhund. Ich habe gesehen, wie er ihn heute Morgen zurückgebracht hat«, sagte sie in einem Ton, der Emma, die sich sonst nicht so leicht aus der Ruhe bringen ließ, einen Schauer über den Rücken jagte. Warum sprach die junge Deutsche sie auf den Hund an? Wusste sie, wo Gordon am Morgen gewesen war?

Hastig rekonstruierte Emma die Ereignisse der letzten Stunde. Mehr Zeit war tatsächlich nicht vergangen, seit Gordon ihr erzählt hatte, weshalb er zusammen mit den beiden Gills und Georg Bristol in die Bay gegangen war und was sie dort entdeckt hatten. Dann erinnerte sie sich an den Blick, den Julian Tahn ihr zugeworfen hatte, kurz bevor er nach seiner Frau gerufen und zur Klippe zurückgegangen war. Wo war er davor gewesen?

»Der Hund hatte Sand an den Pfoten«, bemerkte Laura, als hätte sie ihre Gedanken gelesen, und genauso starr, wie sie zuvor ins Leere geblickt hatte, fixierte sie jetzt Emma. »Sand, den es nur an der Küste gibt. In der Sandwood Bay zum Beispiel.«

Emma richtete sich zu ihrer ganzen Größe auf, und ihr Blick

streifte ungewollt die Messer, die an der Wand neben dem Herd hingen.

Laura bemerkte es. Ein resignierter Ausdruck breitete sich in ihrem Gesicht aus. »Ich hab den Mann in der Bay nicht getötet.«

Emma erstarrte. Das war nicht die Richtung, die sie diesem Gespräch hatte geben wollen. Bevor sie jedoch etwas erwidern konnte, sagte Laura: »Aber ich habe meinen Mann getötet.«

Emma wünschte sich plötzlich, Gordon wäre da oder besser noch John Gills. »Das war ein Unfall, Laura«, entfuhr es ihr nervös.

Laura schien ihre Worte nicht zu hören. »Wir haben gestritten. Wenn ich mich nicht so hysterisch verhalten hätte, wäre es nicht passiert«, erwiderte sie eigensinnig. »Und wissen Sie, was das Schlimmste ist? Ich kann noch nicht einmal um ihn weinen.«

»Sie haben geweint«, warf Emma hilflos ein. »Draußen an der Klippe.«

»Das war vor Wut. Trauer fühlt sich anders an.« Laura stand auf und warf das Taschentuch in den Mülleimer neben der Hoftür. »In mir ist alles leer. Tot. Ich fühle überhaupt nichts. Es ist unheimlich.«

Emma dachte an ihr kurzes Gespräch mit dem Arzt, an Munroes Warnung, Laura nicht allein zu lassen.

Kann ich dir das zumuten?

Viel zu leichtfertig hatte sie ihre Zusage gegeben.

LAURA WAR DANKBAR für Emma McCullens Anteilnahme, und es beschämte sie, die Wirtin mit ihrem schroffen Benehmen und ihren Fragen zu verstören. Sie wollte Emmas Gutmütigkeit nicht ausnutzen, aber sie besaß einfach nicht die Energie, nett oder höflich zu sein. Sie war gefangen in einer Spirale aus Entsetzen, Angst und Schuldzuweisungen. Ihre Gedanken drehten sich nur um eine Frage: *Was hätte ich tun können, um Julians Sturz zu verhindern?*

Ihr Verstand warnte sie vor diesen stetig wiederkehrenden Gedanken. Es war geschehen und nicht rückgängig zu machen. Dennoch erlebte sie wieder und wieder den Moment vor dem Sturz vor ihrem inneren Auge. Sie hörte sich schreien, sah, wie Julian ihr auswich, als sie hysterisch nach ihm trat, wie sein Fuß plötzlich abrutschte. Sie begegnete seinem erschrockenen Blick und der Panik in seinen Augen, als er begriff, dass er fallen würde, und sie spürte seine Finger, seinen verzweifelten Versuch, Halt zu finden. Sie hatte nicht die Kraft gehabt, ihn zurückzuziehen. Ihn zu halten. Sie hatte versagt. Genau wie sie an jenem Morgen vor acht Tagen versagt hatte, als sie ihn in der Sandwood Bay mit all seinen Ängsten und Nöten zurückgelassen hatte. Stattdessen hätte sie bei ihm bleiben müssen, an seiner Seite. Sie hätte ihn nicht sich selbst überlassen dürfen. Wieder war sie zu schwach gewesen, unfähig, klar zu denken, unfähig, Entscheidungen zu treffen. Wie immer, wenn sie in Panik geriet, hatte sie nur sich selbst gesehen. Wenn sie bei ihm geblieben wäre, wäre es nicht zu dem Streit am Rand der Klippe gekommen. Und er wäre jetzt noch am Leben. Sein Tod war ihre Schuld, ihre allein.

Wieder sah sie ihn fallen. So schnell, so unaufhaltsam. Sie hatte den Blick vor Entsetzen abgewandt, doch schließlich hatte sie sich gezwungen, hinunterzusehen auf seinen Körper, der seltsam verrenkt wie eine Marionette mit durchtrennten Fäden über einhundert Meter tief unter ihr lag. Und sie fragte sich, ob Emma ihr das Leben gerettet hatte, ob sie hinterhergesprungen wäre, wenn die kräftige Wirtin sie nicht festgehalten hätte.

»Laura ...?«

Sie sah auf.

»Die Polizei wird in einer Viertelstunde mit dem Boot im Hafen sein«, brach Emma in ihre Gedanken ein. »Sie haben Julian geborgen.«

Sie spürte Emmas Erleichterung darüber, dass sie einander nicht mehr wortlos in der Küche gegenübersitzen mussten. Emma hatte versucht, sie zu beschäftigen, mit ihr zu reden und sie abzulenken, aber letztlich aufgegeben. Nun würde die Wirtin sie in den Hafen hinunterbegleiten, und es tröstete Laura, diesen Weg nicht allein gehen zu müssen.

Der Hafen schien verlassen, als sie ihn erreichten, doch als sie auf dem Pier anlangten, an dem das Schlauchboot der Polizei anlegen sollte, sah Laura eine Gruppe Männer in der großen Toröffnung der Fischverarbeitungshalle stehen. Unter ihnen war der Skipper, der sie auf seinem Boot mit hinausgenommen hatte. Er starrte mit großen Augen zu ihr herüber, doch als er merkte, dass sie ihn beobachtete, wandte er sich ab und verschwand aus ihrem Blickfeld. Sie erinnerte sich an ihre Begegnung am Vortag in dem kleinen Supermarkt.

Alle denken, Sie sind tot.

Nicht sie war tot.

In der Hafeneinfahrt tauchte das Schlauchboot auf und kam schnell näher. Zwei uniformierte Beamte saßen im Heck, der dichte Haarschopf des jüngeren Polizisten leuchtete rot in der Sonne. Vor ihnen lag im Rumpf ein mit einer Plane verhüllter Körper. Laura grub ihre Fingernägel in ihre Handflächen, bis es schmerzte. Emma nahm sie in den Arm.

Das Boot verlangsamte seine Fahrt und legte an. Der Rothaarige sprang behende auf den Pier und zurrte es fest. Grüßte kurz und verschwand eilig in einem der angrenzenden Gebäude und kam mit einer grauen Trage zurück. Er half seinem Kollegen, einem breitschultrigen Mann mit wichtigem Gesichtsausdruck, Julians Körper aus dem Schlauchboot auf die Trage zu heben. Sie keuchten und stöhnten dabei. Der Ältere wischte sich schließlich mit dem Ärmel den Schweiß aus dem Gesicht, dann richtete er seine Uniform, setzte seine Mütze auf und kam auf Laura zu.

»Sergeant Ian Mackay«, stellte er sich vor. »Mein Beileid, Madam.«

Sie konnte nur nicken.

»Wenn Sie Ihren Mann jetzt sehen möchten ...«

Er gab seinem Kollegen ein Zeichen, der umständlich begann, die Plane zur Seite zu schieben.

Das Erste, was darunter auftauchte, war Julians Hand mit seinem Ehering. Die Finger hingen schlaff herunter.

Laura sog scharf die Luft ein. Warum konnte man einer Hand ansehen, dass der Mensch, zu dem sie gehörte, nicht mehr lebte? Sie sah Julian vor sich, wie er sich mit dieser Hand durchs Haar fuhr, sie spürte diese Hand auf ihrer Wange ...

Julian würde sie nie wieder berühren.

Er war tot!

Tränen blendeten sie plötzlich.

Emmas stützender Griff verstärkte sich. »Wenn das zu viel für Sie ist, können wir gehen.«

Laura schüttelte den Kopf.

Die Plane glitt zur Seite, und sie hielt unwillkürlich den Atem an.

Sein Körper schien so unversehrt, wie konnte das sein?

Doch dann entdeckte sie die klaffende Wunde, die von seiner linken Braue aus im Haar verschwand, und das Blut auf der von ihr abgewandten Wange. Die Polizisten hatten seine Augen bereits geschlossen, aber die Muschelreste und den Seetang an seinem Shirt und seiner dunklen Trekkinghose hatten sie nicht entfernt.

Er war tot! Er war tatsächlich tot!

Sie kniete neben der Trage nieder, berührte die Wunde über seinem Auge, dann seinen Mund und nahm schließlich seine Hand in die ihre. Sie war kalt, zu kalt für einen lebenden Menschen.

»Julian«, flüsterte sie. »Julian, es tut mir so leid!«

Niemand rührte sich auf dem Pier.

Sie wusste nicht, wie lange sie reglos neben ihm gesessen hatte. Das Geschrei der Möwen war das Erste, was zu ihr durchdrang. Dann hörte sie das konstante Brummen eines Schiffsdiesels. Ein großes Fangschiff lief in den Hafen ein. Und sie begriff plötzlich, dass das Leben um sie herum weiterging, auch wenn sie es nicht wahrhaben wollte, wenn sie glaubte, durch ihren Verlust müsste die Welt stehenbleiben. Aber die Menschen gingen wie an jedem anderen Tag ihren Alltagsbeschäftigungen nach. Sie arbeiteten und lasen die Zeitung, sie aßen und lachten mit ihren Familien. Wüssten sie von ihrem Verlust und ihrem Schmerz, der sich nun in ihr ausbreitete wie ein reißender Strom, der über die Ufer trat, hätten sie vielleicht einen Moment innegehalten.

Behutsam legte sie Julians Hand zurück auf die Trage, beugte sich über ihn, nahm sein Gesicht in ihre Hände und küsste ihn. Warum ausgerechnet jetzt, fragte eine Stimme in ihr. Jetzt, wo es ihm endlich gelungen war, aus seinem inneren Gefängnis zu entkommen.

Ungelenk stand sie auf und sah sich um.

Sie wusste nicht, wohin, was sie jetzt tun sollte.

Ein Mann löste sich aus dem Schatten der Hafenanlage. Er war schlank und dunkelhaarig, auf den ersten Blick erinnerte er sie an Julian, doch als er näher kam, verlor sich die Ähnlichkeit. Etwas in der Art, wie er sich bewegte, der Art, wie er sie ansah, sagte ihr, dass er sie kannte. Sie konnte sich jedoch nicht erinnern, ihm schon einmal begegnet zu sein.

»Mrs. Tahn?« Er hatte eine angenehme, ruhige Stimme. »Es tut mir sehr leid, was mit Ihrem Mann geschehen ist.« In seinen Augen entdeckte sie Aufrichtigkeit und echte Anteilnahme.

»Danke«, erwiderte sie leise.

»Mein Name ist John Gills«, fuhr er fort. »Ich bin Detective Sergeant der Scottish Police.« Er nahm eine Polizeimarke aus seiner Jacke und zeigte sie ihr.

Bei der Nennung seines Namens wich Laura intuitiv einen Schritt zurück. John Gills. Julian hatte ihr von ihm erzählt, und sie ahnte, warum er jetzt vor ihr stand.

»Mrs. Tahn«, sagte er dann auch wie erwartet. »Ich muss Sie bitten, mit mir zu kommen.«

Hilflos blickte sie zu Julian und wieder zu John Gills zurück. »Mein Mann ...«, begann sie und stockte, weil sie nicht wusste, wie sie es sagen sollte, aber Gills war darauf vorbereitet.

»Madam, ich habe mir die Freiheit genommen, einen Bestatter zu informieren«, teilte er ihr mit. »Er ist bereits auf dem Weg hierher.«

Wieder sah Laura zu Julian. Ihn einfach hierzulassen und

wegzugehen, ihn Fremden zu überlassen, fühlte sich nicht richtig an. »Ich ... ich würde gern bleiben, bis er kommt.«

»Selbstverständlich«, stimmte Gills zu. »Es wird nicht lange dauern.«

Er hatte die Worte kaum ausgesprochen, als auch schon ein dunkelgrauer Kombi auf das Hafengelände fuhr. Auf der Seite prangte in dezenten Lettern der Name des Bestattungsinstituts.

Die folgende Viertelstunde, bis sich die Tür des Wagens hinter Julians Leichnam schloss, war für Laura von völliger Irrealität geprägt.

Der einzige Gedanke, den sie fassen konnte, war der, dass man ihr Julian wegnahm. Sie wollte bei ihm bleiben.

Gills entging ihr Zögern nicht. »Madam, wenn Sie möchten, können Sie in den Räumen des Beerdigungsinstituts die Totenwache bei Ihrem Mann halten. Das ist in Schottland nicht unüblich«, beruhigte er sie und regelte die nötigen Formalitäten.

»Aber ... ich habe nicht einmal ein Auto«, wandte sie ein. Den Mietwagen hatte sie längst vergessen.

»Ich werde Sie selbstverständlich fahren.«

»Warum tun Sie das?«, entfuhr es ihr.

Es lag viel in dem Blick, mit dem er sie auf diese Frage hin bedachte. Sehr viel, aber er fasste es nicht in Worte. »Kommen Sie, Madam«, sagte er lediglich und nahm ihren Arm. »Wir haben einiges zu besprechen.«

»MRS. TAHN«, begann John Gills, als sie sich in dem kleinen Büro in der Polizeistation von Rhiconich gegenübersaßen. »Die Umstände sind denkbar ungünstig, und mir ist bewusst, wie schwer Sie unter dem Verlust Ihres Mannes leiden, aber ich muss Ihnen mitteilen, dass Sie verdächtigt werden, gemeinsam mit Ihrem Mann Tom Noviak getötet zu haben.«

Er sah, wie sie unter der leichten Sonnenbräune ihrer Haut noch blasser wurde, als sie es sowieso schon war, aber die Anschuldigung traf sie nicht unerwartet.

»Sie haben das Recht, die Aussage zu verweigern, und Anspruch darauf, einen Anwalt hinzuzuziehen. Ich muss Sie zudem darauf hinweisen, dass alles, was Sie ab jetzt sagen und zu Protokoll geben, gegen Sie verwendet werden kann.«

Ihr Blick fiel auf das Aufnahmegerät, das zwischen ihnen auf dem Tisch lag. »Ich brauche keinen Anwalt«, erwiderte sie mit unerwartet fester Stimme. »Ich habe Tom Noviak nicht getötet.«

»Und Ihr Mann?«

Sie schluckte, und er verfolgte, wie sie nach Worten suchte, während ihre schlanken Finger über die Tischplatte strichen. Dabei fiel ihm an ihrem rechten Ringfinger der fehlende Ehering auf. Der Abdruck, wo sie ihn normalerweise trug, war noch zu sehen.

»Tom Noviaks Tod war ein Unfall«, sagte sie schließlich.

»Ein Unfall?«, wiederholte er zweifelnd. »Warum haben Sie dann seine Leiche in der Sandwood Bay vergraben?«

Sie gab ihm keine Antwort.

Er ließ sich nicht aus der Ruhe bringen. »Schon zu Beginn unserer Ermittlungen haben wir Blut in Ihrem Zelt gefunden«, fuhr er geduldig fort. Sie hielt nur den Schein aufrecht. Über kurz oder lang würde sie einbrechen. »Die DNA-Analyse hat ergeben, dass es weder von Ihnen noch Ihrem Mann stammt. Wir vergleichen die Probe in diesem Moment mit der DNA von Tom Noviak, und ich bin mir absolut sicher, Mrs. Tahn, dass wir eine Übereinstimmung bei den beiden Proben haben werden.«

Ihr Blick flog zum Fenster. Ihre Nasenflügel vibrierten nervös. Der Anblick, den sie bot, entsprach genau dem Foto in seiner Akte und schaffte eine unwirkliche Vertrautheit.

»Tom war nie in unserem Zelt«, sagte sie angespannt. »Ich weiß nicht, wie das Blut dorthin gekommen ist.«

Gills ließ sich nicht beirren. »Wissen Sie, Mrs. Tahn, mit den Möglichkeiten, die uns die Kriminaltechnik heutzutage bietet, können wir einen solchen Fall bis ins Detail rekonstruieren. Mit dem entsprechenden Aufwand werden wir nicht nur herausfinden, was die Todesursache und der genaue Todeszeitpunkt waren, sondern wir werden auch den Tathergang und den Tatort bestimmen können.« Er schenkte ihnen Wasser in die beiden Gläser ein, die auf dem Tisch bereitstanden. »Einfacher ist es natürlich, wenn Sie mir erzählen, was an jenem Tag wirklich in der Sandwood Bay geschehen ist. Wo Sie, zum Beispiel, Tom Noviak getroffen haben.«

Ihre Gesichtszüge verhärteten sich.

Gills betrachtete Julian Tahns Frau prüfend. Ihr Ehemann hatte genauso reagiert, als der Name des Toten fiel.

Sein Denkfehler hatte bis vor etwa zwölf Stunden in der Annahme gelegen, Tom Noviak sei nach Deutschland zurückgekehrt. Sein zweiter Fehler war gewesen, dass er nicht hinterfragt hatte, warum ein bei einer Autovermietung in Inverness geliehener SUV auf einem Parkplatz in Kinlochbervie zurückgelassen worden war.

Der Fund von Noviaks Leiche in der Sandwood Bay stellte nicht nur die Ergebnisse aus den Vernehmungen von Julian Tahn in einem neuen Licht dar. Gills musste die komplette Abfolge der Geschehnisse aus einer völlig anderen Perspektive betrachten.

»Ich habe meine Frau nicht umgebracht«, hatte Julian Tahn wiederholt beteuert und dennoch eine Aura der Schuld verströmt, die Gills so irritiert hatte, dass ihn der Fall nicht losgelassen hatte. Nein. Seine Frau hatte der Deutsche nicht umgebracht. Aber er hatte dennoch getötet.

Was war zwischen Tom Noviak und den Eheleuten Tahn vorgefallen, was hatte Noviak den beiden angetan, dass er dafür sterben musste? Und war dieser Tod durch Julian Tahns unbändige Wut eingetreten, oder war er geplant gewesen? Die Antwort schien für Laura Tahn mit der Offenbarung von Umständen verbunden zu sein, über die sie auf keinen Fall bereit war, öffentlich zu sprechen. Diese Tatsache spiegelte sich absolut zweifelsfrei in ihrem Gesichtsausdruck.

Ohne Vorwarnung drückte Gills deshalb die Stopptaste des Aufnahmegerätes und schob es zur Seite. Dann stand er auf und schloss mit Nachdruck die Tür. »Ich glaube, wir sollten außerhalb des Protokolls sprechen«, erklärte er, als er sich wieder setzte.

Laura starrte ihn aus ihren großen, dunklen Augen verstört an. Und den Bruchteil einer Sekunde teilte er ihr Entsetzen. Was tat er? Wozu ließ er sich schon wieder verleiten?

»Es gibt nichts, was ich Ihnen zu sagen hätte«, wiederholte sie unsicher.

»Was Sie mir hier in diesem Raum erzählen, bleibt unter uns.«

Sie schüttelte den Kopf. »Ich kann das nicht.«

Er sah, wie ihre Unterlippe zitterte, und wartete schweigend, während sie mit ihren Gefühlen kämpfte.

Er ahnte, wie unerträglich die Situation für sie sein musste. Sie hatte gerade ihren Mann verloren und wurde eines Kapitalverbrechens beschuldigt, noch dazu in einem fremden Land. Aber er konnte darauf keine Rücksicht nehmen.

»Hören Sie ...«, begann sie schließlich, zögerte und schüttelte dann erneut den Kopf.

»Madam?«

Ihre Finger tanzten nervös umeinander.

Er versuchte, sie nicht zu drängen. Im Gegensatz zu der Geduldsprobe, die ihm die Vernehmungen ihres Mannes abgefordert hatten, fiel es ihm jetzt nicht schwer. Es gab keinen Druck, kein zeitliches Limit. Der Chief Inspector hatte ihn persönlich angerufen, nachdem er von Campbell über den Leichenfund in der Sandwood Bay informiert worden war, und hatte ihm gratuliert. Er gestand ihm sogar die nötige Zeit zu, die Ermittlungen zu einem vernünftigen Abschluss zu bringen. Aber natürlich hatte Brown sofort auch eine Rüge nachgeschoben und sich über den unkonventionellen Ansatz und seine erneute Eigenmächtigkeit beschwert.

Doch das war alles nicht wichtig. Er schob die Gedanken fort und konzentrierte sich auf die Frau ihm gegenüber. Sie würde reden. Bald! Viele kleine Anzeichen sprachen dafür. Ihr nervöses Atmen, ihre fahrigen Gesten, ihre Mimik, während sie abwog, inwieweit sie ihm vertrauen konnte oder nicht.

Schließlich wurde seine Beharrlichkeit belohnt. Es war nicht zu übersehen, wie viel Kraft es sie kostete, gleichzeitig schien sie der Entschluss aber auch zu erleichtern. »Tom Noviak hat Fotos von mir gemacht«, gestand sie mit belegter Stimme.

»Fotos«, wiederholte er. »Was für Fotos?«

»Nacktfotos.«

Er räusperte sich. »Mrs. Tahn, ich möchte Ihnen nicht zu nahe treten, aber mit ein paar Nacktfotos kann heute niemand mehr einen Skandal anzetteln. Sie sind nicht die Frau irgendeines Präsidenten.«

Er beobachtete, wie sie erneut mit sich kämpfte. »Es war mehr...«, sie atmete tief durch, »es waren ... es sind pornographische Fotos, und zwar der abstoßendsten Sorte ...«

Gills konnte sich nicht gegen die Bilder wehren, die vor seinem inneren Auge auftauchten, und runzelte nachdenklich die Stirn. Das passte nicht zu ihr. »Warum haben Sie das gemacht?«

»Ich habe das nicht gemacht. Ich wusste nicht einmal davon.« Beinahe trotzig sah sie ihn an. »Ich ... ich hatte einen Filmriss.«

Er erinnerte sich, impulsiv und aufbrausend, hatte Julian Tahn seine Frau charakterisiert.

»Ist das schon öfters vorgekommen, dass Sie so betrunken waren, dass Sie nicht mehr wussten, was passiert ist?«

Erneut schluckte sie. »Immer mal wieder. Ich kann mich manchmal nicht zurückhalten. Er hat es akribisch vorbereitet und die Situation dann hemmungslos ausgenutzt.«

»Er? Sie meinen Tom Noviak?«

Sie nickte.

»Woher kennen Sie ihn?«

»Hat Julian Ihnen nicht die Geschichte erzählt?«

»Doch hat er.«

»Warum fragen Sie dann?«

Er ging nicht darauf ein. »Tom Noviak hat also diese Fotos von Ihnen gemacht«, wiederholte er stattdessen. »Wollte er Geld von Ihnen?«

Sie schnaubte. »Das wäre zu einfach gewesen! Nein, er hat sie benutzt, um mir mein Leben zur Hölle zu machen und meine

Ehe zu zerstören.« Sie lehnte sich vor und sah ihn direkt an. »Er hat nichts von mir verlangt, er hat mir einfach nur gesagt, dass er sie zu gegebener Zeit veröffentlichen wird, wenn ich meinen Mann nicht verlassen würde. Es gab nichts, worüber ich mit ihm hätte verhandeln können.«

»Warum haben Sie mit Ihrem Mann nicht darüber gesprochen?«, unterbrach Gills sie.

»Ich konnte nicht. Ihm davon zu erzählen hätte bedeutet, dass ich ihm auch meine Recherche über seine Vergangenheit hätte beichten müssen.«

Gills schüttelte ungläubig den Kopf. »Sie hätten es trotzdem machen sollen«, entfuhr es ihm. Kaum dass er es gesagt hatte, ärgerte er sich darüber.

Sie sah ihn nur an.

»Ich weiß«, gab sie schließlich zu. »Heute weiß ich, dass ich Julian viel mehr hätte vertrauen müssen.« Ihre Stimme brach, und Tränen liefen über ihre Wangen. »Aber Ihnen ist schon klar, was die Veröffentlichung nur eines dieser Bilder für mich bedeutet hätte. Und für ihn letztlich auch.«

Natürlich war ihm das klar. Auch wenn die Öffentlichkeit vergaß. Der Makel haftete an. Ein potenzieller neuer Arbeitgeber stolperte darüber, Bekannte erinnerten sich ...

Mit einer ungeduldigen Bewegung wischte sie sich die Tränen mit dem Ärmel ihres leichten Sommerpullovers aus dem Gesicht. Er zog eine Packung Taschentücher aus seiner Jacke und reichte ihr eins.

»Tom Noviak hat den Verlust seiner Schwester nie verwunden. Dadurch, dass ich den Kontakt zu ihm gesucht und Fragen gestellt habe über Moniques Tod, ist alles wieder aufgebrochen«, sagte sie, nachdem sie sich die Nase geschneuzt hatte. »Ich habe ihm so einen Zutritt in unser Leben gewährt. Und damit hat alles angefangen.«

»Angefangen hat alles, als Ihr Mann Sie das erste Mal geschlagen hat«, korrigierte Gills sie nüchtern.

Ihr Mund wurde trotz der Tränen in ihren Augen schmal. »Gibt es etwas, das Sie nicht wissen?«

»Warum ist Tom Noviak Ihnen nachgereist?«

»Er hat gesagt, dass er mich in Schottland abholen will, um mich vor Julian zu schützen.« Sie tippte sich mit dem Finger an die Stirn. »Verstehen Sie, er war irre, psychisch krank. Es wurde immer schlimmer.« Ihre Stimme hatte einen aggressiven Tonfall angenommen, doch er konnte nicht die Angst überdecken, die darunter gärte, das Grauen, das ein Fremder ausgelöst hatte, indem er in ihr Leben eingebrochen war und die Kontrolle übernommen hatte. Die Angst war authentisch, die Aggressivität jedoch erinnerte Gills erneut daran, wie ihr Mann reagiert hatte, wenn es in den Vernehmungen ganz speziell um Tom Noviak gegangen war.

»Mrs. Tahn, ich glaube Ihnen nicht, dass Sie von Tom Noviaks Ankunft in Schottland überrascht wurden.«

Sie wurde blass.

»Ich frage Sie noch einmal: Warum ist Tom Noviak Ihnen nachgereist?«

Nervös presste sie die Lippen zusammen. Im Raum herrschte Stille.

»Ich habe ihm gesagt, er soll mich abholen. Ich würde mich seinen Forderungen beugen«, bekannte sie schließlich.

»Woher Ihr plötzlicher Sinneswandel?«

Sie senkte beschämt den Blick. »Wir wollten ihm eine Falle stellen«, gestand sie, ohne ihn anzusehen.

»Eine Falle«, wiederholte Gills. »Welcher Plan steckte dahinter?«

Sie atmete tief durch. »Wir hatten keine konkrete Idee, aber wir dachten, wenn er erst einmal hier ist, gelingt es uns vielleicht, ihn so unter Druck zu setzen, dass wir die Fotos bekommen.«

»Dabei hätten Sie vermutlich auch in Kauf genommen, ihn zu töten«, stellte er fest.

Unsicher zuckte sie mit den Schultern. Ihr Widerstand war gebrochen.

»Gehen wir noch einmal zu Noviaks Drohung zurück«, fuhr er daher vielleicht besonders sachlich fort. »Sie sagten, Sie haben Ihrem Mann erst hier in Schottland davon erzählt.«

»Ja«, erwiderte sie plötzlich müde. »Ich hätte ihm am liebsten überhaupt nicht davon erzählt, aber es ließ sich nicht mehr verheimlichen. Tom hat mich unter Druck gesetzt. Er hat mir eines von den Bildern geschickt.«

Er erinnerte sich an ihren Tagebucheintrag.

Eine SMS von Tom. Ich weiß nicht, wie ich damit umgehen soll. Er versteht nicht, warum ich noch nicht mit Julian geredet habe. Er bedrängt mich.

»Ihr Mann hat ausgesagt, Sie hätten ein Verhältnis mit Tom Noviak gehabt.«

»Bullshit«, entfuhr es ihr. »Das hat er nur gesagt ...« Erneut standen Tränen in ihren Augen. Sie wischte sie ungelenk fort.

»Um Sie zu schützen«, beendete Gills ihren Satz.

»Er wollte mich immer nur schützen.« Sie ließ den Kopf in ihre Hände sinken. Ihr Elend war mit einem Mal so greifbar, dass er versucht war, aufzustehen und ihr den Arm um die Schulter zu legen, aber es wäre nicht richtig gewesen.

Es dauerte eine Weile, bis sie sich wieder beruhigt hatte.

»Julian und ich hatten in Ullapool einen Riesenstreit deswegen, aber das wissen Sie vermutlich auch schon«, fuhr sie schließlich fort.

»Ich weiß, dass es einen Streit gab, aber Ihr Mann hat uns nur von Ihrer Recherche erzählt und den Streit darauf bezogen.«

»Er hat wirklich nie etwas über die Fotos gesagt?«

Als Gills verneinte, schluckte sie, um weitere Tränen zurückzuhalten.

»Ihr Mann hat uns erzählt, dass Sie ihm während der Bootstour mit Peter Dunn gedroht hätten, sich umzubringen.«

»Hat er?«

Gills nickte.

»Ich wollte mich nicht umbringen. Ich habe es im Streit nur so dahergesagt.« Sie seufzte. »Manchmal sage oder tue ich Dinge, die ich gar nicht so meine. An jenem Tag hatte Tom das Foto auch noch einmal an Julian geschickt, um seiner Forderung Nachdruck zu verleihen. Julian wusste von der Existenz der Fotos, aber er hatte sie nicht gesehen und ...«

»Ja, und?«

»Julian ist wirklich nicht prüde, aber das hat ihn doch ziemlich schockiert.« Sie fuhr sich mit der Hand über die Augen, als könne sie damit die Erinnerung vertreiben. »Und dann hat der Skipper es auch noch gesehen, weil uns das Telefon während des Streits aus der Hand gerutscht und ihm vor die Füße gefallen ist. Er wollte nur höflich sein und es zurückgeben, aber ich bin völlig ausgerastet, weil ich gesehen habe, dass er mich auf dem Foto erkannt hat. Er hat versucht, es zu verbergen, aber ...«

Ein weiteres Steinchen fiel an seinen Platz.

»Hat er jemals darüber gesprochen?«, fragte sie übergangslos.

Gills schüttelte den Kopf. »Kein Sterbenswörtchen.«

Sie schauderte plötzlich, als ob ihr kalt wäre.

»Brauchen Sie eine Pause?«, fragte er verständnisvoll.

»Ja, das wäre vielleicht ganz gut.«

»Möchten Sie einen Kaffee oder etwas zu essen?«

Sie lehnte ab, was ihn nicht wunderte, sie hatte noch nicht einmal das Wasserglas angerührt, das auf dem Tisch stand.

Er beobachtete sie, während sie sich draußen hinter dem Gebäude in die Sonne setzte und über das tiefblaue Loch Inchard blickte, in dem sich die umliegenden Berge spiegelten. Sie sah verloren aus. Entsetzlich einsam, wie ein alleingelassenes Kind, während der Wind, der vom Meer her landeinwärts wehte, ihr das Haar aus dem Gesicht blies. Der Anblick berührte ihn, doch er konnte, nein, er durfte ihr nicht helfen.

Nach einer Weile kam sie zurück.

»Ein Kaffee wäre vielleicht doch nicht so schlecht«, sagte sie, aber als sie wieder zusammen in dem kleinen Büro saßen, schien ihm, als wärmte sie nur ihre Finger an dem Becher, anstatt zu trinken.

»Ich werde Sie nicht mehr lange aufhalten«, versprach er. »Lassen Sie uns noch einmal über das sprechen, was in der Sandwood Bay passiert ist. Wo sind Sie auf Tom Noviak getroffen?«

Sie wollte nicht darüber sprechen. Ihre ganze Haltung drückte ihren Widerwillen aus. Aber sie zwang sich. Sie wollte zu einem Ende kommen. »Er kam gegen Abend an den Strand, einen Tag, nachdem wir dort angekommen waren.«

»Was ist dann passiert?«

»Müssen wir wirklich darüber reden?«

»Wir sprechen hier heute unter uns, Mrs. Tahn«, erinnerte er sie. »Das habe ich Ihnen versprochen, und daran werde ich mich halten. Morgen ist ein anderer Tag, was dann kommt, müssen wir sehen.«

»Und das können Sie trennen?«

»Das ist Teil meines Jobs.« Er räusperte sich. »Da Sie auch journalistisch tätig sind, wissen Sie sicher auch, dass man bisweilen Informationen bekommt, mit denen man nicht arbeiten darf, die aber wichtig sind, um das Gesamtbild zu verstehen. Das ist in meinem Beruf nicht anders.«

Sie zögerte dennoch. »Es gibt nicht viel dazu zu sagen«, begann sie schließlich, und er beobachtete sie genau. »Tom und Julian sind in dem Moment, in dem sie sich gesehen und erkannt haben, sofort in Streit geraten, der dann auch sehr schnell handgreiflich wurde.«

»Das heißt, sie haben sich geschlagen?«

»Tom hat Julian provoziert, er sprach über Monique und dann über mich.« Erneut rieb sie ihre Arme, als ob ihr kalt wäre. »Julian ist so wütend geworden.«

»Und dann?«

Sie wandte den Blick ab und schluchzte leise.

»Mrs. Tahn, was hat Ihr Mann dann gemacht?«

Sie schüttelte den Kopf, ohne ihn anzusehen. Ihre Hände verkrampften sich ineinander.

Warum antwortete sie ihm nicht?

Sie hatte offen mit ihm über die Fotos gesprochen, die ihr so peinlich waren, aber nun weigerte sie sich? War sie doch beteiligt an Tom Noviaks Tod? *Manchmal sage oder tue ich Dinge, die ich gar nicht so meine.* Hatte sie ihren Mann aus der Situation heraus zu etwas gedrängt, das er vielleicht gar nicht wollte?

Vermutlich würde er nie erfahren, wie die Begegnung in der Sandwood Bay tatsächlich abgelaufen und Tom Noviak zu Tode gekommen war.

Aber vielleicht ließ sich Laura Tahn noch einmal zum Sprechen bringen, wenn er sie mit den Obduktionsergebnissen konfrontierte. Zu ebendieser Stunde lag der Leichnam von Tom Noviak auf dem kalten Stahltisch der Rechtsmedizin in Inverness, und Gills war sich sicher, dass der Gerichtsmediziner ihm noch das eine oder andere Geheimnis entlocken konnte.

PETER, WAS IST heute bloß los mit dir? Du stehst ja nur rum!«
Peter schrak zusammen, als er den fragenden Blick von Kenneth, dem Vorarbeiter seiner Schicht, bemerkte.

»Ich weiß nicht«, murmelte er. »Mir ist heute den ganzen Vormittag schon nicht gut.«

»Dann geh zum Arzt, lass dich krankschreiben und kurier dich aus.« Kenneth blickte auf den Plan an der Wand. »In der nächsten Woche brauchen wir euch alle, denn dann haben wir bis über beide Ohren zu tun.«

Peter sah Kenneth nach, einem vierschrötigen Mann in den Vierzigern, der meistens nicht auf Antworten wartete, wenn er Fragen stellte. Dennoch war er, so fand Peter, ein ganz netter Kerl. Man musste ihn nur zu nehmen wissen.

An diesem Tag war Peter dazu aber nicht in der Lage. Er fühlte sich so elend, seit er gesehen hatte, wie Ian und Brian die Leiche von Julian Tahn gebracht hatten, und seit er gehört hatte, dass in der Sandwood Bay ein weiterer Toter entdeckt worden war. Er hatte Fischkisten falsch gestapelt und eine ganze Fuhre Eis ausgekippt. Bis zum Mittag hatte er gebraucht, um alles wieder in Ordnung zu bringen, und dabei ständig an den Deutschen gedacht. An ihre erste Begegnung hier im Hafen, als er an Bord seines Bootes gewesen war, und Julian und Laura Tahn langsam den Pier entlanggekommen waren, die schweren Rucksäcke geschultert. Die junge Frau hatte ausgelassen gelacht. Ihr Mann war zurückhaltender gewesen, viel zurückhaltender. Peter hatte sich nichts dabei gedacht, erst später, als es zu dem entsetzlichen Streit an Bord gekommen war, hatte er das Verhalten des Mannes verstanden. Niemals hätte er ihnen die Bootstour angeboten, wenn er damals schon geahnt hätte, wie viel Verderben das Paar mit sich brachte. Außerdem hätte er ihnen den Besuch in der Sandwood Bay ausgeredet. Aber dafür war es jetzt zu spät.

Julian Tahn war tot.

Und er, Peter, hatte das kommende Unheil gespürt und nichts dagegen unternommen. Nichts. Als der Deutsche im Hafen vor ihm gestanden hatte, war seine üble Vorahnung so intensiv gewesen, dass er sie zunächst für sein eigenes Ende gehalten hatte.

Er hatte Julian Tahn nicht gewarnt.

Und das war der eigentliche Grund, warum er sich an diesem Morgen so erbärmlich fühlte, dass er nicht einmal das Frühstücksbrot aß, das Fionna ihm gemacht hatte.

Was sollte er nun tun?

Zum Arzt wollte er nicht. Allistar Munroe stellte immer zu viele Fragen. Aber er wollte Kenneth auch nicht widersprechen. Also streifte er Schürze und Handschuhe ab, reinigte seine Stiefel und ging zu seinem Spind. Nachdem er sich umgezogen hatte, schwang er sich auf sein Fahrrad und machte sich auf den Weg. Er war gerade bei der alten Kirche angelangt, wo die Straße voller Schlaglöcher war, als ein Wagen neben ihm langsamer wurde. Hinter dem Steuer saß der junge Gills.

Peter hielt an.

»Hallo, Mr. Dunn«, begrüßte ihn der Detective durch die geöffnete Beifahrerscheibe. »Haben Sie es eilig?«

Peter rieb sich die Nase. »Ich bin auf dem Weg zu Dr. Munroe, aber es ist nicht so dringend.«

Gills fuhr den Wagen an den Straßenrand und stieg aus. Er sah wie immer wie aus dem Ei gepellt aus. »Ich habe auch nur ein paar kurze Fragen«, erklärte er, als er auf ihn zukam. »Das können wir schnell vor Ort klären.«

Dass enttäuschte Peter ein wenig, denn er hatte damit gerechnet, dass der Detective ihn in den Pub auf ein Bier einladen würde. Es war immerhin schon später Nachmittag. »Was gibt es denn?«, wollte er misstrauisch wissen.

»Sie haben doch vor einiger Zeit dieses deutsche Ehepaar auf Ihrem Boot mitgenommen.«

»Hm«, erwiderte Peter zurückhaltend.

»Sie haben darüber bereits erzählt, aber ich würde gern noch einmal mit Ihnen über den Streit sprechen, den die beiden auf dem Boot hatten.«

Vielleicht wäre es doch besser gewesen, so zu tun, als ob der Arztbesuch keinen Aufschub duldete, dachte Peter. Aber wie üblich wartete er erst einmal ab und sah den Detective nur fragend an.

»Was hat es eigentlich mit dem Foto auf sich?«, wollte dieser wissen.

»Welches Foto?«, wendete sich Peter. Er wusste sehr wohl, welches Foto Gills meinte, aber er wollte nicht mit ihm darüber reden. Er hatte mit niemandem darüber gesprochen. Nicht einmal mit Fionna. Unangenehm berührt wich er dem Blick des Detectives aus und trat von einem Fuß auf den anderen.

Gills verstand seine Reaktion sofort. »Mr. Dunn, Sie wissen ganz genau, was ich meine.«

Peter räusperte sich. »Nun ja ...«, er suchte krampfhaft nach den richtigen Worten und spürte, wie er rot wurde.

»Mr. Dunn, ich möchte nur wissen, ob Sie die Frau auf dem Foto erkannt haben.«

Peter fragte sich, was es für die Deutsche bedeutete, wenn er Gills' Frage beantwortete. Er erinnerte sich, wie wütend sie ihm das Handy ihres Mannes aus den Fingern gerissen hatte.

»Laura Tahn hat mir selbst von diesem Foto erzählt, Mr. Dunn.«

Hatte sie das wirklich? Das konnte sich Peter kaum vorstellen, aber woher sonst sollte der Detective davon wissen? Nachdem der Leichnam ihres Mannes abgeholt worden war, hatte Gills die Deutsche mit auf die Polizeistation nach Rhiconich genommen, das hatte Peter zufällig gehört. Wie so manch anderes Detail.

»Ja, ich hab sie auf dem Foto erkannt«, gab er deshalb zu.

»Danke, Mr. Dunn. Das hat mir sehr geholfen.«

Peter nickte. »Schon merkwürdig, dass ihr Mann tot ist«, entfuhr es ihm dann, »aber das musste wohl so kommen.«

Gills, der sich schon abwenden wollte, verharrte in seiner Bewegung. »Wie meinen Sie das, Mr. Dunn?«

Peter zuckte unschlüssig mit den Schultern. Er hatte schon wieder zu viel gesagt, und er wusste, er sollte besser nicht weitersprechen, weil er sich dann um Kopf und Kragen redete, aber manchmal hatte er keine Macht über seine Worte. »Es ist die Bay, Detective«, sprudelte es aus ihm heraus. »Sie hat ihre eigene Gesetzmäßigkeit. Was wir mit uns dorthin mitnehmen, ob gut oder böse, das lockt das Meer aus uns heraus. Das war schon immer so.«

Gills sah ihn nachdenklich an. »Vielleicht ist das tatsächlich so, Mr. Dunn«, erwiderte er dann zu Peters Überraschung. »Wer weiß, was es in dieser Gegend zwischen Himmel und Erde alles gibt, wovon wir keine Ahnung haben.«

Peter sah dem Detective nach, als er in seinen Wagen stieg und mit einem letzten Winken davonfuhr. Er mochte Anzüge und polierte Lederschuhe tragen, wie die Städter in Edinburgh oder in Glasgow, aber im Herzen war er doch einer von ihnen. Einer von den echten Männern aus dem Norden, wie Fionna augenzwinkernd zu sagen pflegte. Peter lächelte bei dem Gedanken an sie, und sein Herz wurde leicht. Er stieg auf sein Fahrrad und trat in die Pedale. Sicher wartete Fionna schon mit dem Essen auf ihn. Das würde ihm mehr helfen als ein Besuch bei Dr. Munroe.

ES REGNETE IN Strömen, als John Gills am nächsten Morgen vom Haus seiner Eltern in Blairmore ins weiter nördlich gelegene Durness aufbrach. Bereits am Vorabend hatte sich der Himmel zugezogen, und vom flachen sandigen Fjord des Kyle of Durness war unter den tiefhängenden Wolken nur das diesseitige Ufer zu erkennen.

Als er in den Vorraum des Bestattungsinstituts trat, konnte er durch den Türspalt Laura Tahn an der Bahre ihres Mannes sitzen sehen – genau so, wie er sie am Nachmittag zuvor dort zurückgelassen hatte. Zumindest erschien es ihm so. Doch die Frau des Bestatters beruhigte ihn, während sie ihm seine vom Regen durchnässte Jacke abnahm: »Sie hat mit uns gegessen und heute Nacht ein paar Stunden auf der Couch geschlafen.«

Zurückhaltend klopfte er, bevor er das Trauerzimmer betrat. Laura stand auf und kam auf ihn zu. Sie sah müde und erschöpft aus, wirkte aber gefasst.

»Wie geht es Ihnen?«, fragte er.

»Fragen Sie nicht«, bat sie und drehte nervös eine Haarsträhne um ihren Finger. »Aber die Familie des Bestatters ist sehr liebevoll, und es war gut, so nah bei Julian sein zu können.«

»Haben Sie sich von ihm verabschiedet?«

Sie nickte stumm, und er sah, wie sie mit den Tränen kämpfte. »Er wird nach Glasgow gebracht. Ich wünschte, ich könnte mitfahren.«

Gills widerstand der Versuchung, ihr seine Hand auf den Arm zu legen. »Sie können ihn begleiten.«

»Wirklich?«, entwich es ihr überrascht. »Sie sind nicht gekommen, um mich zu verhaften?«

»Nein, ich bin gekommen, um Ihnen zu sagen, dass Sie nach Deutschland zurückkehren können.« Er zog einen Umschlag aus der Innentasche seiner Jacke. »Hier ist das Flugticket. Es ist mir gelungen, Ihren Flug noch einmal umzubuchen. Sie fliegen heute am frühen Abend. Haben Sie bereits mit Ihrer Familie Kontakt aufgenommen?«

Sie schüttelte den Kopf. »Ich konnte das noch nicht.«

»Soll ich das für Sie übernehmen?«

»Nein, ich werde mich nachher mit ihnen in Verbindung setzen.«

»Jemand sollte da sein, wenn Sie in München ankommen.«

»Meine Schwiegereltern leben auch dort.«

Er betrachtete sie prüfend. »Sie schaffen das wirklich?«

»Machen Sie sich keine Sorgen um mich.«

»Okay. Ich habe Ihre Ausrüstung und Ihre Rucksäcke im Auto. Ich werde mit dem Bestatter regeln, wo wir die Sachen verstauen.«

»Danke.«

»Keine Ursache.«

Er spürte, dass sie noch eine Frage auf dem Herzen hatte, die eine entscheidende Frage, und griff sich unwillkürlich an seinen Krawattenknoten und zog ihn zurecht, als er an das eben geführte Gespräch mit dem Gerichtsmediziner dachte und daran, was dieser ihm über den Tod von Tom Noviak erzählt hatte:

»Anhand der Verletzungen, die wir am Körper des Mannes feststellen konnten, können wir den Tathergang, so wie Sie ihn grob geschildert haben, bestätigen. Die Männer haben sich geprügelt. Der Tote hat Hämatome vorwiegend im Bereich des

Abdomens, aber auch Abschürfungen an den Knöcheln, die darauf schließen lassen, dass er selbst ebenfalls zugeschlagen beziehungsweise sich verteidigt hat. Aber Tom Noviak ist nicht an den Folgen dieser Prügelei gestorben.«

»Wie bitte?«, hatte Gills ungläubig gefragt.

»Der Mann hatte einen Herzfehler, das hat die Obduktion einwandfrei ergeben. In seinem Blut konnten wir Spuren entsprechender Medikamente nachweisen.«

»Er ist also an Herzversagen gestorben?«

»Das ist richtig.«

Gills war fassungslos gewesen, als er mit diesen nüchternen Tatsachen konfrontiert worden war. Es gab keinen Fall. Keinen Mord. Nichts. Julian Tahn wäre nicht einmal vor Gericht gestellt worden.

Er dachte an die Ängste und das Entsetzen, die Laura und Julian Tahn in den vergangenen Tagen ausgestanden hatten, weil sie meinten, einen Menschen getötet zu haben. An die Kämpfe, die jeder von ihnen mit sich, und an ihre Streitigkeiten, die sie miteinander ausgefochten hatten und die letztlich in Julian Tahns sinnlosem Tod kulminiert waren.

»Detective Gills?« Lauras Stimme riss ihn aus seinen Gedanken.

Half es ihr, wenn sie die Wahrheit erfuhr? Oder würde es sie eher noch mehr bedrücken? »Madam, manchmal ist es besser, bestimmte Sachverhalte nicht zu kennen«, gab er zu bedenken. »Aber das ist Ihre Entscheidung.«

Sie zögerte und warf einen Blick auf ihren Mann. Der Bestatter hatte sich alle Mühe gegeben, Julian Tahns Körper so herzurichten, dass die offensichtlichen Spuren seines tödlichen Sturzes nicht auf den ersten Blick zu erkennen waren.

»Bringen Sie Ihren Mann nach Hause«, fügte Gills hinzu. »Kehren Sie zurück in Ihre Welt.«

Laura atmete tief ein und schüttelte ihm wortlos die Hand.

Er sah ihr nach, als sie wenig später nach Glasgow aufbrach. Erst nachdem der dunkelgraue Kombi des Bestattungsinstitutes an der Kreuzung außer Sicht gekommen war, wandte er sich ab und ging zu seinem Wagen. Dabei fragte er sich, wie er dem Chief Inspector in seinem Bericht die Geschehnisse so darstellen konnte, dass es ihm nicht das Genick brach, als sein Telefon klingelte.

Es war Susan.

»Ich hab gehört, dass du noch hier bist«, sagte sie. »Ich wollte die Gelegenheit nutzen, mich bei dir zu entschuldigen.«

»Ja, mein Vater hat mir von eurem Gespräch erzählt, aber ich hatte bislang noch keine Zeit, mich bei dir zu melden.«

»Wo bist du?«

»In Durness.«

»Hast du Zeit?«

Er dachte an Julian und Laura Tahn und die Zeit, die es für sie nicht mehr gab.

»Ja«, erwiderte er, »ich hab Zeit. Bist du zu Hause?«

»Ich hab gedacht, es ist vielleicht besser, wenn wir uns auf neutralem Boden treffen. Allein.« Sie machte eine Pause. »Ohne Baby.«

Er räusperte sich.

»Was hältst du von einem Spaziergang zur Sandwood Bay?«, fragte sie. Ein lange vermisstes, aber sehr vertrautes Gefühl stieg in ihm auf. Die Einheimischen sprachen immer von einem *Spaziergang,* nie von einer *Wanderung* zur Bay.

»Das Wetter ist nicht das beste«, gab er zu bedenken.

»Stört dich das?«, fragte sie, obwohl sie die Antwort natürlich längst kannte.

»Das hat mich noch nie gestört.«

Drei Stunden später blickte er von den Klippen aus über die Sandwood Bay, deren nördlicher Zipfel sich an diesem Spätnachmittag im Dunst verlor. Die graue See schlug krachend gegen die Küstenfelsen, und Wind peitschte über das Wasser auf ihn zu und riss an seiner Jacke und der Kapuze, die er sich über die Ohren gezogen hatte. Außer Susan an seiner Seite war weit und breit keine Menschenseele zu sehen. Nur eine kleine Schafherde graste unbeeindruckt vom Wetter etwas weiter entfernt in einer Senke.

Die Flut war hoch, mehr als die Hälfte des Strands war unter Wasser und mit ihm die vielen kleinen Inseln und Felsen vor der Küste. Gills kniff die Augen zusammen und suchte in alter Gewohnheit den Horizont ab, aber die Sicht war zu schlecht. Es waren keine Schiffe zu sehen, denn nur ein Verrückter würde sich bei diesem Wetter nah unter Land wagen.

Bevor im 19. Jahrhundert der Leuchtturm bei Cape Wrath gebaut worden war, waren auf Höhe der Sandwood Bay immer wieder Schiffe verunglückt. Die Flut hatte ihre Überreste in die Bucht gespült, wo sie jetzt verborgen unter dem Sand der Dünen lagen. Als Kind hatte Gills einmal mehrere Tage und Nächte mit seinem Großvater hier verbracht und mit einem Metalldetektor, den ihm seine Eltern zu seinem zehnten Geburtstag geschenkt hatten, nach Wrackteilen gesucht. Noch heute besaß er eine kleine Sammlung der wertvollsten Fundstücke, darunter einen messingfarbenen Taschenkompass, den er fast immer bei sich trug.

Nur an diesem Tag nicht, wie er feststellte, als er in seine Tasche griff. Er musste ihn in seiner anderen Jacke vergessen haben. Die Erkenntnis verursachte ihm für einen Moment ein mulmiges Gefühl, und sein Blick wanderte hinüber zu den Dünen, als er sich an jenen anderen Fund erinnerte, den er dort vor vielen Jahren entdeckt hatte. Jedes Mal, wenn er daran dachte, überlief ihn ein Schauer.

Zwanzig Jahre waren seither vergangen. Vierzehn war er damals gewesen, und damit im besten Alter für solche Geschichten, aber tatsächlich träumte er heute noch manchmal davon.

Nach einem Streit mit seinen Eltern war er in die Bucht geflohen, die damals sein zweites Zuhause gewesen war. Er hatte sein Lager am Fuß der Dünen aufgeschlagen, windgeschützt, und als er Löcher in den Sand gegraben hatte, um sein Zelt zu befestigen, hatte er sie gefunden.

Wer auch immer sie geschaffen hatte, war ein Meister seines Fachs gewesen, edel und schön geformt war ihr Gesicht gewesen, ihre nackte Gestalt, die ab der Hüfte in einen Fisch überging, fein modelliert. Der Sand hatte alle Farben konserviert, es war, als hätte sie nur darauf gewartet, dass er sie fände.

Gills hatte schon viel über Galionsfiguren gehört und gelesen, über ihre Bedeutung und den Geist, den Seeleute ihnen beimaßen. In ihren Augen lebte in der Figur die Seele des Schiffes, sie beschützte sie auf der Fahrt, und mit ihrer Hilfe fanden sie den richtigen Kurs. Dass eine Galionsfigur die Gestalt einer Meerfrau besaß, war nicht selten, und doch kam ihm diese besonders vor.

Lange hatte er vor seinem freigelegten Fund gesessen und die hölzerne Nixe betrachtet, die beinahe seine Größe hatte. In der Nacht hatte er ein Feuer entzündet, hatte beobachtet, wie die Flammen Schatten auf ihr Gesicht warfen und es zum Leben erweckten. Er hatte sich Geschichten erdacht zu ihrer Herkunft und den Händen, die sie geschaffen hatten, zu dem Schiff, mit dem sie die Meere befahren, und den Männern, die ihr vertraut hatten. Seine jugendliche Leidenschaft war mit ihm durchgegangen, und während der langen einsamen Stunden mit ihr war ihm klargeworden, dass er sie bergen und nach Hause bringen musste, wo er sie jeden Tag betrachten konnte.

Aber sie war zu schwer für ihn allein. Ohne Hilfe konnte er sie nicht transportieren. In der Angst, dass sich andere in seiner

Abwesenheit ihrer bemächtigen könnten, grub er sie am nächsten Morgen wieder ein. Eine dunkle Ahnung hatte ihn erfüllt, als er auch an jenem Tag seinen Kompass, seinen Talisman, nicht dabeigehabt hatte. Eine Ahnung, die sich bestätigte, denn als er an die Stelle mit seinen beiden Freunden zurückkehrte, war dort nichts gewesen außer Sand und Muscheln und einem verwitterten Hanfseil, das, so bildete er sich bis heute ein, die Farbe ihres Haars gehabt hatte.

Seine Freunde hatten ihn ausgelacht, und noch Jahre danach hatte er immer wieder etwas zum Thema Meerjungfrau geschenkt bekommen. Selbst Susan hatte ihn damit aufgezogen, als sie von der Geschichte erfahren hatte.

Eine kräftige Bö rüttelte ihn durch, und die Regentropfen, die sie mitbrachte und in sein Gesicht klatschen ließ, brachten ihn in die Gegenwart zurück. Zwanzig Jahre waren vergangen, und dennoch suchte sein Blick auch heute wieder die Stelle, an der er sie damals gefunden hatte. Susan zwinkerte ihm wissend zu, und er fragte sich nicht zum ersten Mal, welche Bedeutung der Fund der Galionsfigur hatte. Oder ihr Verlust.

Vielleicht hatte Peter recht, und es gab in der Bay tatsächlich eine eigene Gesetzmäßigkeit, und das Meer lockte an diesem besonderen Ort das Gute oder das Böse aus den Menschen. Letztlich hatten auch Julian und Laura Tahn genau das erlebt.

Für John Gills war und blieb die Sandwood Bay der schönste Flecken Erde, den er kannte, auch wenn sie sich ihre Geheimnisse nicht entreißen ließ. Sie gab sie freiwillig preis oder nie.

DANKSAGUNG

Es ist nun schon einige Jahre her, dass mein Bruder Joe mir von der Sandwood Bay erzählt hat. »Schwesterchen, das musst du dir anschauen, das ist großartig!«, sagte er während eines gemeinsamen Abendessens, und die Bilder, die er mit seiner Erzählung projiziert hat, haben mich bis heute nicht losgelassen. Bruderherz, es hat eine Weile gedauert, aber hier ist mein Roman zur Sandwood Bay. Ich danke dir für deine Reiseeindrücke, von denen mich einige heute noch zum Schmunzeln bringen und die sich für mich im Sommer 2014 mehr als bestätigt haben, als wir schließlich Schottland bereist haben – zu Fuß, mit Linienbus, Fähre, Rucksack und Zelt. Wir haben uns vor allem auf die Nordwestküste konzentriert. Die Orte, die im Roman beschrieben werden, haben wir besucht und in der Sandwood Bay zwei Nächte am Strand gezeltet, denn wie in Skandinavien gibt es auch in Schottland eine Art »Jedermannsrecht«.

An dieser Stelle möchte ich mich ganz besonders bei meinem Mann Andreas bedanken, mit dem ich in Schottland nicht nur grandiose drei Wochen in der Natur und am Meer verbracht habe, so dass wir das dortige *Wildlife* schon zum Frühstück vor dem Zelt erleben konnten. Er hat mich von der ersten Idee zu diesem Roman über die Entwicklung der Charaktere und besonders während des Schreibprozesses mit Liebe und ebenso viel guten wie auch konstruktiven Hinweisen unterstützt. Ohne ihn wäre dieser Roman nicht das, was er ist!

Viele hilfreiche Gespräche, Gedanken und Korrekturen (!)

gab es auch von meiner freien Lektorin Alexandra Löhr, mit der die Zusammenarbeit nicht nur sehr effektiv, sondern auch absolut bereichernd ist. *Liebe Alex, thanks for everything!*

Einen ganz herzlichen Dank auch an meine Lektorin Andrea Hartmann bei Droemer für ihre souveräne Vertretung meiner Anliegen im Verlag und die wunderbar entspannte und beruhigende Kooperation.

Doch ohne meine Agentin Franka Zastrow von der Agentur Schlück wäre das Projekt »Sandwood« nie zwischen zwei Buchdeckel gekommen. Sie hat die Idee dem Verlag vorgestellt und mir auf wunderbarste Weise den Rücken freigehalten, damit ich in Ruhe schreiben konnte. *Liebe Franka, ich freue mich schon auf unser nächstes Projekt!*

Mein Dank gilt allen Verlagsmitarbeitern, die zum Erfolg dieses Romans beitragen, und ganz besonders möchte ich mich für die großartige Unterstützung bei Iris Haas, Theresa Schenkel und vor allem bei Steffen Haselbach bedanken.

Meine Mutter hat mich wieder auf ihre ganz spezielle Weise unterstützt, nicht nur, weil sie die Katze nimmt, wenn wir auf Reisen sind, sondern auch, weil sie Lob und Kritik zum richtigen Zeitpunkt anbringt und ohne viel Federlesens da ist, wenn ich sie brauche.

Last but not least auch Ihnen, liebe Leserinnen und Leser, gebührt mein Dank, für die Zeit, die ich Sie nach Schottland entführen durfte. Wenn Sie den Nordwesten des Landes kennen, werden Sie hoffentlich viel Vertrautes wiedergefunden haben.

Schon Goethe sagte, *nur wo du zu Fuß warst, bist auch wirklich gewesen*. Tatsächlich haben wir nicht nur sehr intensiv die Natur Schottlands erlebt, wir haben auch einen direkten Kontakt zu den Küstenbewohnern gefunden, und der eine oder andere Charakterzug derer, denen wir begegnet sind, ist zwangsläufig in meine Arbeit eingeflossen. Dennoch sind sowohl die Handlung des Romans als auch die in ihr agierenden Personen frei erfunden. Bezüglich der örtlichen Gegebenheiten habe ich mir die eine oder andere Freiheit erlaubt, wenn es aus dramaturgischen Gründen notwendig war.

Karen Winter, Oktober 2015

Was geschieht mit dir – wenn der Tod
dein Leben bestimmt?

ALEX BERG

DEIN TOTES MÄDCHEN

ROMAN

Caroline kann immer noch nicht glauben, dass ihre Tochter Lianne tot ist. Ein Autounfall hat die 27-Jährige aus dem Leben gerissen. Außer sich vor Trauer und Wut, flieht Caroline aus Hamburg in die Einsamkeit der schwedischen Wälder. Als sie das Haus ihrer Familie am See erreicht, wird sie von Erinnerungen überwältigt. Und schnell wird klar, dass Caroline Schuldgefühle plagen, die über die Trauer weit hinausgehen. In der tiefen Ruhe der schneebedeckten Wälder entzieht sie sich immer mehr der Realität. Bis Kriminalkommissar Ulf Svensson auftaucht, ihre einstige Jugendliebe, mit einem entsetzlichen Verdacht …